Emmanuelle
Pirotte

Heute leben wir

Roman

Aus dem Französischen
von Grete Osterwald

S. FISCHER

Vorlage für diesen Roman ist ein Spielfilm-Drehbuch
von Emmanuelle Pirotte und Sylvestre Sbille

MIX
Papier aus verantwortungsvollen Quellen
FSC® C083411

Erscheint bei S. FISCHER

Die Originalausgabe erschien unter dem Titel
›Today we live‹ bei le cherche midi, Paris 2015

Satz: Dörlemann Satz, Lemförde
Druck und Bindung: CPI books GmbH, Leck
Printed in Germany
ISBN 978-3-10-397211-5

1

Das geschmierte Brot blieb dem Vater an den Lippen hängen. Jeder erstarrte vor seinem dampfenden Kaffee. Ein Frauenschrei von der Straße her. Weinen, Gekreische, das Wiehern eines Pferdes. Der Vater öffnete das Fenster. Schlagartig wurde es eiskalt in der kleinen Küche. Er rief einen Mann draußen. Ein paar Worte wurden gewechselt, übertönt vom Stimmengewirr der Straße. Die Mutter, Marcel und Henri, die beiden Söhne, sahen Renée schweigend an. Doch Renée biss schnell noch zweimal in ihr Butterbrot, sie hatte schließlich Hunger. Der Vater machte das Fenster wieder zu. Er schien um zwei Jahre gealtert zu sein.

»Sie kommen zurück«, sagte er mit dumpfer Stimme.

Die Mutter bekreuzigte sich.

»Wir müssen etwas tun für Renée«, setzte der Vater erneut an.

»Nein!«, entfuhr es der Mutter mit einem Schluchzen.

Sie wagte das Kind nicht mehr anzusehen. Auch Henri hatte sich abgewandt. Marcel dagegen ließ Renée nicht aus den Augen. Der Vater stand wie angewurzelt da, vollkommen verkrampft, die Gesichtszüge entstellt vor Angst. Er starrte seine Frau an.

»Weißt du, warum sie Baptiste erschossen haben? Weil er Fahnen von den Inglischmen im Keller hatte. Da ist es für eine Jüdin …«

Die Mutter bedeutete ihm, still zu sein. Eine Jüdin. Sagte man dieses Wort? Die Mutter hatte nie richtig verstanden, worin das bestehen sollte, Jude sein. Es war gefährlich, Punkt. Bald waren fünf Monate vergangen, seit Renée bei ihnen angekommen war. Ein Kind von sechs oder sieben Jahren, man wusste es nicht so genau. Etwas wild und stolz mit ihren schwarzen Augen, wie man sie nur bei Zigeunern sah. Augen, die einen auf Schritt und Tritt verfolgten, die einen verschlangen, intelligente Augen, das ja, mit Sicherheit. Gierig, immer wachsam, an allem interessiert, und die alles zu verstehen schienen … Renée machte ihnen ein bisschen Angst. Außer Marcel, der sich ganze Tage lang draußen mit ihr herumtrieb. Im September hatte man die Befreiung gefeiert, niemand war gekommen, um sie abzuholen. Und jetzt ging der Albtraum wieder los. Um Himmels willen … Mitten im Winter, auch das noch. Der Vater hatte begonnen, von einem Fuß auf den anderen zu treten.

»In weniger als einer halben Stunde sind sie hier, die Boches. Und die Piersons wissen Bescheid. Die werden sich die Gelegenheit nicht entgehen lassen, zu quatschen.«

Die Mutter wusste, dass er recht hatte. Catherine Piersons hasserfüllte Blicke während der Messe sprachen Bände.

»Na los … Komm, Renée«, flüsterte der Vater.

Die Kleine stand auf, stellte sich brav neben ihn. Die Mutter spürte ihr Herz bis zum Halse schlagen. Warum wühlte es sie plötzlich derart auf, sich von Renée trennen zu müssen? Sie hatte nie das Gefühl gehabt, dieses Kind wirklich zu lieben. Sie beobachtete, wie die Kleine in den Mantel schlüpfte, mit ihren Patschhändchen an den Knöpfen fummelte. Der Vater zog ihr ruppig eine Pudelmütze über. Das Kind war ruhig, so ruhig, und doch gespannt wie ein Flitzebogen, bereit zu handeln, zu reagieren, genau das zu tun, was sein musste, wie immer. Diese Art, das war etwas, womit es die Mutter zur Weißglut bringen konnte … aber nicht heute. Abrupt stand sie auf und verschwand im Flur. Man hörte sie schniefend die Treppe hinaufsteigen, vier Stufen auf einmal.

»Kommt schon, ihr zwei, umarmt die Kleine«, sagte der Vater.

Die Jungen erhoben sich vom Tisch und kamen näher. Henri, der Ältere, berührte kaum ihre Wange. Marcel, der auf die elf zuging, hielt sie lange an sich gepresst. Schließlich stieß Renée ihn sanft zurück. Er weinte. Sie sah ihm tief in die Augen, küsste ihn auf die Wange, dann drehte sie sich um und schob ihre Hand in die des Vaters. Die Mutter kehrte in die Küche zurück, einen kleinen Koffer in der einen Hand und in der anderen ein ziemlich zerlumptes Stoffmännchen, das sie Renée reichte. Sie küsste das Kind auf die Stirn. Der Vater ergriff den Koffer, öffnete die Tür und führte Renée in die Kälte, die Schreie, die Panik, die Gefahr. Die Tür schloss sich mit einem trockenen Knall. Die Mutter verharrte lange mit verlorenem Blick, die Hände leicht erhoben und geöffnet, in einer innegehaltenen Geste, wie man sie von Bettlern kennt. Murmelnd wandte sie sich ihren Söhnen zu:

»Sie hat ihre Handschuhe nicht an.«

Der Vater rannte, als wäre der Teufel hinter ihm her. Renée flog geradezu an seiner Seite, ihre Hand zerquetscht von dem eisernen Griff, die Wangen gepeitscht vom eisigen Wind aus dem Norden. Ringsum, im Schnee, herrschte Chaos. Die Augen der Kleinen verfingen sich kurz in denen einer Greisin, die klagend auf einem Karren saß, zwischen Matratzen und Blechschüsseln, ein wimmerndes Baby in den Armen. Etwas weiter zerrten ein Mann und eine Frau, jeder an einer Seite, unter lauten Beschimpfungen an einer Steppdecke. Eine Mutter rief weinend einen Vornamen, während sie in alle Richtungen panische Blicke warf; der Rest der Familie wartete auf einem Fuhrwerk, um das Dorf zu verlassen. Renée war verblüfft über die traurig im Leeren schaukelnden Beine, immer paarweise und seltsam ruhig inmitten dieser ganzen Aufregung. Die meisten machten sich zu Fuß auf den Weg, mit Sack und Pack, Kindern oder Alten auf dem Rücken oder in Kinderwagen.

Der Vater und Renée erreichten den Platz. Sie stürzten die Treppe zum Pfarrhaus hinauf. Der Vater betätigte die Glocke. Sekunden später öffnete sich die Tür und die hohe Gestalt des Pfarrers erschien. Er bat sie in sein Wohnzimmer. Im Kamin brannte ein großes Feuer, das unstete Schatten auf die Holztäfelungen warf, mit denen die Wände vollständig bedeckt waren. Es roch gut nach Wachs. Der Vater trug sein Anliegen vor.

»Hier ist sie auch nicht besser in Sicherheit«, sagte der Pfarrer.

»Aber sicher doch«, brummte der Vater.

Wo auch immer in diesem Moment, besser als bei ihm zu Hause. Als er Renée vor fünf Monaten bei sich aufgenommen hatte, wusste der Vater, welches Risiko er einging, für sich und für seine Familie. Aber damals glaubte man, der Krieg sei zu Ende; seit Monaten hatte man keine Deutschen mehr in der Gegend gesehen. Und heute standen diese Dreckskerle von Fritz fast vor ihrer Tür. Wer weiß, was sie im Sinn hatten? Wer weiß, ob sie nicht noch brutaler, noch grausamer sein würden als zuvor, endgültig verrückt geworden durch das Gefühl, an der Niederlage vorbeigeschrammt zu sein? Auch noch zahlreicher vielleicht, Horden von Feldgrauen, aus ihrer Asche auferstanden wie von der Hölle ausgespuckte Wiedergänger. Er hatte Visionen, sah seine beiden blutbefleckten Jungen, ihre Körper von Kugeln durchsiebt wie der des Apothekersohns, den man hinter dem Gemeindesaal gefunden hatte. Das gequälte Gesicht des Vaters wand sich in Grimassen. Er hatte wieder begonnen, von einem Fuß auf den anderen zu treten, Renée noch immer an seiner Hand.

»Schon gut, Jacques«, sagte der Pfarrer.

Der Vater wäre ihm fast zu Füßen gefallen. Stattdessen rang er sich ein blödes Lächeln ab. Er tat dem Pfarrer wirklich leid, dieser herzensgute Mann, plötzlich in einen Feigling verwandelt. Näher tretend, legte er seine breite Hand auf die Schulter des Vaters. Dieser schenkte ihm ein raues »Danke«, ehe er den Koffer und Renées Hand losließ. Dann beugte er sich hinab, fasste die Kleine bei den Schultern. Er sah sie an und fühlte sich elend. Das Kind drückte nichts aus, was er verstehen konnte; keinen Vorwurf, keine

Wut, keine Traurigkeit, auch keine Angst oder Resignation, sondern etwas Stärkeres, ohne jedes klar erkennbare Gefühl. Erschüttert, am Boden zerstört vor Scham und gleichzeitig berührt von dieser Art Anmut, die es ausstrahlte, küsste der Vater es auf die Stirn und entfloh wie ein Dieb.

»Magst du Arme Ritter?«, fragte der Pfarrer.

»Oh, und wie, riesig«, antwortete Renée.

Sie hatte es »riezig« ausgesprochen. Der Pfarrer beobachtete sie. Momentan strahlte die Kleine vor Vorfreude auf den Genuss, das köstliche, in eine Mischung aus Milch, Zucker und Eiern getunkte, goldgelb geröstete Brot zu essen. Er nahm sie mit in die Küche, um die Armen Ritter zuzubereiten. Renée durfte die Eier aufschlagen. Das Kind zeigte sich ruhig, aufmerksam, als wäre es an einem schönen Friedenstag zu Besuch gekommen. Der Pfarrer machte sich daran, die Mischung zu verquirlen, unterbrach aber jäh, um zu lauschen. Ein Motorgeräusch. Er ließ den Rührbesen fallen und ging zum Wohnzimmerfenster. Auf dem Platz kam ein Kübelwagen angebraust. Nach allen Seiten schwärmten Soldaten aus, die Waffe in der Hand. Ein Offizier stieg aus dem Jeep. Der Pfarrer konnte soeben noch den goldenen Doppelblitz auf der Schirmmütze erkennen. Das verfluchte Zeichen. Die Soldaten ließen die Bewohner eines Hauses vor die Tür treten, reihten sie an der

Wand auf, die Hände über dem Kopf. Der SS-Mann schritt langsam die Reihe der verschreckten Zivilisten ab. Der Pfarrer wandte sich um; Renée stand hinter ihm. Ihr war nichts von der Szene entgangen. Er packte den mitten im Wohnzimmer stehen gebliebenen Koffer. Renée spürte den Griff einer neuen Männerhand, die sich um ihre schloss. Sie verließen das Haus durch die Küchentür. Pech für die Armen Ritter.

Das klobige Schuhwerk des Pfarrers hinterließ tiefe und breite Spuren auf dem schneebedeckten Weg des Gemüsegartens. Sie gelangten vom Garten ins Freie. Der Pfarrer lief so schnell er konnte. Renée schaffte es kaum mitzuhalten, ihre kurzen Beine sanken zu tief ein. Sie fiel hin. Der Pfarrer half ihr auf, und sie liefen weiter. Man konnte nicht zwischen der Straße und den Feldern der Umgebung unterscheiden. Alles war weiß. Der ganz mit Schnee erfüllte Himmel, seit Tagen dicht, ging in die Landschaft über. Renée konnte nicht mehr; sie keuchte, unfähig, zu verschnaufen. Der Pfarrer nahm sie auf den Arm. In der Ferne begann sich etwas zu bewegen. Ein Fahrzeug. Der Pfarrer sprang in den Graben, hielt Renée fest an sich gedrückt. So warteten sie mit angehaltenem Atem. Das Motorgeräusch nahte. Der Pfarrer reckte sich am Rand des Grabens auf die Zehenspitzen. Er bekreuzigte sich und lächelte Renée zu. Es war ein amerikanischer Jeep; das Kind war gerettet. Er sprang auf die Straße, schwenkte die Arme mit großen Gebärden. Der Wagen kam in hohem Tempo auf ihn zu, bremste und hätte ihn fast erwischt bei dem rutschigen Manöver. Zwei Soldaten saßen drin.

»*You take girl!*«, schrie der Pfarrer.

Die Soldaten blickten sich an, perplex.

»*Are you crazy?!*«, gab der Fahrer zurück.

»*She* Jüdin! SS in Dorf! *She kaputt*!«

Während er sprach, hob der Pfarrer Renée hoch und setzte sie auf die Rückbank des Jeeps. Der Beifahrer-Soldat warf einen Blick über die Schulter zurück und traf den Blick des kleinen Mädchens. Der Jeep brauste davon. Renées Koffer stand mitten auf der Straße.

Renée wurde auf der Rückbank hin und her gerüttelt. Sie zog ihr Lumpenmännchen aus der Tasche. Der Fahrer begann mit seinem Nachbarn zu reden:

»*Und jetzt, was machen wir?*«

Deutsch. Das war Deutsch, keine Frage. Sie kannte die Sprache derer, die ihr niemals über den Weg laufen durften, genau. Sie hatte sie nur zweimal gehört, aber niemals könnte sie diese Sprache mit einer anderen verwechseln. Sie stach wie ein Strauß Brennnesseln, sie hatte die Farbe, die Konsistenz eines Eisblocks, und doch … Doch gab es etwas Klares, ein verborgenes Licht hinter den Worten, etwas, was Renée warm und vertraut in den Ohren klang, etwas Verwirrendes, das sie sich nicht erklären konnte.

Ihr war plötzlich sehr kalt. Sie klammerte sich an den Vordersitz und begann mit den Zähnen zu klappern. Die getarnten Soldaten wechselten noch ein paar Worte. Der Jeep war in einen Waldweg eingebogen. Renée wurde unruhig. Zum Glück konnten die Männer es nicht sehen, noch nicht. Das musste aufhören. Es musste. Jetzt. Die Bremsen quietschten. Der Jeep stoppte in einer Rutschpartie. Der Fahrer stieg aus und hob Renée unsanft hoch, um sie auf dem Weg, der tief in den Wald führte, abzusetzen. Er zog eine Pistole aus der Tasche und bediente sich des Knaufs, um Renée zu zwingen, vor ihm her zu gehen. Der andere Soldat bildete den Schluss des kleinen Zuges.

Man hörte nur das Knirschen ihrer Schritte auf dem gefrorenen Schnee. Die Wipfel der hohen Kiefern fegten langsam durch den Himmel, vom Nordwind geschüttelt. Renée ging weiter, immer schön aufrecht. Sie hatte schrecklichen Durst. Sie spürte den großen Körper des Deutschen hinter ihrem Rücken, spürte die Pistole, zweifellos auf sie gerichtet. Würde sie wirklich sterben in diesem Wald, nachdem sie so oft entkommen war? Sterben, was war das eigentlich genau? Sie wusste um die Endgültigkeit des Todes, sie kannte seine Symptome, und vor allem besaß sie die

Gabe, seine drohende Nähe zu spüren und ihm zu entkommen … Nur diesmal war es schiefgegangen. Sie sagte sich, am Ende habe sie das Spiel nun doch verloren, dieses Spiel, das vor langer Zeit begonnen haben musste, vielleicht schon als sie noch ein Baby war. Pech für die beiden großen Kerle hinter ihr. Sie hielt es wirklich nicht mehr aus vor Durst. Ruckartig blieb sie stehen und bückte sich zum Boden. Der Soldat spannte die Pistole. Renée tat unbeirrt, was sie angefangen hatte: Sie nahm eine Handvoll Schnee und hob sie gierig an den Mund. Sie biss in das körnige Nass, das ihr in der Kehle schmolz, als sie es hinunterschluckte. Das tat gut. Sie ging weiter.

Der Deutsche am Schluss des Zuges war beim Anblick dieser Geste des Kindes wie vor den Kopf geschlagen. Es war schon eine Ewigkeit, dass er die Todeskandidaten nicht einmal mehr sah. Erwachsene, Kinder, Greise, es war alles einerlei. Gesichtslose Gestalten, zum Verschwinden bestimmt. Aber diese Kleine, die hatte er wirklich gesehen: Sie hatte Schnee gegessen. Sie würde sterben. Sie wusste es. Und trotzdem aß sie Schnee, stillte ihren Durst. Er hatte die Sicherheit ihrer Bewegung bemerkt, schnell, ohne das geringste Zögern, fast unbekümmert, eine fließende, geschmeidige, tierische Bewegung. Etwas in ihm hatte sich gerührt. Irgendwo zwischen Brust und Unterleib. Es war wie ein winziges Beben, ein zugleich sanfter und brutaler Stoß. Etwas Vertrautes. Wie damals, als er in den großen Wäldern gewesen war, in jenem anderen Leben. Der Soldat, der Renée mit der Waffe vor sich hertrieb, brüllte, dass eine aufgeschreckte Krähe ein entsetzliches Krächzen ausstieß:

»Halt!«

Renée blieb auf der Stelle stehen und ließ ihren Schmusekerl, den sie noch immer in der linken Hand hielt, fallen. Ihr Herz klopfte zum Zerspringen. Warum schrie er so, der da? Der Soldat spannte erneut, zielte auf den Kopf des Kindes. Renée sah ihren eigenen Atem in der eisigen Luft gefrieren. Sie dachte an das kleine Lumpenmännchen dort im Schnee, zu ihren Füssen, und hätte fast geweint. Armer Plopp! Bald Waise und alleingelassen in der Kälte.

Der Deutsche brachte es nicht fertig, abzudrücken. Er hatte sich versetzt aufgestellt, abseits des Weges, drei oder vier Meter von dem Mädchen entfernt, auf dessen Schläfe zielend. Der andere Soldat, der etwas weiter hinten auf dem Weg geblieben war, konnte seinen Arm zittern sehen.

»Lass mich das machen«, sagte er genervt.

Er zog seine Pistole und legte auf die Kleine an. Sie war nichts mehr, nur eine gesichtslose Gestalt, zum Verschwinden bestimmt. Er spannte den Abzug.

Renée fragte sich, was für ein Gesicht der Soldat wohl machte, der sie töten würde, der andere, der hinten geblieben war, der, dessen Augen sie im Jeep flüchtig gesehen hatte, der mit der grabestiefen Stimme. Sie wollte ihn sehen. Sie wollte, dass er sie sah. Sie begann sich um ihre eigene Achse zu drehen, ganz langsam, und ihre Augen trafen die seinen. Sie waren hell und kalt. Und plötzlich zuckte darin ein seltsames Schimmern auf, die Pupillen weiteten sich. Der Deutsche schoss. Renée schreckte zusammen. Eine Sekunde lang schloss sie die Augen, und als sie sie wieder öffnete, lag der andere Soldat im Schnee, mit einem verstörten Ausdruck. Renée brauchte eine Weile, ehe sie begriff, dass sie unversehrt war. Sie betrachtete den niedergestreckten Mann, dann wieder den anderen, der genauso überrascht schien wie sie selbst. Er hielt die Waffe noch immer mit gestrecktem Arm und starrte wie gebannt auf Renée, die ganz verschmiert war vom Blut des Mannes, der am Boden lag.

Der Knall schallte noch in der eisigen Luft. Der Deutsche schien sich nicht vom Blick des Kindes losreißen zu können. Schließlich wandte er die Augen ab, steckte die Pistole ein, drehte sich um und ging den Weg zurück. Renée grabschte Plopp und rannte hinter dem Soldaten her. Sie erreichten den Wagen. Der Soldat schwang sich über die Fahrertür und ließ den Motor an. Renée hatte soeben Zeit, auf den Beifahrersitz zu springen. Der Jeep stob in einer Schneewolke davon.

Was nun? Wohin? Mit diesem Mädchen, das sich umgedreht hatte? Wie kam einer auf die Idee, sich zu dem umzudrehen, der ihn erschießen wird? Das war ein Coup für Hartgesottene, wie man es in Filmen sieht. Niemand macht das im wirklichen Leben, und erst recht keine Jüdin. Und schon davor, fängt sie doch tatsächlich an, Schnee zu fressen! Er warf ihr einen kurzen Blick zu. Sie sah stur geradeaus, das Kinn gereckt, die Augen zusammengekniffen wegen des kalten Windes. Die Blutspritzer waren auf ihrem Gesicht getrocknet, ihr lockiges schwarzes Haar flog in alle Richtungen. Sie sah aus wie eine winzige Gorgone. Verflixte Göre. Und der andere, eben im Wald, der noch immer seine Augen offen und diese verblüffte Miene haben musste. Franz? Nein, Hans. So ein Idiot. Der noch an den Sieg glaubte, ans Tausendjährige Reich, das neue Goldene Zeitalter und den ganzen Quatsch. Er hatte Hans getötet statt des kleinen Mädchens. Er war außerstande zu begreifen, warum. Im letzten Moment, bevor er schoss, war sein Arm leicht verrutscht, und es war Hans, der sich mit einer Kugel zwischen den Augen wiederfand.

Sie waren vor zwei Tagen von ihrem Stützpunkt aufgebrochen, am Morgen des 16. Dezember. Zuerst hatten sie eine Brücke gesprengt, mit ein paar Amis drauf. Die Amis waren nicht vorgesehen, aber da sie gerade ankamen ... Um Munition zu sparen, hatte er unter Hans' entsetztem Blick die blanke Waffe nehmen müssen, um die Lebenden zu töten und den Verwundeten den Rest zu geben. Anschließend hatten sie Straßen- und Hinweisschilder umgesteckt, waren Alliierten begegnet, die sie in irgendein gottverlassenes Nest anstelle eines anderen geschickt hatten. Er war derjenige, der mit den Yankees sprach. Hans' Englisch war ein Kauderwelsch mit bayrischem Akzent, und der Kerl hatte keinen Schimmer, wer Lester Young sein mochte. Die Amerikaner waren misstrauisch und stellten Fragen; sie hatten von den Eingeschleusten in Feinduniform gehört. *Unternehmen Greif*, so lautete der pompöse Name dieses Sabotageunternehmens, ersonnen von Hitler und angeführt von Otto Skorzeny. Hitler hoffte, die Brücken über die Maas einzunehmen und nach Antwerpen zu gelangen, um das wichtigste Munitionslager der Alliierten in seine Gewalt zu bringen. Klar, dass dieses Unternehmen ein Selbstmordkommando war, und man musste schon ein Trottel sein wie Hans, um das Gegenteil zu glauben.

Der Soldat fühlte sich plötzlich erschöpft; auf gut Glück schlug er irgendeinen Weg ein, fuhr tiefer in den Wald hinein. Er sagte sich, er würde so weit fahren wie der Jeep mitmachte. Er wollte nur noch eins:

schlafen. Danach würde ihm schon etwas einfallen. Der Weg endete unweit eines Wasserlaufs. Der Mann und das kleine Mädchen stiegen aus dem Wagen und folgten dem zugefrorenen Bach. Er ging schnell. Die Kleine trippelte neben ihm her, mied geschickt die Schneeverwehungen, die durch den bitteren Frost der letzten Tage hart und glitschig geworden waren. Sie war lebhaft, robust. Von Zeit zu Zeit blickte sie ihn an, und das bereitete ihm unbehagliche Gefühle. Hinter einer dicken Buche tauchte eine Holzhütte auf. Sie schien leer zu sein. Der Deutsche näherte sich geräuschlos. Er bewegte sich mit außergewöhnlicher Geschmeidigkeit. Er zog seine Waffe, verharrte einen Moment lauschend neben der Tür. Renée war dicht bei ihm geblieben, so leise wie möglich. Plötzlich öffnete er die Tür mit einem Fußtritt und überschritt die Schwelle, während sein gestreckter Arm mit schussbereiter Waffe in alle Richtungen des Innenraums fuhr. Niemand. Er winkte Renée herein.

Die Hütte bestand nur aus einem Raum, ausgestattet mit einem großen, in die einzige Steinwand eingelassenen Kamin. Etliche Küchengeräte und eine alte Matratze am Boden zeugten von einer menschlichen Präsenz. Der Deutsche begann, aus dem Holz, das er ums Haus herum sammelte, ein Feuer zu machen. Renée half ihm so gut sie konnte, trotz ihrer steif gefrorenen Hände. Dann ließ er sich auf die Matratze fallen und schlief unverzüglich ein, die Pistole in der Hand.

Renée setzte sich auf den Fußboden, an eine Wand gelehnt. Sie betrachtete den Schlafenden. Sie würde nicht weglaufen. Sie würde sich nicht rühren. Sie würde Wache bei ihm halten, den Geräuschen draußen lauschen und ihn warnen, wenn Gefahr im Verzuge war. Man hörte Schüsse in der Ferne. Sie blies sich in die Hände, um sie aufzuwärmen. Der Deutsche begann heftiger zu atmen; seine Hand löste sich vom Griff der Schusswaffe. Er zog die Knie an die Brust. Seine Gesichtszüge entspannten sich. Er schien tief zu schlafen. Renée war noch immer genauso durstig. Aber diesmal würde sie nichts versuchen. Sie würde warten. Dass er aufwachte, dass er Wasser holen ging.

Sie fragte sich nicht, warum der Deutsche sie nicht getötet hatte. Als sie sich umdrehte, hatte sie gewusst, dass er nicht auf sie schießen würde. Und dann war der andere, der, der Angst hatte, zusammengesunken. Er war derjenige, der sterben musste, nicht sie. Alles war, wie es sein musste. Um sich blickend, musterte sie den Raum, die mit Spinnweben verhangenen Holzwände, die völlig verdreckten kleinen Fenster, die flackernden Flammen im Kamin.

Der Deutsche hatte eine etwas andere Haltung eingenommen, die rechte Schulter war zurückgezogen und entblößte seinen Hals, an dem eine Ader pochte. Er hatte die Hand auf seine Brust gelegt, die sich mit dem Atem hob und senkte. Er lag da, verletzlich und doch bereit, beim geringsten Geräusch aufzuspringen, bereit, sie zu verteidigen, dessen war sie sicher, und wieder zu töten. Den Schnee mit Blut zu bespritzen.

2

Er zog eine metallene Feldflasche aus seiner Jackentasche, öffnete den Verschluss und trank ausgiebig, ehe er sie dem Mädchen reichte. Es leerte die Flasche in einem Zug, fast wütend. Dann holte er ein Päckchen Hartkekse heraus, nahm sich einen und hielt Renée das Päckchen hin. Sie eroberte zwei, für jede Hand einen.

»Immer langsam«, sagte er.

Seine Stimme war wirklich etwas Besonderes, tief und abgründig, sie schien zu grollen wie ein ferner Donner; das hatte etwas Herzliches und Bedrohliches zugleich.

»Sprichst du auch Französisch?«, fragte sie.

Er antwortete nicht, sah sie nur mit einem Funken Ironie an.

Er musste eine ganze Weile geschlafen haben; es war dunkel. Die Schüsse in der Ferne waren verstummt. Er hatte sich gesagt, die Kleine würde vielleicht verschwunden sein, zumindest hatte er es gehofft. Als er aufgewacht war, hatte sie mit ihren tintenschwarzen Augen zu ihm herübergeschielt, ihr ekliges altes Spielzeug, diesen Lumpenkerl mit seiner schiefen Birne und dem verblödeten Gesicht, an sich gepresst. Sie hätte alle Zeit der Welt gehabt, ihm ernsthaft zuzusetzen, während er schlief, einen kräftigen Schlag mit einem Holzscheit oder schlimmer, mit dem Schürhaken. Kein Zweifel, dass sie die Chuzpe dazu hatte. Das hätte den Vorteil gehabt, ihnen das Leben zu erleichtern, allen beiden. Stattdessen hatte sie stundenlang in genau derselben Haltung ausgeharrt, in der er sie vor dem Einschlafen gesehen hatte, im Schneidersitz, den Hanswurst auf ihrem rechten Oberschenkel. Er konnte sich nicht erinnern, seit Jahren so gut geschlafen zu haben, genau genommen seit Kriegsbeginn. Trotzdem sah er nicht klarer als bei ihrer Ankunft in der Hütte ein paar Stunden zuvor. Was sollte er mit ihr machen? Was mit sich selber? Er gab dem Kind noch einen Keks.

»Wie heißt du?«, fragte sie.

Gott, was nervte sie ihn mit ihren Fragen! Darauf hatte er wahrhaftig keine Lust, sie seinen Vornamen rufen zu hören: Matthias. »Matthias, ich hab' Hunger«, »Matthias, mir ist kalt«, »Matthias, ich muss Pipi« und das ganze Gequengel, wie Kinder es so an sich haben. Erst jetzt wurde ihm bewusst, dass sie nicht ein einziges Mal um irgendetwas gebeten hatte. Absolut keine Klage, seit jenem Moment im Wald, als … er Hans abgeknallt hatte. Dafür konnte er enthauptet werden. Vor allem aber dafür, eine Jüdin verschont zu haben. Schwer zu sagen, welches der beiden Verbrechen schwerer wog.

Die Verfolgung der Juden hatte während der Ardennenoffensive keine Priorität mehr und gehörte nicht zu seinem Einsatz im Rahmen des *Unternehmens Greif*. Aber ihre Vernichtung war nach wie vor die Obsession des Führers. Transporte nach Osten gab es keine mehr. Also auch keine Möglichkeit, sich damit zu begnügen, sie zusammenzutreiben und auf eine kleine Reise mit dem Zug nach Auschwitz zu schicken. Man musste die Drecksarbeit selbst erledigen, wie am Anfang, bevor die Gaskammern erfunden wurden. Und Matthias hatte diese Sorte Arbeit nie gemocht. Lust zu töten, ja, sicher, aber nicht solche wehrlosen, geschwächten und verzweifelten armen Leute. Das hatte wirklich überhaupt keinen Reiz.

Er hatte nie viel mit der »Endlösung der Judenfrage«, wie man in den Führungskreisen sagte, zu schaffen gehabt. Nachdem er 1939 den legendären »Kommandos der Brandenburger« beigetreten war, hatte Otto Skorzeny ihn 1943 angeworben. Otto Skorzeny, wegen seiner vielen, bei Fechtduellen erworbenen Schmisse an den Wangen »das Narbengesicht« genannt. Matthias hatte sich dessen neu gebildetem SS-Sonderverband angeschlossen: der Kommandoeinheit Friedenthal, der Crème der Superhelden des Nationalsozialismus. Polyglotte Spione im Kampfeinsatz, geradewegs den Träumen eines bösen Zwölfjährigen entsprungen, der zu viele amerikanische Comics gelesen hat. Matthias hatte sich köstlich amüsiert, von der Entführung des ungarischen »Kronprinzen« bis hin zur Befreiung Mussolinis mit dem Segelflugzeug. Und während er Spion und Saboteur in Feinduniform spielte, hatte er kaum Gelegenheit gehabt, sich mit dem abzugeben, was in den Todeslagern vor sich ging.

Aber er wusste, dass jede seiner Aktionen bei den glorreichen Elitekommandos indirekt ein paar Juden, ein paar Zigeuner, ein paar Schwule mehr zu Asche werden ließ. Sein Krieg war nicht sauberer als der des Soldaten, der die alte ungarische Jüdin und ihren zerlumpten Enkelsohn von der Verladerampe in die Gaskammer trieb. Matthias war ein Rädchen der Vernichtungsmaschinerie. Ein Glied des nimmersatten Ogers. Aber das raubte ihm nicht den Schlaf. Er hatte das Beste genommen, was das System zu bieten hatte, wohlwissend, in welche Scheiße er seinen Fuß setzte. Und niemand hatte ihn gezwungen, den Tanz mitzumachen, er hatte sich selber eingeladen.

Seit einigen Monaten schlug das große makabre Fest ins Groteske um. Der Krieg war verloren, und man tat so, als wäre das genaue Gegenteil der Fall. Dieses *Unternehmen Greif* war so lächerlich wie sonst etwas: ein paar arme Schlucker, die kaum aus dem Mutterschoß gekrochen waren, Englisch brabbelten wie eine schwäbische Bäuerin, und die als Söhne von Uncle Sam ebenso überzeugend waren wie Goebbels als Stepptänzer. Sogar die Deckuniformen waren jämmerlich: alles nur ungefähr und ungenau zusammengeschustert, wie Festkostüme einer Armenschule. Aber schließlich hatte Matthias den Auftrag angenommen, gemeinsam mit drei oder vier der Besten aus der »Schweinebrigade« des Narbengesichts. Es war immer noch besser, den im Wald verirrten Yankee zu spielen, als in Kopenhagen Straßenbahnbenutzer in die Luft zu sprengen, wie Otto Schwerdt es gerade tat, ein Skorzeny-Getreuer und Fanatiker der ersten Stunde, der in Sachen Glanzleistung nicht denselben Geschmack hatte wie Matthias. Oder vielmehr in Sachen dessen, was an Glanz noch übrig blieb. Und das alles, um mit einer kleinen Judengöre in einer Hütte mitten im Wald zu landen! Er hätte vieles vorhersehen können, als er 1939 nach Deutschland gekommen war, aber das bestimmt nicht. Die Kleine redete zärtlich mit ihrem Lumpenkerl, wobei sie Kekskrümel an den Knopf hielt, der ihm als Mund diente. »Du hast noch Hunger? Tja, is nichts mehr da, alle, alle …«

Diese Art, es ihm zu zeigen, ihm durch die Hintertür, durch ihr Spielchen mit diesem blöden Hampelmann zu sagen, dass sie noch Hunger hatte! Matthias war es leid, er stand auf und ging hinaus. Renée versteifte sich, sobald er die Tür öffnete. Sie hatte Lust, ihm zu folgen, ihm auf den Fersen zu bleiben, doch sie spürte, dass er allein sein wollte. Sie wischte die Fensterscheibe ab, um ihn klarer erkennen zu können: Er zündete sich eine Zigarette an. Der Schein des Feuerzeugs erleuchtete flüchtig sein Gesicht. Seine kräftige Gestalt zeichnete sich deutlich im Mondlicht ab. Er hatte einen geschmeidigen, leichtfüßigen Gang. Er schien diesem Wald anzugehören, der sie umgab, der Zeuge ihres Bündnisses, ihres Pakts geworden war. Er war hier zu Hause. Renée rieb die Scheibe etwas gründlicher ab; er war noch da, an einen Baum gelehnt, sein Körper in einen Hof von diffusem, irrealem Licht getaucht.

Am nächsten Tag nahm Matthias die Kleine mit zum Schlingen stellen. Er konnte sie nicht allein in der Hütte lassen, aber es ärgerte ihn, dieses Kind am Bein zu haben. Sie bahnten sich einen Weg durch den Wald, auf der Suche nach Tierspuren. Matthias erwartete kaum mehr als irgendeinen alten, halbtauben und halbblinden Hasen. Seit Jahren hatte er nicht mehr gejagt, war sicher ein bisschen aus der Übung gekommen. Er fühlte sich seltsam wohl, trotz Renées Anwesenheit. In Wirklichkeit war sie sehr aufmerksam darauf bedacht, geräuschlos zu gehen, nicht zu sprechen, konzentriert zu beobachten, was er tat, als versuchte sie, sich jede Kleinigkeit einzuprägen. Er hatte aus einem seiner Schnürsenkel und einem Stock eine Falle gebaut. Dann hatten sie sich eine lange Weile hinter Farnkraut versteckt. Nichts als das Rascheln der Wildnis um sie her. Die Schüsse waren verstummt, wie durch ein Wunder. Die Kleine hatte Ausdauer. Das Warten schien ihr Spaß zu machen, so unbequem es war und trotz der beißenden Kälte, die ihr die Hände abfror. Endlich war ein Hase aufgetaucht. Sie hatten beobachtet, wie er die Falle umkreiste, dann in die Schlinge ging. Die Kleine hatte keinen Mucks von sich gegeben, als das Tier sich freizustrampeln suchte, langsam erwürgt vom Schnürsenkel und dem eigenen Lebenswillen.

Matthias hatte die Leiden des Hasen durch einen Hieb mit einem merkwürdig geformten Messer verkürzt. Dann hatte er ihn in einem Schwung an Ort und Stelle zerlegt. Renée sah die große Hand das Hasenfell abziehen, die nackte Haut erscheinen, rosa und stark glänzend. Der Deutsche schien das sein Leben lang gemacht zu haben, anstatt Menschen zu töten. Zweifellos hatte er beides sehr viel gemacht, Tiere und Menschen getötet. Nachdem der Hase zerlegt war, gab er ihr das Fell. Renée schob ihre erfrorenen Hände hinein, in die Wärme der noch blutigen Innenhaut.

Plötzlich sah Matthias das von Hans mit angelegter Waffe bedrohte Mädchen wieder vor sich, die Kleine, die sich nichts daraus macht, eine Handvoll Schnee zusammenzuraffen und zu essen. Dieselbe, die sich jetzt ihre Hände am Fell eines kaum verendeten Tieres wärmt und diese wohlige Wärme genießt, die Matthias wie sein Schatten durch den Wald folgt, ihn mit ihren tiefen Blicken nicht aus den Augen lässt, die seinen Schlaf bewacht und ihm etwas verschafft, was er nie erlebt hat und einfach nicht begreifen kann. Es ist noch zu konfus, in seinem Geist wie in seinem Körper. Es ist konfus, aber da, es existiert und erfüllt ihn nach und nach mit einer Art stiller Freude. Das Kind hebt die Augen zu ihm. Sie hat seine Verwirrung bemerkt, nichts könnte ihr entgehen. Er wendet sich ab und schlägt den Rückweg zur Hütte ein.

Sie kauen gewissenhaft, beide schweigend vor dem Kamin. Renée schluckt den letzten Bissen hinunter und wischt sich mit dem Ärmel über den Mund. Es ist ihr zweiter Abend in der Hütte. Am Vortag hatte sie ihm eine Geschichte erzählt. Er wollte sie nicht hören, aber das kümmerte sie nicht. Es ging um ein riesiges Wunderpferd, das vier Brüder auf seinem Rücken trägt, durch das ganze Reich Karls des Großen. Die vier Männer sind außer sich vor Wut auf besagten Karl, weshalb, hat Matthias nicht richtig verstanden und die kleine Göre sicher auch nicht. Kurz, die vier Haimonskinder ziehen gegen den Kaiser in den Krieg und lassen sich dabei von einem komischen Kauz helfen, einer Art Zauberer in einem Bärenfell und mit Laubwerk auf dem Kopf, der sich unsichtbar machen kann und in den Wäldern lebt. Der Zauberer heißt Maugis. Er besitzt ein phantastisches Pferd, riesengroß und fähig, mit einem Satz über die Maas zu springen. Das ist Bayard. Das Märchenpferd, wie die Kleine sagt. Und sie spricht diese Worte wie eine Beschwörungsformel, wie etwas Heiliges aus uralten, urtümlichen Zeiten. Ob er will oder nicht, Matthias liebt es, sie erzählen zu hören.

Das Märchenpferd also ermöglicht es den Brüdern, den Schergen Karls des Großen immer wieder zu entkommen. Den aber macht es rasend, wie die Brüder ihn zum Narren halten; er hat dem Märchenpferd den Tod geschworen, einen schrecklichen, grausamen Tod. Und ojee, Bayard geht ihm in die Falle. Hier waren sie angelangt, als das Kind beschloss, es sei müde, es werde am nächsten Tag weitererzählen. Die Kleine hatte ihn ganz schön geleimt. Er wollte wissen, was mit diesem verdammten Gaul passiert war. Während sie erzählte, hatte er sich leicht und beruhigt gefühlt, fern von diesem Krieg. Dorthin zurückversetzt, ins Zelt der alten Indianerin. Aber das war eine andere Zeit, ein anderer er selbst gewesen.

»Willst du wissen, wie es ausgeht?«, fragte Renée.

Er brummelte etwas, was sie als »ja« deutete. Schon setzte sie sich kerzengerade auf. Ihre Augen leuchteten von einem wilden Glanz im Feuerschein. Das Märchenpferd war gefangen. Karl der Große hatte befohlen, ihm einen gewaltigen Mühlstein um den Hals zu hängen und es dergleichen in die Maas zu treiben. Das Pferd war hineingesprungen. Karl der Große frohlockte bereits, keinerlei Kräuseln mehr an der Oberfläche des Flusses zu erkennen. Er hatte das Tier endlich besiegt, den Zauber und jene, die sich seiner Herrschaft widersetzten, zunichtegemacht. Aber wie überrascht und wie wütend ist er, als das Märchenpferd jäh aus dem Wasser bricht! Mit einem Huftritt zerschlägt es den Mühlstein, schießt aus den Fluten empor, sooo! Renée deutet mit ausladender Geste eine Fontäne an. Dann ein einziger Satz, und schon ist das Ufer erreicht. Bayard verschwindet im Wald und ward nie mehr gesehen. Nie mehr.

Na ja. Nie mehr. Sie sagt das mit einer fast komisch geheimnisvollen Miene. Matthias lächelt. Renée runzelt die Stirn.

»Weißt du, Bayard lebt noch immer. Er ist überall zu Hause, wo es große Wälder gibt. Er kann laufen, wohin er will, sehr weit …«

Sie unterbrach, ehe sie fortfuhr:

»Bis zu euch.«

Matthias zuckte fast unmerklich zusammen, doch Renée bemerkte es.

»Nach Deutschland …«

Matthias antwortete nicht. Renée wusste, dass er ein Leben davor gehabt hatte, zumindest ein anderes Leben, nicht nur das eines deutschen Soldaten. Er sprach sehr gut Französisch. Der Wald war sein Reich. Renée bewunderte dieses Geheimnis, diesen unendlichen Teil Dunkelheit in ihm. Das erschreckte und reizte sie zugleich. In den Geschichten, die ihr erzählt worden waren, hatte sie, soweit sie sich erinnern konnte, immer die etwas bedeckten Personen vorgezogen. Und genauso verhielt es sich mit den Menschen, denen sie in ihrem Leben voller Gefahr, Verfolgung und Verheimlichung begegnet war. Die Überfreundlichen, die sie mit einem Lächeln ansprachen, das alle Zähne und sämtliche Falten um die Augen zeigte, hatten sich oft als die am wenigsten Vertrauenswürdigen erwiesen.

Renée erinnert sich an Marie-Jeanne, die Nachbarin der Bauersleute, die sie in Obhut genommen hatten, als sie erst drei oder vier Jahre alt gewesen war; diese knochige, meterlange Frau lockte sie mit Süßigkeiten, strich ihr übers Haar und sagte ihr, wie hübsch sie sei. Und eines Tages wird Renée mitten in der Nacht geweckt: Sie muss fort, ohne auch nur ihre Kleider anzuziehen, in die kalte Nacht hinaus. Mama Claude, die Bäuerin, sagt, die Deutschen seien gleich da, um sie mitzunehmen. Pierre, der Mann von Mama Claude, holt sein Auto aus der Scheune, und sie fahren lange. Renée stellt sich schlafend, aber sie hört die beiden über Marie-Jeanne reden. Sie mussten ihr Geld geben, damit sie den Deutschen nichts von Renée verriet. Dann, als Pierre eines Tages nicht mehr blechen wollte, lief Marie-Jeanne hin, um alles zu erzählen. Aber zum Glück, Jesses-Maria-und-Josef, dass ein guter Junge aus dem Dorf alles mitbekommen und das Herz gehabt hatte, es den Bauern weiterzusagen! Wenn nicht, du lieber Herr Jesus, dann wär's wohl aus gewesen und man würde sich die Radieschen von unten anschaun, auf Wiedersehn und danke schön! Die Bäuerin war in einem jämmerlichen Zustand, sie rang nach Luft und schluchzte, und lieber Herr Jesus, o Gekreuzigter, danke, mein Gott, dass du dich erbarmt hast, und so es denn nicht zu spät ist, heilige Maria, bitte für uns Sünder, wenn sie früher gekommen wären, großer Gott, wenn sie früher gekommen wären, ja dann auf Wiedersehn und danke schön!

Matthias war eingeschlafen. Renée legte sich auf die alte Matratze, die er ihr überlassen hatte. Er hatte sich ein Lager aus Kiefernnadeln eingerichtet, sehr gut isolierend, um das Renée ihn beneidete. Sie schloss die Augen und sank rasch in den Schlaf. Sie träumte: Marie-Jeanne lag auf Knien vor Karl dem Großen und flehte um Gnade. Sie hatte einen Strick um den Hals, und am Ende des Stricks war ein Mühlstein, gut fünfmal so groß wie sie selbst. Karl der Große erhörte ihr Flehen nicht. Er befahl seinen Soldaten, sie sollten Marie-Jeanne in die Maas werfen. Sie begann ein *Ave Maria* aufzusagen, das in dicken Blasen an der Wasseroberfläche endete.

Renée wurde von Matthias, der sie am Arm rüttelte, aus ihrem Traum gerissen. Er gab ihr Zeichen, nicht zu sprechen. Jemand oder etwas kratzte an der Tür. Er zog sein großes Messer heraus, steckte es zwischen die Zähne. Mit einem schnellen Klimmzug hievte er sich über den Türsturz und drückte sich in das Gebälk. Die Schläge gegen die Tür gingen weiter, etwas heftiger.

»Bei drei machst du auf«, flüsterte Matthias.

Er zählte mit den Fingern, beim dritten riss Renée die Tür weit auf und versteckte sich dahinter. Sie hörten ein Geräusch von Tritten, oder eher ein Trampeln, dazu einen mächtigen Atem. Matthias kletterte von seinem Hochsitz herab, die Waffe in der Hand.

Sein Ausdruck erstarrte. Er winkte Renée, näher zu kommen. Vor ihnen stand ein großer Hirsch mit gewaltigem Geweih. Das Tier sah sie mit seinen sanften und doch hochmütigen Augen an. Sein mattes Fell war schneegefleckt. Renée hatte noch nie einen Hirsch gesehen, außer auf Bildern. Er war so riesig. Sie fragte sich, ob sie noch schlafe. Sie fürchtete, bei der geringsten Bewegung würde er wie durch ein Wunder verschwinden. Aber Matthias ging auf ihn zu, streckte ihm die Hand entgegen, ganz vorsichtig, mit einer gleichsam vertrauten Bewegung. Der Hirsch näherte sich ebenfalls und blickte ihm lange in die Augen. Dann senkte das Tier seinen schönen schweren Kopf und schob sein Maul in die geöffnete Hand des Mannes. Renée war wie geblendet: Der Deutsche hatte die Gabe. Er war der Herr des Waldes und der wilden Tiere. Sie hatte sein Geheimnis gelüftet. Er sprach fast nicht mit ihr, hatte ihr noch immer nicht seinen Namen gesagt (dafür hatte sie ihren auch nicht preisgegeben), er verweigerte sich ihr, aber das kümmerte sie nicht. Der Hirsch wich ein wenig zurück, sah sie ein letztes Mal an, kehrte ihnen den Rücken und verschwand, von der Dunkelheit verschluckt.

Der nächste Tag war einer, der Renée als ihr »Geschenktag« in Erinnerung bleiben sollte. Sie hatte den Deutschen etwas nähen sehen, aus einem Hasenfell; die tierischen Gedärme dienten ihm als Faden. Renée hatte keine Frage gestellt; sie wusste, dass sie keine Antwort bekommen würde. Als er fertig war mit seinem Werk, rief er sie in dem gewohnten barschen Ton:

»He, komm mal her!«

Renée war hingegangen, er hatte ihre mit Frostbeulen bedeckte Hand genommen und ihr einen Fäustling übergestülpt, das Fell nach innen gekehrt. Dann hatte er das gleiche mit der anderen Hand getan. Fäustlinge aus echtem Fell. Für sie. Von ihm gemacht.

Renée hatte in ihrem Leben nicht viele Geschenke bekommen; ihr Plopp war das kostbarste, weil der von ihrer Mama war. Das hatte man ihr jedenfalls gesagt, und sie erinnerte sich, ihn immer bei sich gehabt zu haben. Und außerdem war Plopp wirklich nett und ulkig mit seinem Strubbelhaar aus Wollfransen, die von dem etwas spitzen Kopf abstanden, seinem aufmerksamen Blick. Ihre Mutter hatte ihn gut ausgesucht. Sicher hatte sie sich schiefgelacht, als sie ihn entdeckte. Dann gab es das Buch *Die vier Haimonskinder*, das Marcel ihr geschenkt hatte, und das in ihrem Koffer auf der Straße geblieben war. Das Gleiche war mit Catherines Puppe passiert, die eines schönen Morgens im Schloss zurückgeblieben war. Sie hatte gebettelt, man möge umkehren und sie holen, aber es war nichts zu machen gewesen. Eigentlich mochte Renée Puppen nicht so gern, aber diese stammte von ihrer besten Freundin, die von den Deutschen mitgenommen worden war und sich jetzt bestimmt die Radieschen von unten anschaun musste, wie die Bäuerin zu sagen pflegte. Renée mochte diesen Ausdruck, er war lustig, er vermittelte den Eindruck, dass nicht alles ganz zu Ende war, da man schließlich noch etwas tat, nicht gerade spaßig, gewiss, aber immerhin mehr als gar nichts. Renée hatte nie an all die Geschichten vom In-den-Himmel-kommen, bei den Engeln sein und den lieben Gott sehen, geglaubt. Das Bild mit der Erde und den Radieschen entsprach ihrer Vorahnung viel besser. Man hatte ihr erklärt, Catherine sei an einen Ort gebracht worden, wo es viele andere Kinder gebe, und wo sie vielleicht ihre Eltern wiederfinden würde. Wenn das eine gute Nachricht sein sollte, weshalb machte Schwester Marthe vom Sacré-Cœur-Orden dann so ein finsteres Gesicht, um sie zu verkünden? Gut, die große Familienversammlung, das wollte Renée wohl glauben, aber was würden die Deutschen mit all den Menschen machen, die sie so schrecklich hassten?

Renée betrachtete ihre behandschuhten Hände voller Entzücken; sie drehte sie in der Luft, ließ sie tanzen wie »die kleinen Marionetten«. Sie näherte sich dem Deutschen und schmiegte ihre Wange an seine Brust. Er versteifte sich bei dieser Berührung, wie zu Stein verwandelt. Renée wunderte sich nicht darüber. Sie verstand genau, was er empfand. Sie selbst war nicht versessen auf Körperkontakt mit ihresgleichen, ob Kindern oder Erwachsenen. Tiere waren ihr lieber. Aber mit ihm, das war etwas anderes.

Renée verließ die Hütte. Der Boden war dick mit Schnee bedeckt; die Bäume bogen sich, vollkommen weiß unter ihrem schweren Mantel. Alles war ruhig. Die Kleine begann Schnee zu sammeln und eine Kugel zu formen, schön gleichmäßig, die sie über den Boden wälzte, damit sie dicker wurde. Sie wollte einen Schneemann bauen, jetzt, da sie nicht mehr fürchten musste, kalte Hände zu bekommen. Matthias stand in der Tür. Er beobachtete das Kind, völlig vertieft in das, was es gerade tat, unbekümmert, wie es schien, um alles Übrige. Dabei konnte sie so aufmerksam für ihre Umgebung sein, so umsichtig. Sie hatte eine unerhörte Fähigkeit, Dinge vorauszusehen, wie Matthias sie bisher nur bei den Indianern gefunden hatte. Im Augenblick war sie wie jedes andere Kind, auf ihr Spiel konzentriert, ganz im gegenwärtigen Moment. Er ertappte sich dabei, sich zum ersten Mal zu fragen, wo sie wohl herkam und was für ein Leben hinter ihr lag. Er konnte sich vorstellen, wie ihre Existenz als verfolgtes, gejagtes Kind, das ständig in Gefahr war, in etwa ausgesehen haben musste. Er hatte sie erlebt, bei Zivilisten untergeschlüpfte Judenkinder, während seines Spionageeinsatzes in der französischen Résistance. Aber diejenigen, die er dort angetroffen hatte, wirkten ausgelöscht. Sie sahen einem nicht in die Augen, drückten sich an den Mauern entlang, gaben einem unsicher die Hand. Sie versanken vor Angst im Boden. Dieses Kind war völlig anders.

Sie hatte ihren Schneemann fast fertig. Noch ein Stock als Nase ins Gesicht gepflanzt, dann wich sie zurück, um ihn zu bewundern. Matthias holte sich Zigaretten aus der Hütte. Als er wieder herauskam, rutschte ein Placken Schnee vom Dach und donnerte auf seinen Kopf. Lange reglos, starrte er Renée an. Schließlich schüttelte er sich, klopfte sich den Schnee aus dem Haar und von seinen Kleidern. Hatte er die Göre nicht eben kichern hören? Er brachte sein Äußeres ein wenig in Form, indem er sich lässig gab, was bei Renée einen neuen Anfall von Heiterkeit auslöste, den sie aber unterdrücken konnte. Mit zusammengepressten Lippen und roten Augen beobachtete sie ihn. Er spürte eine ohnmächtige Wut in sich aufsteigen; es war ihm unerträglich, dass die Göre ihn auslachte. Er ging ein paar Schritte auf sie zu. Er machte ihr große Augen und merkte sofort, dass seine Lage dadurch noch lächerlicher wurde. Renée prustete vor Lachen, ein helles Lachen, viel zu laut, viel zu anmaßend. Matthias packte sie am Arm, aber das Kind riss sich los. Er begann sie zu verfolgen. Sie war wirklich schnell. Schließlich erwischte er ihren Mantel, brachte sie zu Fall und fiel mit. Am Ende rollten sie im Schnee. Sie stand vor ihm wieder auf, warf ihm einen zugleich gespannten und triumphierenden Blick zu, dann stapfte sie zur Hütte. Matthias ließ seinen Kopf auf den Boden zurücksinken. Unfähig, in Worte zu fassen, was er da erlebte.

3

In dieser Nacht schreckte Matthias aus dem Schlaf auf. Renée lag an ihn geschmiegt. Sie hatte den Kopf auf seinen Oberkörper und eine Hand auf seine Hüfte gelegt. Er spürte die Hitze ihres Atems an seiner Haut, das leichte Gewicht ihres Arms an der Seite. Im ersten Moment hatte er den Reflex, seine Arme um sie zu schließen. Aber was, nein. Nicht auch das noch! Was bildete sie sich ein?! Ein paar Tage gemeinsames Hasenessen, und schon waren sie die besten Freunde der Welt? Wie viele Tage ging das eigentlich schon so, drei, vier? Er war nicht sicher. Zu viele jedenfalls. Das musste ein Ende haben. Sie brauchte ein richtiges Haus, ein Bett, Wärme, Spielsachen, frisches Gemüse … Er würde sie bei anständigen Leuten absetzen, auf einem Bauernhof oder in einem abgelegenen Haus. Matthias zog sich zurück, schob Renées Arm von seiner Hüfte. Er stand auf und setzte sich ans Feuer.

»Steh auf!«, befahl er mit dröhnender Stimme.

Renée regte sich, stützte sich auf den Ellbogen und rieb sich die Augen.

»Wir müssen los. Ich kann dich nicht bei mir behalten.«

»Warum?«, fragte das Kind.

»Weil. Steh auf. Wir gehen.«

Renée legte sich wieder hin, drehte ihm den Rücken zu.

»Nein«, sagte sie. »Du wirst mich bei irgendwelchen Leuten lassen. Ich will nicht mehr.«

Matthias näherte sich ihr, zwang sie, sich umzudrehen. Sie wehrte sich. Er packte sie an den Armen und schüttelte sie. Die Kleine brüllte. Matthias legte seine Hand auf ihren Mund. Sie fuhr fort mit dem erstickten Geschrei und schlug strampelnd um sich. Sie lief rot an; Blut schoss ihr in die Augen. Matthias war am Ende. Er wusste nicht mehr, was er machen sollte mit dieser plötzlich hysterischen Göre. Er musste sie zum Schweigen bringen. In was für eine Scheiße hatte er sich bloß gesetzt? Dabei konnte es so einfach sein; eine Vision durchzuckte ihn: die Klinge seines Messers, die ihr die Kehle von einem Ohr bis zum anderen aufschlitzte. Dann gab sie endlich Ruhe. Das war vielleicht die Lösung. Oder nur ein kurzer Schlag ins Genick, dass sie bewusstlos wurde. Aber dass sie die Klappe hielt! Mit einer ungeschickten und verzweifelten Geste schlang er die Arme um sie und hielt sie fest an sich gedrückt. Die Kleine schluchzte krampfartig an seiner Brust, unfähig, sich wieder einzukriegen. Matthias rührte sich nicht. Nach und nach wurde sie ruhiger. Er spürte, wie ihr Körper sich in seinen Armen entspannte. Als er sicher war, dass sie sich beruhigt hatte, sah er sie an, wischte ihr die Tränen aus dem Gesicht, brachte ihr Haar ein wenig in Ordnung. Renée legte sich wieder hin und blieb liegen, ohne ein Wort zu sagen, bis sie losgingen.

Der Jeep stand noch an derselben Stelle, wo sie ihn gelassen hatten. Was unglaublich war angesichts des Schlachtfelds, in das sich die Wälder hier verwandelt hatten, gespickt mit »Fuchslöchern« und mit Leichen übersät. Ebenso erstaunlich war die Tatsache, dass niemand sie in ihrem Schlupfwinkel gestört hatte. Matthias setzte sich ans Steuer, drehte den Schlüssel nur einen Tick, und schon sprang der Motor an. Sie fuhren den Weg zurück, aber statt wieder auf die Straße abzubiegen, schlug Matthias einen anderen Weg ein, der sich in den Wald schlängelte. Der Jeep blieb in einem Fluss stecken. Matthias stopfte Steine unter die Reifen, schob den Wagen mit aller Kraft, fluchte, knurrte, trat gegen die Karosserie. Renée hatte es plötzlich satt, mit anzusehen, wie er sich über ein Ding aufregte, als wäre es ein störrischer

Esel. Sie kletterte aus dem Jeep, landete im eisigen Wasser. Sie watete tapfer hindurch, erreichte das Ufer und ging entschlossenen Schritts weiter, ohne einen Blick für Matthias.

So ein Aas! Dabei rackerte er sich nur für sie mit dieser Schrottkiste ab. Ihm machte es nichts aus, zu laufen. Zum Teufel mit ihr! Er wuchtete noch einen dicken Stein unter den linken Hinterreifen, trat das Gaspedal durch. Vergebens. Er sah das Kind mühsam auf dem Feld am Waldrand vorankommen. Ein wankender schwarzer Fleck im Schnee. Er rannte los, um sie einzuholen, und war schnell an ihr vorbei. Die Kleine strauchelte bei jedem Schritt, der Schnee war einfach zu dick. Sie versuchte, das Zittern, das sie anfallartig überkam, zu unterdrücken. Matthias kehrte zurück und hievte sie auf seine Schulter, wie ein Paket.

Jeanne hatte genug von diesem Keller, bevölkert mit jammernden Alten, die ihren Rosenkranz beteten, Kindern, die über Hunger klagten, und denen man blöde den Spruch wiederholte: »Iss deine Hand und heb dir die andere für morgen auf.« Genug von den endlosen Diskussionen über einen möglichen Sieg der Alliierten, über die schreckliche deutsche Beharrlichkeit. Der Flurhüter glaubte wie an die Hölle daran, dass »die Boches ihr letztes Wort noch nicht gesprochen« hatten, Onkel Arthur schwor nur noch auf den Mut der Amis, dieser tapferen Pfundskerle, Sinnbilder der Freiheit. Die Gespräche mit gedämpfter Stimme arteten meistens in Streit aus, und erst wenn Jules Paquet, der Herr im Haus und Jeannes Vater, ein Donnerwetter losließ, verstummten alle. Die Frauen begannen wieder zu jammern, und die Leier der *Pater* und *Ave* fing von vorne an.

So flüchtete sich Jeanne in die Küche, wie so oft, trotz allgemeiner Missbilligung. Sie setzte sich auf einen niedrigen Melkschemel vor den Ofen, in dem kein Feuer brannte. Ihr Blick irrte durch den Raum: ein einziges Chaos aus zertrümmerten und umgestürzten Möbeln, Glas- und Porzellanbruch. Der große Geschirrschrank, der zweihundert Jahre durchgehalten hatte, neigte sich jetzt gefährlich, die Teller aus altem Chiny alle auf eine Seite gerutscht, wie auf einem Schiff im Sturm. Der Vierseithof war mehrfach von Granaten getroffen worden. Das Wohnhaus stand noch, aber die Hälfte des Dachs war eingestürzt. Die Scheune und ein Teil der Ställe boten ein Bild der Verwüstung.

Kaum vier Uhr nachmittags, und es war schon fast dunkel. Die deutsche Offensive hatte am 16. Dezember begonnen, am 18. waren die Paquets in den Keller gezogen. Jetzt war der 21. Das machte vier Tage, aber gefühlt hatte Jeanne schon sehr viel länger kein natürliches Licht mehr gesehen. Sie hatte Hunger, wie alle anderen, aber es waren noch zwei Stunden hin, bis man den winzigen Kanten Brot und die Scheibe Schinken zu knabbern bekam. Schinken, für den sie das Risiko eingegangen war, ihn vom Hof der Dussarts zu holen, im Tausch gegen einen Topf Schweineschmalz. Paquets Hof war erst von den Deutschen besetzt, dann von den Amerikanern zurückerobert worden, und beide hatten die Lebensmittelvorräte geplündert.

Jeanne stützte den Kopf in die Hände, seufzte mit geschlossenen Augen. Mit angehaltenem Atem richtete sie sich wieder auf: Sie hatte etwas gehört, draußen. Sie erhob sich, zögerte, in den Keller zurückzugehen, aber vom Flur her näherten sich Schritte; es war zu spät. Wie versteinert blieb sie an den Geschirrschrank gelehnt.

»*Anybody home?*«, rief eine Stimme.

Ein Amerikaner. Jeanne wusste nicht mehr so recht, ob sie froh sein sollte. Die Deutschen waren brutal, verächtlich und rüpelhaft gewesen. Aber die Amerikaner waren dermaßen nervös, dass sie genauso unangenehm wurden. Die Schritte kamen näher. Die Tür öffnete sich in dem Moment, als Jeanne eine kleine, auf dem Kaminsims stehende Madonna aus Bisquitporzellan umstieß. Eine Sekunde später hatte ein Soldat, der aus dem Flur aufgetaucht war, seine Waffe auf das junge Mädchen angelegt. In dieser Stellung taxierten sie einander einen Augenblick, dann drehte der Soldat sich um und ließ ein kleines Mädchen eintreten, das stocksteif vor ihm stehen blieb. Der Soldat und das Kind sahen Jeanne mit einer Eindringlichkeit an, die sie verwirrte. Sie würde es nie vergessen, das Auftauchen dieses seltsamen Paars in ihrer Küche, bei dem kalten, abendlichen Licht, die sonderbaren Blicke, hell seinerseits, tiefdunkel ihrerseits, zwei Augenpaare, die den Eindruck machten, als gehörten sie wilden Tieren, von derselben Horde. Endlich sagte der Mann etwas.

»Sind Soldaten im Haus?«

Er sprach Französisch, und gar nicht schlecht für einen Ami, trotz des etwas komischen Akzents.

»Nein, kein Soldat«, antwortete Jeanne. »Außer Ihnen.«

Seine Lippen zogen sich zu einer Andeutung von Grinsen auseinander.

»Können Sie sie behalten?«, fragte er, auf Renée deutend.

Seine Frage war keine wirkliche Frage. Eher eine Aufforderung, an der Grenze eines höflichen Befehls. Jeanne war nicht von dem Schlage, sich etwas aufzwingen zu lassen.

»Sie behalten? Was heißt behalten? Wie lange? Und wer ist sie überhaupt?«

»Sie ist Jüdin; ein Pfarrer aus Stoment hat sie mir gegeben.«

»Stoumont; man sagt Stoumont.«

Noch eine, die es nicht verlernt hatte, eine große Klappe zu haben! Perfekt, sie würde sich glänzend mit der Göre verstehen. Oder sie würden sich gegenseitig die Haare ausreißen. Konnte sie nicht einfach »ja« sagen, die hübsche Pflanze, damit die Sache erledigt war? Man sagt »Stoumont«! Und diese Unverfrorenheit in ihrem Blick. Ganz schön dreist, wo sie doch dem Feind ins Auge sah. Schlagartig kam es ihm wieder zu Bewusstsein: Er trug die amerikanische Uniform. Es hätte nicht viel gefehlt, und er hätte ihr auf Deutsch einen Befehl gegeben, wie etwa zu gehorchen und ihren schönen Mund zu halten. Er merkte, dass er die Waffe noch immer auf sie gerichtet hielt. Er senkte den Arm. Die Kleine dicht vor ihm rührte sich nicht. Seit der Krise letzte Nacht hüllte sie sich in ein unerträgliches Schweigen. Matthias hatte bemerkt, dass er ihr Geplapper, ihre Blicke, ihr Lächeln, ihren Märchengaul, ja sogar den Ernst vermisste, der ihren Zügen oft eigen war.

Das junge Mädchen wandte die Augen von Matthias ab und sah das Kind an. Sie streckte ihm die Arme entgegen und lächelte. Die Kleine rührte sich noch immer nicht. Matthias schob sie mit der Hand vorwärts. Renée steuerte wie ein kleiner Roboter auf

Jeanne zu. Jeanne nahm sie in die Arme. Sie kam ihr schwer vor gegen die schmächtige Gestalt. Ganz Muskeln und Knochen.

»Wie heißt du?«

Die Kleine antwortete nicht. Sie bewahrte ihre verstockte Miene. Jeanne und der Soldat wechselten einen Blick. Schließlich drehte Renée sich um, so dass sie Matthias ins Gesicht sah. Sie nahm sich alle Zeit der Welt, ehe sie sprach, ohne ihn aus den Augen zu lassen:

»Ich heiße Renée.«

Die Augen des Soldaten hatten sich leicht getrübt. Das Kind durchbohrte ihn noch immer mit demselben harten Blick. Alle drei blieben einen Moment lang still. Der Mond war aufgegangen und tauchte die verheerte Küche in ein diffuses bläuliches Licht, das sie wie ein Wrack im tiefen Wasser erscheinen ließ. Matthias riss sich von Renées Blick los.

»Ich muss gehen«, sagte er.

Er wandte sich um und ging. Man hörte seine Schritte auf den Bodenplatten im Flur. Renée befreite sich schroff aus Jeannes Armen, die sie wieder auf die Füße setzte. Sie ging ans Fenster; Jeanne folgte ihr. Matthias entfernte sich in Richtung des Vorbaus. Er blickte ein letztes Mal zurück, ehe er verschwand. Renée betrachtete den verschneiten Hof, den verkohlten Baum in der Mitte und vor allem das Gerippe eines toten Pferdes.

Renée hatte nicht wieder auf Jeannes Arm gewollt, um in den Keller hinabzusteigen. Dort unten, im flackernden Licht der Öllampen, starrten Dutzende von Augen sie an. Es waren wohl um die zwanzig Personen da, jeden Alters. Renée nahm zuerst die Kinder wahr, zwei Mädchen, etwas älter als sie selbst, und einen halbwüchsigen Jungen. Hier und dort stieg Gemurmel von der Gruppe auf. Eine Frau schrie: *»Maria Dei!«*; man wusste nicht so recht, ob es Dankbarkeit war oder ein Vorwurf, den sie an die Muttergottes richtete.

»Ein amerikanischer Soldat hat mich gebeten, sie hierzubehalten«, sagte Jeanne.

»Ein Soldat?! Muss man mir doch sagen, wenn ein Soldat auftaucht! Wo ist er?«

Es war Jules, Jeannes Vater, der mit Stentorstimme gesprochen hatte. Renée begriff sofort, dass er der Chef in diesem Keller war. Er war eher groß, stämmig wie eine Eiche, mit bohrenden schwarzen Augen, riesigen Händen und einem jähzornigen Ausdruck, der sich gleich in ein fröhliches Lächeln verwandelte, als er Renées Blick begegnete.

»Er ist wieder gegangen, der Soldat«, antwortete Jeanne. »Sie hat niemanden mehr, sie heißt Renée.«

Man betrachtete Renée, die niemanden mehr hatte, mit einer Mischung aus Mitgefühl und Neugierde, in feierlichem Schweigen. Berthe, Jeannes Mutter, eine gesund aussehende Frau mit eckigem, energischem Gesicht, streichelte dem Kind über die Haare. Dann brach die Stimme der Urahnin Marcelle, Berthes Großmutter, das Schweigen.

»Was ham' denn die im Dorf zu suchen, die Amerikaner?«, fragte sie in einem aufgebrachten Ton.

Die Kinder prusteten bei der Frage der Alten los. Berthe grollte ihnen mit einem strafenden Blick.

»Das sind doch die, die uns befreien, Bonmama. Weißt du noch, wie sie gekommen sind, um uns vor den Boches zu retten?«

»Na ja, vielleicht«, murmelte Jules.

Berthe näherte sich Renée und ging in die Hocke, um auf gleicher Höhe mit ihr zu sein.

»Kopf hoch, *mi fèye**, jetzt wird alles gut.«

So musste es wohl sein. Renée sah Berthe ratlos an. Tante Sidonie, Berthes Schwägerin, rief mit meckernder Stimme:

*»Pauv' pitite crapôde!«***

Es war dieselbe, die die Muttergottes angerufen hatte. Renée straffte sich und schleuderte ihr einen

* Wallonisch: Mädchen, Töchterchen

** Wallonisch: Armes kleines Mädchen

vernichtenden Blick zu; sie war keine arme kleine *crapôde*! Sie hatte die Nase voll von diesem ewigen Mitleid, diesen verlegenen Ausdrücken, diesen Blicken, die sich oft abwandten. Und Jeanne setzte alledem noch das Sahnehäubchen auf, indem sie ihrer Mutter zuraunte:

»Sie ist Jüdin. Der Pfarrer von Stoumont hat sie dem Soldaten anvertraut. Er hatte die SS vor der Tür.«

Berthe bekreuzigte sich. Ein Schreckensgemurmel fuhr durch die Gruppe.

»Wenn die Fridolins sie hier finden ...«, sagte Berthe.

Eine Frau mit einem kleinen Jungen auf dem Arm trat einen Schritt vor.

»Wem sagst du das! Gott im Himmel, das darf doch nicht wahr sein!«, kreischte sie. »Wegen der werden wir allesamt erschossen!«

Na gut, das war offensichtlich die Angsthaberin der Bande. Renée wusste Bescheid. Obwohl, manchmal zeigten solche Menschen auf einmal unerhörten Mut. Man durfte sie nicht voreilig verurteilen. Aber besser, man blieb auf der Hut, hielt Augen und Ohren offen. Renée hatte wieder auf Spürsinn geschaltet, der während der ganzen Zeit, die sie mit dem Deutschen verbracht hatte, weniger aktiv gewesen war. Sie hatte sich in Sicherheit gefühlt wie nie zuvor. In Wirklichkeit war sie erschöpft davon, seit Jahren ständig auf der Lauer zu sein, die Nerven blank, das Gehirn im Alarmzustand. Sie spürte diese Müdigkeit, ohne sich dessen voll bewusst zu sein. Aber mit dem Deutschen hatte sie den Unterschied erlebt. Sie hatte ihm vertraut. Sie hatte ihre Deckung fallen lassen. Und nun war er fort. War er zu seinen Leuten zurückgekehrt? Sie vertrieb solche Gedanken. Das Rad hatte sich gedreht. Die Lage hatte sich geändert. Sie musste sich darauf einstellen. Und leben.

4

Die Frau, die Angst hatte, wiegte gereizt ihren kleinen Sohn, während sie Renée von oben bis unten musterte. Er sah übrigens nicht gut aus, der kleine Sohn. Er war kaum mehr als zwei Jahre alt, sehr blass und mager. Grüner Schleim lief ihm aus der Nase, und er hustete in regelmäßigen Anfällen. Jules nahm Renée bei den Schultern, um sie Françoises gehässigen Blicken zu entziehen.

»Mach dir nichts draus, *m'fèye*, die meinen's nicht böse. Die haben nur Angst, das ist alles. Und Angst macht dumm. Aber hier bist du bei mir zu Hause, und ich, ich habe keine Angst.«

Er führte sie weiter durch den großen Gewölbekeller. Auf einer Matratze saß die alte Marcelle; eingemummelt in mehrere Schichten übereinander gezogener Kleider und mit einem Wollschal um den Kopf sah sie aus wie eine russische Puppe, nur mit mehr Falten und weniger Farben. Neben Marcelle war eine andere Alte, nun ja, nicht ganz so alt und längst nicht so eingemummelt. Diese Alte hatte sehr seltsame Augen von einem fast weißen Blau. Sie trug einen aufgelösten Knoten; ihr Haar war pechschwarz. Sie lächelte, aber Renée hätte nicht sagen können, ob es ihr galt oder irgendeiner unsichtbaren, in einer dunklen Kellerecke kauernden Person.

»Wo isse denn, das lütte Judenmädchen?«, rief Marcelle in den Raum.

Renée fragte sich, ob sie blind war.

»Hier doch, Bonmama«, antwortete Berthe belustigt.

»Also nee, die nicht. Das ist ja eine von hier«, gab die Urahnin zurück.

Jules' Lachen dröhnte durch das Steingewölbe. Alle verkrochen sich ein bisschen in sich selbst. Das geringste Geräusch konnte ihnen Schwierigkeiten einbringen, aber man hätte meinen mögen, das sei Jules völlig egal, zumindest, wenn er selbst das Geräusch verursachte.

»*Et qwè**, dachtet ihr etwa, sie hätte Hörner und Hufe?«, fragte er.

»Ich dachte, sie wäre schwarz«, erwiderte Marcelle vollkommen gutgläubig.

* Wallonisch: Na, was

Reumütiges Gemurmel erfüllte den Keller. Die Kinder prusteten wieder los. Jules amüsierte sich prächtig mit der Großmutter.

»Wie im Kongo?«, bohrte er.

»Nein, so schwarz auch nicht. Aber trotzdem …«

Da Renée selber nicht recht wusste, worin ihr Judentum eigentlich bestand, konnte sie nur allzu gut verstehen, dass die anderen es noch weniger wussten als sie. Sie wäre beglückt gewesen, ihnen Antworten zu geben, wenn sie es gekonnt hätte. Jude, das hatte etwas mit der Religion zu tun, so viel wusste sie. Im Schloss hatten die Schwestern ihr gesagt, die Juden hätten Jesus überhaupt nicht lieb und seien sogar für seinen Tod verantwortlich. Renée selber hatte nichts gegen ihn, ganz im Gegenteil. Sie bedauerte ihn sehr, wenn sie ihn am Kreuz hängen sah. Sie hatte wohl gefragt, was die anderen Juden diesem armen Mann, der offenbar schon sein Päckchen zu tragen hatte, derart übelnahmen, aber sie hatte keine Antwort bekommen. Man hatte sie bloß mit verständnisvollen Mienen angesehen, das war alles.

Es gab auch eine jüdische Sprache, obwohl die Juden überall auf der Welt verstreut lebten. Ihre Freundin Catherine konnte diese Sprache, weil sie die mit ihren Eltern gesprochen hatte, bevor sie in das Schloss gekommen war. Die jüdischen Kinder, denen Renée begegnet war, hatten wirklich nichts Besonderes an sich, außer vielleicht der Farbe ihrer Haare und Augen, eher dunkel, wie ihre eigenen. Im Schloss war kein einziger schwarzer Jude gewesen. Aber zweifellos gab es welche, da die Juden überall lebten.

Das Wort »Jude« stellte ein echtes Geheimnis dar. Renée hatte sich geschworen, es eines Tages zu lüften und vor allem zu verstehen, weshalb die Menschen bei diesem Wort bald feige wurden, wie der Vater von Marcel und Henri, bald böse, wie Françoise oder Marie-Jeanne, und dann wieder mutig und freundschaftlich, wie die Bauersleute in der anderen Gegend, wie Schwester Marthe vom Sacré-Cœur-Orden, der Pfarrer oder Jules Paquet. Das machte ihr am meisten Kopfzerbrechen: was dieses Wort an Emotionen auslöste. Dem Deutschen dagegen schien es vollkommen gleichgültig zu sein, dass Renée Jüdin war. Er hätte sie töten müssen, weil er ein deutscher Soldat war und deutsche Soldaten die Juden töten oder wegschaffen mussten, aber er hatte es nicht getan. Danach war die Frage nicht mehr von Belang gewesen. Mit ihm konnte Renée sie selbst sein. Zum ersten Mal in ihrem Leben, in Gesellschaft des deutschen Soldaten, hatte sie vergessen, dass sie Jüdin war.

Hier im Keller war sie wohl oder übel genötigt, sich daran zu erinnern. Wieder Gegenstand der Neugierde zu werden. Obwohl sie durchaus das Gefühl hatte, es bei diesen Leuten nicht schlecht erwischt zu haben. Vor allem Jules beruhigte sie, und er amüsierte sie.

»*Vino vé ci, mi ptit tchèt**, komm doch mal her!«, bat Marcelle, indem sie Renée die Hand entgegenstreckte.

Renée ergriff sie, wenn auch nicht ohne eine gewisse Scheu. Die Kleine hatte noch nicht oft mit älteren Menschen zu tun gehabt. Marcelle beeindruckte sie irgendwie durch ihre heisere Stimme und all die vielen Jahre, die sie auf dem Buckel hatte.

»So'n liebes lüttes Ding, ist doch wahr!«, sagte die Alte mit einem sanften Lächeln, das ihren vollkommen zahnlosen Mund sichtbar machte.

Marcelle sprach noch ein paar Worte auf Wallonisch, die Renée nicht hörte, weil sich plötzlich alle dem Geschehen auf der Treppe zuwandten: Ein grimmig aussehender amerikanischer Soldat richtete seine Waffe auf alles, was sich bewegte, begleitet von unverständlichem Gebell. Es ging wieder los. Renée duckte sich hinter Berthe und rührte sich nicht mehr. Und was, wenn der Soldat auf der Treppe auch ein Falscher, ein Getarnter war? Aber irgendetwas verriet der Kleinen, dass dieser Kerl mit seinen wilden, demonstrativen Gebärden tatsächlich Amerikaner war. Renée hatte noch keine Amerikaner gesehen,

* Wallonisch: Komm her, mein kleines Kätzchen

aber der war kein Deutscher. Dafür hätte sie ihre Hand ins Feuer legen können.

Dem einen Soldaten folgten zwei weitere. Alle drei wirkten extrem nervös, fuchtelten mit den Waffen herum wie Gangster spielende Kinder. Auf die übliche Frage nach der Anwesenheit von Fritz im Haus hatte Jules Paquet geantwortet, nein, es seien keine Fritz da, *just family, just family! Und please don't shoot!* Die Amis waren nicht zimperlich, und Jules wusste, dass sie in Trois-Ponts auf den bloßen Verdacht hin, es könnten Boches anwesend sein, eine Granate in einen Keller geschleudert hatten, der voller armer Zivilisten war. Sie nahmen es nicht so genau, das konnte man wohl sagen. Und der gestikulierende Vogel mit dem markanten Tarzankiefer bereitete ihm ein unbehagliches Gefühl. Alle hatten die Hände in der Luft. Man wartete auf Befehle. Am Ende würde man glauben, sie seien auch nicht viel besser als die Boches.

Also verließen sie den Keller im Gänsemarsch, die Hände über dem Kopf, und fanden sich in der Kälte der Nacht wieder. Tarzan hörte auf den Namen Dan; sein Leutnant befahl ihm, ein Auge auf die Zivilisten zu haben, während er und die anderen Soldaten den Hof durchsuchten. Dan hatte folglich ein Auge auf die Zivilisten, und kein gutes. Die Hälse verschwanden wärmesuchend zwischen den Schultern, die Füße hoben sich, um den dauernden Kontakt mit den eiskalten Steinen zu vermeiden. Der kleine Jean, immer noch genauso krank, schlotterte in den Armen seiner Mutter. Die alte Marcelle schien der Ohnmacht nahe. Die Kinder zitterten vor Schreck und Kälte. Renée hatte schon ganz anderes erlebt und nahm das Übel mit Geduld. Aber während sie so dastand und reglos wartete, die Arme gegen die Brust gepresst, um ihren unter den Mantel gekuschelten Plopp zu spüren, sah sie sich plötzlich wieder im Wald, mit dem Rücken zu den beiden Soldaten, die sie töten würden. Sie hört, wie der Revolver durchgeladen wird. Spürt erst das Zögern, die Angst des Mannes, der auf ihren Kopf zielt. Dann spricht der andere. Diese Stimme, ein wenig rau, warm. Er ist derjenige, der schießen wird. Sie weiß, es ist das Ende, aber sie will ihn wenigstens gesehen haben. Sie dreht sich um, trifft seine Augen hinter der auf sie gerichteten Waffe. Der Blick des Deutschen. Metallisch, ausdruckslos, nein, nicht ganz. Etwas leuchtet in dem kalten Blau auf, unmittelbar vor dem Knall. Sie erinnert sich auch an ein leichtes Stirnrunzeln, als wäre ihm etwas entgangen. Die Stimme des amerikanischen Soldaten reißt sie aus ihrer Vision. Sie kehrt auf den Hof zurück, zwischen all die Menschen, die sie nicht kennt. Der Deutsche hat sie verlassen. Das ist eine Tatsache, und sie kann nichts daran ändern.

Der kleine Jean hat wieder zu husten begonnen. Die Alten stöhnen. Berthe und Jules stützen die Großmutter. Sidonie fragt den amerikanischen Soldaten, wer das Dorf eigentlich hält, die deutsche Armee oder die Alliierten. Der andere versteht kein Wort. Hubert, der Flurhüter, versucht es in gebrochenem Englisch.

»*The Fritz*«, antwortet der Soldat.

Entsetztes Gemurmel. Marcelle kann nicht mehr. Berthe wirft Tarzan flehende Blicke zu. Man sieht genau, dass Jules ihm am liebsten eins in die Fresse geben würde. Der Soldat gibt schließlich zu verstehen, dass die beiden Alten sowie Françoise und ihr Sohn nach drinnen dürfen. Die anderen Soldaten kehren zurück; sie haben nichts gefunden, jedenfalls keine Deutschen. Alle dürfen wieder in den Keller.

Das halbe Dutzend Amerikaner richtet sich auf Stroh in einem kleineren und niedrigeren Kellerraum mit Backsteinwänden ein, angrenzend an den großen Gewölbekeller, in dem die Zivilisten sind. Es gibt Verwundete. Ein sehr junger Mann hat eine Kopfverletzung, aus der Blut durch die Bandagen sickert. Der Befehlshaber der kleinen Truppe ist Leutnant Pike, ein nervöser kleiner Mann mit Brille. Renée findet, dass er einen weitaus liebenswürdigeren Eindruck macht als Dan, der die ganze Zeit lächelt, dabei aber ganz befremdlich wirkt, weil es kein echtes Lächeln ist; eher eine Grimasse, wie bei Nussknacker. Leutnant Pike fordert die Frauen auf, in die Küche zu gehen, Feuer zu machen und den Soldaten etwas zu essen zu machen.

»Der ist gut«, sagt Berthe, »wo wir schon nichts für die Kinder haben!«

Berthe, Jeanne und Sidonie tun trotzdem, um was man sie gebeten hat, und Renée folgt ihnen, was Dan allerdings nicht zu gefallen scheint. Aber Renée pfeift darauf, sie will bei den Frauen bleiben. Schweren Herzens teilt man das Stück Schinken, das Jeanne von den Dussarts geholt hat. Berthe beginnt, eine seltsame Art von Mehl voller Getreidestückchen mit Wasser zu mischen. Max, ein großer, muskelbepackter schwarzer Soldat, betrachtet die Mischung ratlos.

»*What's that?*«, fragt er angewidert, mit seinem dicken Finger auf die Schüssel deutend.

»Futtermehl, fürs Vieh«, erklärt Berthe stolz, als böte sie ihm gefüllte Gans an. »Was anderes gibt's nicht mehr, mein Sohn.«

Max scheint noch nicht überzeugt zu sein. Doch Berthe setzt eine genüssliche Miene auf.

»Miam«, macht sie und reibt sich den Bauch.

Der Soldat reagiert mit einem breiten, jungenhaften Lächeln. Das ist ein echtes Lächeln, von dem Berthe und Sidonie das Herz blutet. Renée gesellt sich zu Jeanne, die damit beschäftigt ist, Verbandszeug vorzubereiten, indem sie ein Tischtuch in Streifen schneidet. Renée möchte sich nützlich machen; Jeanne hat verstanden und vertraut ihr die Verbände mit der Erklärung an, der Stoff dürfe nichts berühren, weil sich sonst die Wunden infizieren könnten. Dan schleicht um Jeanne herum. Renée hat sein Spielchen durchschaut; schon draußen, auf dem Hof, hat er die junge Frau dauernd angesehen. Er würde gern ins Gespräch kommen; aber Jeanne lässt ihn links liegen und widmet sich unbeirrt ihrer Aufgabe. Dan ärgert sich.

Er weiß nicht mehr, was er machen soll, um die Aufmerksamkeit der jungen Frau zu erregen: Er streicht Renée über den Kopf. Sie entzieht sich ruckartig und wirft ihm vernichtende Blicke zu. Hüte er sich, sie anzufassen, der Nussknacker! Dan sagt etwas, was Jeanne nicht versteht, aber offenbar geht es um Renée und das Verbandszeug, und wie gut es sei, dass die Kleine ihr hilft, was der erhobene Daumen und das blöde Lächeln zu bedeuten scheinen. Jeanne tut so, als verstünde sie überhaupt nichts; sie blickt ihn mit einer Mischung aus Ärger und Verachtung an.

Die beiden Mädchen lassen Dan auflaufen, aber er gibt sich nicht geschlagen; er schnappt sich den Schmusekerl, der aus Renées Tasche ragt, und beginnt hüpfend, Plopp wie eine Marionette zu bewegen.

»Look! Look who's there!?«

Er schreit, hampelt vor Renées bestürzter Miene herum. Was will er bloß? Dass sie versucht, ihr Lumpenmännchen zu fangen? Da kann er lange träumen! Die anderen Kinder freuen sich trotzdem; der kleine Jean lacht, und das mutet ganz komisch an, weil es tatsächlich das erste Mal seit Renées Ankunft ist. Der arme Plopp wird misshandelt, sein Kopf schlägt brutal an den Pfosten. Jetzt reicht es. Sie streckt gebieterisch die Hand nach dem alten Stoffmännchen aus. Der Amerikaner lässt endlich ab von seiner dämlichen Pantomime und gibt es dem Kind wieder. Jeanne ist nichts von der Szene entgangen. Der Amerikaner erntet einen Blick voller Herablassung. Er versucht seinen Verdruss zu verbergen, indem er die Kinder anlächelt.

Jeanne und Renée bringen das Verbandszeug in den Soldatenkeller, für die andere Alte, Ginette, die mit den hellen Augen. Sie kümmert sich um den Soldaten mit der Kopfverletzung. Man hat ihm die Bandagen abgenommen, die Wunde ist riesig und sieht übel aus. Jeanne stellt sich vor Renée, um ihr den Anblick zu ersparen. Doch Renée kann die Wunde des Soldaten gut ertragen. Das lässt sie kalt, aber er tut ihr leid. Er hat Schmerzen, das sieht man. Berthe kommt herein, mit einem Topf Honig und mürrischem Gesicht.

»Eine Wunde mit Honig zu behandeln, das hat es ja noch nie gegeben«, sagt sie. »Eine Erkältung, von mir aus …«

Ginette ignoriert die Bemerkung, nimmt mit der Hand eine gute Portion von der goldgelben Masse und trägt sie dick auf die offene Fleischwunde auf. Ginette blickt Renée an und erklärt es ihr.

»Am Anfang bleibt es noch ein oder zwei Tage lang rot, dann schließt es sich allmählich, du wirst sehen.«

Ginette hat mit Renée gesprochen, als wäre sie ihr seit jeher vertraut. Berthe stößt einen Seufzer aus und entfernt sich.

Die Soldaten beginnen den Haferbrei zu essen. Sie kauen langsam; die Masse scheint an den Zähnen zu kleben. Auch die Zivilisten bekommen einen Schlag Brei und alle fangen an zu spachteln. Aus jeder Ecke kommen wiederkäuende, feucht schmatzende Geräusche. Renée sehnt sich nach den mit Waldbeeren verzierten Stücken Hasenfleisch zurück; nach dem guten Aufguss aus Kiefernnadeln und dem Wasser der kleinen Quelle. Ein Kloß bildet sich in ihrem Hals; sie kann ihren Teller beim besten Willen nicht aufessen. Und es ist sicher das erste Mal, dass ihr das passiert. Sie bemerkt eines der kleinen Mädchen, das sich ihr genähert hat. Es ist die ältere der beiden. Dunkelhaarig, sehr dünn, mit intelligenten Augen, hat sie Renée seit deren Ankunft beobachtet, ohne sich ein Herz zu fassen und sie anzusprechen.

»Ich heiße Louise«, sagt sie. »Ich bin die kleine Schwester von Jeanne. Ich bin zehn. Und du, wie alt bist du?«

»Sieben«, erklärt Renée stolz.

In Wirklichkeit hat sie keine Ahnung. Ihre Ausweispapiere waren im Lauf der zahlreichen Ortswechsel verlorengegangen. Sie besuchte die Klasse von Madame Servais und lernte dasselbe wie die Siebenjährigen aus dem zweiten Schuljahr, das war alles, was sie wusste. Also hatte sie beschlossen, ebenfalls sieben Jahre alt zu sein.

Genaue Erinnerungen hatte Renée erst seit ihrem vierten Lebensjahr bei den Bauersleuten in »der anderen Gegend«, wie sie sagte, um diese von den Gegenden im Süden zu unterscheiden, wo sie später gewesen war, landschaftlich ganz verschieden, viel waldiger und zerklüftet. Wo sie davor gelebt hatte, wusste Renée nicht; sie hatte nur sehr vage Erinnerungen an jene frühe Zeit, eher Bilder, Klänge oder Stimmungen, die manchmal in ihr wachgerufen wurden. So zum Beispiel ein goldenes Schmuckstück, ein aufklappbarer Fotohalter, der vor ihren Augen baumelte und ihr beim Einschlafen half. Dieses Bild ging immer mit einem Maiglöckchengeruch einher. Gehörte der Anhänger einer Person, die sich um sie gekümmert hatte, oder gar ihrer Mutter? Es konnte durchaus sein, dass er eine Erinnerung an ihre Mutter war. Aber es gab keinerlei Beweis, und Renée war nicht damit gedient, sich in Illusionen zu wiegen. Die meisten Kinder in ihrer Lage hätten sich aus den kleinen Fetzen ihrer Lebenswirren wohl Erinnerungen gebastelt, nachträglich zusammengefügt und idealisiert, um einen Schirm aus Schönheit und Sanftmut zu bilden und sie vor der Hölle ihrer Wirklichkeit zu schützen. Aber Renée war nicht so beschaffen; sie bewies eine Klarsichtigkeit, mit der sie die wenigen Menschen, die sich die Mühe machten, sie besser kennenzulernen, oft erschreckt hatte. Sie war hart gegen sich selbst und genauso hart gegen andere. Sie versuchte, die Wirklichkeit nicht zu beschönigen. Nie. Dafür stürzte sie sich umso leidenschaftlicher in Märchen und Legenden, in alte Geschichten, sehr weit von ihrer Gegenwart entfernt. Sie empfand solche Erzählungen irgendwie als die einzig wahren Heilmittel gegen die Hässlichkeit der Welt; und paradoxerweise als leuchtende Spiegelbilder von deren ungeheurer Schönheit.

Louise schlug vor, etwas zu malen. Im Keller lagen noch dicke Rollen Tapetenpapier, die vom letzten Jahr, als man Jeannes Zimmer neu tapeziert hatte, übrig geblieben waren. Die Mädchen richteten sich in einer Ecke auf dem Boden ein. Es dauerte nicht lange, bis sich die anderen Kinder um sie scharten, Blanche, die achtjährige Schwester des kleinen Jean, und Albert, der Bruder von Louise und Jeanne, vierzehn Jahre alt, der sich Renée gegenüber ziemlich auf Abstand hielt, seit sie angekommen war. Renée malte eifrig an einem sehr großen Bild von Maugis, dem Herrn des Märchenpferdes, so lebendig, dass er fast leibhaftig erschien. Vor allem die Augen hatten es in sich: mandelförmig, in sehr hellem, metallischem Blau, mit einem zugleich harten und abgelösten Ausdruck. Die Zeichnung erstreckte sich über einen großen Teil der Rolle, beinah in Lebensgröße. Die Kinder stellten Fragen, aber Renée musste sich konzentrieren; sie würde es erklären, wenn sie fertig war. Die Kinder ließen sie machen und schauten ihr weiter zu, fasziniert. Als sie glaubte, ihr Werk vollendet zu haben, setzte sie sich in den Schneidersitz und betrachtete es schweigend. Dann begann sie, die Geschichte zu erzählen.

5

Matthias war den ganzen Tag gelaufen, nachdem er in einem »Fuchsloch« geschlafen hatte, aus dem er erst die Leiche eines blutjungen Amerikaners entfernen musste. Von dem Gehöft aus, wo er Renée gelassen hatte, war er auf der Suche nach einer Zuflucht durch die Nacht geirrt, absolut entschlossen, auf keinen Fall zu der Köhlerhütte, die ihnen Unterschlupf geboten hatte, zurückzukehren. Erschöpft und starr vor Kälte war er auf den toten jungen Mann gestoßen, der mit erstauntem Blick sein Gewehr noch an sich gepresst hielt. Matthias hatte ihn aus dem Loch gezogen und ein paar Meter entfernt auf den Boden gelegt. Er hatte ihm die Augen geschlossen und sich dann selbst in dieser Art Grab eingerichtet.

Er hatte kaum ein Auge zugetan und im Morgengrauen seine ziellose Wanderung wiederaufgenommen. Er wusste partout nicht, wohin er gehen noch was er machen sollte. Zum ersten Mal in seinem Leben war er vollkommen verloren, buchstäblich aus der Fassung. Seine ganze wunderbare Mechanik war ins Stocken geraten. Er spürte genau, dass er nicht mehr ganz derselbe war, seit er dieses Kind getroffen hatte. Renée. Welch passender Name. Es war schon fast komisch. Sogleich kam ihm das Gesicht der alten Indianerin wieder in den Sinn. Sie hätte das nicht witzig gefunden; sie hätte ein Zeichen darin gesehen, einen »Weg«. Wohin? Zu welcher verborgenen und plötzlich offenbarten Bestimmung? Er hatte den Worten der alten Chihchuchimâsh nie viel Glauben geschenkt, sich neckend über sie und ihre Weissagungen lustig gemacht, und sie hatte ihn dann für einen Simpel gehalten, einen, der sie nicht alle beisammen hat. Im Grunde bedauerte sie ihn. Sie hatte ihm den Beinamen »Töte-Viel« gegeben, was ihm geradezu auf den Leib geschrieben war, denn tatsächlich, er tötete viel.

Mitte der 1930er hatte Matthias als Trapper allein in den Wäldern nördlich der James Bay gelebt, nur gelegentlich, für die Notwendigkeiten des Handels, in Kontakt mit den Indianern. Und dann, eines Tages, war sein Kanu in den Oatmeal-Stromschnellen des Rupert River gekentert. Chihchuchimâsh hatte ihn, mit dem Tode ringend, auf einer Steinplatte am Rand des Flusses gefunden. Sein Hund hatte die alte Frau auf ihn aufmerksam gemacht und zu ihm geführt. Sein Schädel war regelrecht zertrümmert, aber nach einem hohen Fieber, das eine Woche währte, war er wieder zu sich gekommen.

Auf diese Weise war Matthias eine lange Zeit marschiert, heimgesucht von kurzen und heftigen Gedankenblitzen aus Kanada. Trotz seines verwirrten Zustands, seiner tiefen Unsicherheit – eines wusste er: Der Wald hatte ihm schrecklich gefehlt. Ein richtiger Wald. Es war das erste Mal seit fünf Jahren, dass er länger als ein paar Stunden hintereinander darin lebte. Sein Training bei den Brandenburgern hatte Waldläufe beinhaltet, und während seiner Spionageeinsätze unter den Widerstandskämpfern des Vercors hatte er in der Natur gelebt, aber gegenwärtig merkte er, dass diese Momente viel zu selten gewesen waren. Auch die Einsamkeit hatte ihm bitter gefehlt. Doch das war ihm in den Jahren des Krieges nie voll bewusst geworden. Bis zu den drei Tagen mit dem kleinen Mädchen in der Hütte.

Gegen Nachmittag entschloss er sich, den Wald zu verlassen und einem unbefestigten Weg zu folgen, der sich durch die Landschaft schlängelte. Es hatte nicht mehr geschneit, aber die Kälte blieb eisig, der Himmel bleiern. Bald erreichte er ein kleines Dorf. An der Hauptstraße warfen Frauen Decken und Kleider aus den Fenstern, die unten von den restlichen Familienmitgliedern in Empfang genommen und auf Karren oder Kinderwagen geladen wurden. Die Einwohner machten sich in panischer Hysterie zur Flucht vor dem Vorstoß der Deutschen bereit. Als Matthias auftauchte, stürzten sie sich wie ein Fliegenschwarm auf ihn. Eine verknöcherte alte Hand klammerte sich an seine Jacke, ein dicker Rotgesichtiger packte ihn an den Schultern. Von überall ertönten schrille Frauenstimmen. »Gottlob! Sie kommen rechtzeitig!«, »Die Boches werden in ein paar Minuten hier sein!«, »Retten Sie uns, beschützen Sie uns!« Es war ein Schreien und ein Klagen, man hielt ihm mit ausgestreckten Armen Kinder hin, als wäre er der Papst oder Christus der Retter persönlich. Aber er konnte nichts für sie tun.

Lange hatte er sich berauscht an solchen Augenblicken der Täuschung, wenn er von rechtschaffenen Leuten arglos als Befreier, als Held empfangen wurde. Er hatte sich geweidet an der unbändigen Freude vor dem brutalen Zusammenbruch und dem Entsetzen, das ein derartiger Betrug einflößt. Denn das Böse im Gewand des Guten gewinnt eine neue Dimension, unvergleichlich und erbarmungslos.

Angesichts der Menschen hier auf dem Dorfplatz amüsierte ihn das alles nicht mehr. Er hätte mit der Waffe drohen und ein paar Worte in seiner Muttersprache bellen, die Sekunde von Schwindel und Ungläubigkeit in den Gesichtern erheischen können, ehe die Hälse sich beugten und die Arme sich über die Köpfe erhoben. Aber er war müde.

Inmitten des allgemeinen Tohuwabohu fragte ein Mann:

»Sind Sie allein?«

Als Matthias bejahte, wich der Haufen zurück, man ließ seine Hände, seine Arme, seine Kleidung los, als hätte die Pest ihn plötzlich befallen. Er war allein. Unfähig, sie vor dem Feind zu schützen. Er taugte für nichts mehr. Schon widmeten sich die Männer wieder ihren Aufbruchsvorbereitungen; einige Frauen blieben noch bei ihm, starrten ihn voller Mitgefühl an. Ein hübsches junges Mädchen brachte die Lippen an seine Wange und drückte einen innigen Kuss darauf, als wäre er ein Gladiator vor dem Kampf. Matthias bewahrte noch lange das Gefühl ihres vollen, warmen und feuchten Mundes auf seiner Haut. Er verließ das Dorf.

Er ging geradewegs der deutschen Kolonne entgegen, die von den Dorfbewohnern angekündigt worden war. Er würde in sein Lager zurückkehren. Das war es, was er tun musste. Er würde wohl einen kurzen Lagebericht bekommen und dann weitermachen mit seinem Einsatz, sich dem Narbengesicht wieder anschließen und ihm folgen, wohin der Krieg ihn verschlug. Matthias hatte keinen Zweifel, dass dieser gerissene und unternehmungslustige Typ noch ein Ass im Ärmel hatte und ein Mittel finden würde, den Krieg auf amüsante Weise zu beenden, ja dem Debakel sogar zu entrinnen, wenn es wirklich ein schlimmes Ende nahm.

Bald hörte er das Surren eines Panzermotors und entdeckte Helme hinter der Anhöhe; jene Helme, die er immer lächerlich gefunden hatte, mit ihrem breiten Schirm um den Nacken, tief über der Stirn sitzend, und die jedem, der sie trug, unweigerlich einen dummen und bösen Ausdruck verliehen. Selbst Gandhi hätte mit diesem Helm auf seinem kahlen Schädel blöde ausgesehen. Matthias blieb mitten auf der Straße, bereit, seinen amerikanischen Helm abzunehmen, sobald er ins Blickfeld kam; das war das vereinbarte Zeichen zwischen Skorzenys Getarnten und den anderen Soldaten des Reichs: »Ich bin einer von euch, nicht schießen!« Die Grenadiere näherten sich, einer von ihnen hob den Kopf. Seine Augen verschwanden unter dem hässlichen Stahlschirm; von seinem Gesicht war nur ein weit geöffneter, dummer Mund zu erkennen. Blitzartig sprang Matthias in den Straßengraben und kroch bis zu einer Baumgruppe aus Tannen. Er hatte keine Lust, auch auf *die* nicht. Er wollte allein sein und dass man ihn in Ruhe ließ. Aus seinem Versteck beobachtete er den vorbeiziehenden Trupp der Feldgrauen. Er sah vor allem Stiefel, die auf den Boden hämmerten. Sogar hier, in dieser trostlosen Gegend, marschierten sie im Takt, mit einem Stock im Arsch, kaum weniger stramm als bei einer Parade vor dem Führer am Brandenburger Tor.

Als die Dunkelheit einbrach, hatten Matthias' Schritte ihn zu der Hütte gelenkt. Er stieß die Tür auf, spähte gewissenhaft den Innenraum aus. Er bemerkte, dass Gegenstände an einem anderen Platz standen. Alles deutete darauf hin, dass jemand dagewesen war. Er machte Feuer im Kamin, bereitete sich einen Aufguss aus Kiefernnadeln und zog die letzten Hartkekse aus der Tasche. Während er sein karges Mahl einnahm, fiel sein Blick auf etwas Buntes, das in einer Ecke lag. Renées Schal. Mit rotgrünen Streifen. Er hatte sie genötigt, ihn abzulegen, weil er zu auffallend war. Matthias nahm ihn, brachte ihn an sein Gesicht. Der Geruch des Kindes war in die feuchte Wolle eingezogen. Ein klarer, sehr natürlicher, sehr »körperlicher« Geruch, aber gepudert, als hätte sie etwas vom Säugling bewahrt, einen sehr fernen Hauch von parfümiertem Talkum. Das Gesicht des kleinen Mädchens tauchte vor ihm auf, mit dem abrupt wechselnden Ausdruck, jener entwaffnenden Arglosigkeit, die so schnell einem tiefen Ernst weichen konnte. Etwas Starkes und Unergründliches, wie Matthias es noch nie bei jemandem erlebt hatte.

Renée. Er empfand das unbändige Bedürfnis, sie zu

sehen, zu hören, in seiner Nähe zu spüren. Und wenn das Gehöft von Peipers Männern eingenommen wurde? Die Kommandos der Saboteure, denen Matthias angehörte, hatten den Auftrag, den Vormarsch der »offiziellen« Truppen zu erleichtern, darunter der für ihre Grausamkeit berüchtigten SS-Panzerdivision Leibstandarte Adolf Hitler. Zu deren Offizieren zählte Joachim Peiper, ein eleganter und heuchlerischer Rohling, der jahrelang Adjutant Himmlers gewesen war. Die Division durfte zu diesem Zeitpunkt nicht mehr weit entfernt sein, und Peiper, bereits für etliche Massaker an Zivilisten und Juden im Osten verantwortlich, hatte die Anweisung bekommen, nicht zimperlich zu sein. In dieser Wahnsinnsoffensive wollte Hitler ihn grausam, unerbittlich und rachsüchtig wie die alten germanischen Götter, denen die Nazis frönten und nach deren Vorbild sie mit dem Ernst spielender Kinder handelten. Matthias schlüpfte in seine Jacke, löschte das Feuer und ging.

6

Renée hatte sich vollkommen auf die Stimmung in den Kellern von Paquets Hof eingestellt. Wie immer hatte sie schnell begriffen, wie »der Laden lief«, wer wer war, wer was machte. Sie verstand sich recht gut mit den Kindern, die ihr Erzähltalent ebenso bewunderten wie ihre mit viel Phantasie angeregten Spiele, bei denen sie gefühlvoll und witzig die unterschiedlichsten Figuren spielte. In Wirklichkeit riss sie die anderen aus der Langeweile, die sie plagte, seit ihre Bewegungsfreiheit auf den Keller beschränkt worden war. Renée kannte seit jeher nichts anderes, als im Haus zu bleiben, bei striktem Verbot, nach draußen zu gehen oder Krach zu machen; sie wusste sich trotz dieser Zwänge zu vergnügen.

Die alte Ginette zeigte sich besonders wohlwollend und ließ keine Gelegenheit aus, sie auf den Schoß zu nehmen, um ihr ein Lied zu singen oder eine Geschichte zu erzählen. Wenn Renée es sich, an Ginette geschmiegt, bequem machte, fühlte sie sich seltsam wohl, in Sicherheit, sehr ruhig, und oft überkam sie die Lust zu schlafen. Trotz des Mitleids, das sie für Françoise empfand, mochte sie Françoise nicht, weil Françoise sie nicht mochte. Jean hustete so schlimm, dass niemand schlafen konnte. Er war ständig glühend heiß, weinte viel. Und wenn er doch einmal mit den anderen Kindern spielen wollte, hielt Françoise ihn zurück und drückte ihn an sich.

Nach der rüden Ankunft benahmen sich die Amerikaner recht gut, respektvoll gegenüber den Zivilisten und hilfsbereit. Dan umschwärmte Jeanne weiterhin mit seinem strahlenden Lächeln und einem Übermaß an Zähneblitzen. Jules Paquet strafte ihn mit wenig liebenswürdigen Blicken ab. Jeanne tat absolut nichts, um den Amerikaner zu ermutigen. Im Gegenteil, sie sah ihn verächtlich an, wies ihn mit den Gesten oder der Mimik einer gekränkten Vestalin in die Schranken.

Renée zwang sich, nicht ständig an den deutschen Soldaten zu denken. *Ihren* Soldaten, wie sie ihn insgeheim nannte. Sie, die nie irgendetwas für sicher oder endgültig gehalten hatte, begann plötzlich zu glauben, dieser Mann könne sie bei sich behalten, für immer. Kurz bevor Renée zu Henri und Marcel gebracht worden war, als sie sich noch bei Schwester Marthe im Schloss befand, war dort ein zehnjähriges Mädchen angekommen, Margot, das unermüdlich wiederholte, seine alte Lehrerin würde es abholen, weil sie es so liebhabe. Margot erzählte jedem, Mademoiselle Élise (Renée erinnerte sich noch an den Namen der Lehrerin) würde sie mit nach Hause nehmen, sie würde ihre Mama sein, bis ihre wirkliche Mama wiederkomme, um sie zu holen. Mademoiselle Élise hatte sich im Schloss nie blicken lassen, und doch fuhr Margot fort, mit lauter Stimme zu hoffen und zu träumen, was Renée schließlich auf die Nerven ging. Sie verstand nicht, warum die Großen der kleinen Margot nicht sagten, dass das alles Kokolores war. Man musste ihr doch helfen, ihr die Wahrheit sagen. Also tat Renée das, wozu die Erwachsenen sich nicht entschließen konnten; vor den versammelten Kindern erklärte sie Margot, sie müsse aufhören, an Hirngespinste zu glauben, Mademoiselle Élise werde nicht kommen und wenn doch, dann höchstens, um ihr guten Tag zu sagen. Das arme Mädchen war in Tränen ausgebrochen. Renée nahm sie in die Arme, um sie zu trösten, aber sie war noch nicht fertig mit ihr: Margot musste schließlich noch etwas anderes begreifen, dass nämlich ihre Eltern bestimmt auch nicht kommen würden, dass sie womöglich sehr weit weg waren oder einfach tot. Margot sah Renée einen Augenblick lang an, als wäre sie der Teufel, dann begann sie mit aller Kraft auf sie einzuschlagen, bis eine Ordensschwester die beiden trennte.

Man hatte Renée ins Gebet genommen und sie mit vier Wochen Ausschluss vom Sonntagsspaziergang bestraft. Sie verstand diese Ungerechtigkeit nicht. Man konnte jemanden doch nicht dafür bestrafen, dass er die Wahrheit sagte, wie hart es auch sein mochte, sie zu hören. Niemand war gekommen, um nach Margot zu fragen. Niemand kam je, um nach irgendeinem Kind zu fragen.

Jules Paquet war zum Holzhacken ins Backhaus gegangen. Plötzlich verschwand das Licht, das durch die offene Tür einfiel. Er sah seine Hand nicht mehr vor den Augen und hätte sich fast ins Knie gehackt. Fluchend drehte er sich um. Eine hohe und breite Gestalt zeichnete sich in der Tür ab, lässig an den Rahmen gelehnt. Ein Mann stahl ihm das Licht. Ein Mann, den er nicht kannte, schaute ihm in seinem eigenen Backhaus beim Holzhacken zu. Noch einer von diesen verflixten Amis. Jules umklammerte den Stiel seiner Axt und blickte den Mann verächtlich an, als dieser zu sprechen begann:

»Ich bin der, der die Kleine hergebracht hat.«

Schön und gut. Aber gab die Kleine hergebracht zu haben jemandem das Recht, sich wie eine Schlange in Paquets Hof einzuschleichen? Jules brauchte einige

Sekunden, ehe ihm auffiel, dass der Kerl in perfektem Französisch gesprochen hatte. Wenn auch mit einem Akzent.

»Und wenn schon?«, antwortete Jules, die Hand noch immer krampfhaft um die Axt geschlossen.

»Ist sie noch hier?«, fragte der andere.

»Nun ja, wo sollte sie denn sonst sein?«

Also so etwas! Hier? Aber nein doch, ich hab sie weitergereicht an einen Nachbarn, der keine Angst hatte, sich erschießen zu lassen. Was für ein Witzbold!

»Ich möchte sie sehen.«

»Da sind ein paar von Ihren Kumpeln auf meinem Hof.«

»Ich weiß, da war ein Späher auf der Straße.«

Verdammter Mist! Dabei war es der große Max, der Wache hielt, ein gewiefter und diskreter Dunkelhäutiger, immer auf Draht. Jules musterte Matthias von Kopf bis Fuß. Vor diesem Yankee sollte man wohl besser nicht den Kasper machen. Jules bemerkte, dass der Soldat lächelte, und war verblüfft über den Glanz seiner hellen Augen, in denen eine Ironie schimmerte, die dem Bauern gefiel.

»Kommen Sie, dann stellen wir Sie mal vor«, sagte Jules.

Als Matthias entdeckt hatte, dass der Hof von Alliierten besetzt worden war, hatte er gezögert. Er hatte gewartet, ehe er sich entschloss, und sich gefragt, was er machen würde, wenn er einmal drinnen war. Am Vorabend hatte er sich diese Frage nämlich nicht gestellt. Alles, was er wusste, war, dass er bei Renée sein wollte. Danach würde er weitersehen. Aber jetzt wurde die Sache komplizierter. Renée musste ihn unbedingt decken, seine Identität durfte nicht auffliegen. Eins war sicher, da hatte er keinen Zweifel: Sie würde ihn nicht willentlich verraten. Aber der Überraschungseffekt, die Aufregung konnten unvorhersehbare Konsequenzen haben, vor allem bei einem so jungen Kind. Nachdem er diese Fragen eine Stunde lang im Kopf gewälzt hatte, hatte er das Denken eingestellt und war in den Hof eingedrungen. Den Späher für einen Moment abzulenken, war ein Kinderspiel gewesen.

Der bäuerliche Familienvater gefiel Matthias nicht schlecht; großes Maul, stark, witzig. Matthias hatte sofort gespürt, dass dieser Mann auch mutig war. Das war etwas, was er in angespannten oder gefährlichen Situationen intuitiv erahnen konnte. Die beiden Männer stiegen schweigend die Stufen der Außentreppe hinauf, drangen in den Flur ein, dann in die Küche.

Schlagartig waren vier Waffen auf Matthias gerichtet. Die Amerikaner starrten ihn misstrauisch an. Das war normal: Sie wussten von dem *Unternehmen*

Greif. Matthias hatte schon an einer Straßensperre alle möglichen Fragen beantworten müssen. Er hatte sich mühelos aus der Affäre gezogen, aber ein Glück, dass Hans mit seinem grauenhaften Bayern-Englisch nicht dabei gewesen war.

Matthias wurde aufgefordert, sich zu setzen. Pike trat näher und beobachtete ihn lange durch seine Brille, ehe er mit ihm sprach. Matthias nahm seinen ursprünglichsten New-England-Akzent an, genau passend zu seinem Äußeren und den Manieren eines Sohns aus gutem Hause, um seine falschen Personalien anzugeben: Mathew Rooney, 30. Infanteriedivision, geboren in Boston, Massachusetts. Er erzählte, seine Mutter stamme aus Québec, wodurch sich erklärte, dass er fließend Französisch sprach. Pike entspannte sich ein wenig, die Gewehrläufe senkten sich. Paquet nutzte den Moment, um in den Keller hinunterzugehen. Jeanne und Berthe hatten einigen Krach gehört; erleichtert sahen sie Jules wiederkommen. Er sagte ihnen, der Soldat, der Renée hergebracht habe, sei zurückgekehrt und werde von den Amerikanern ausgequetscht. Jeanne zuckte zusammen. Renée, die nicht weit entfernt mit Louise Knöchelchen spielte, hatte Jules' Worte gehört und sie wie eine Schockwelle empfangen. Etwas in ihrer Brust hatte sich verkrampft und ihr Herz hatte aufgehört zu schlagen. Zurückgekommen. Er war zurückgekommen. Wo es auf dem Hof doch von Amerikanern wimmelte. Warum? Für wen, wenn nicht für sie?

»Warum quetschen sie ihn aus?«, fragte Berthe.

»Sie fürchten, er könnte ein Falscher sein.«

»Wie das, ein Falscher?«

Jeanne sprach mit einer fieberhaften Aufregung, die ihrem Vater nicht entging.

»Na, ein als Ami getarnter Boche eben. Scheint jede Menge davon zu geben.«

Man war bestürzt. Die Hinterhältigkeit dieser Dreckskerle kannte wirklich keine Grenzen. Jeanne hatte ihn mit eigenen Augen gesehen. Und sie wusste genau, dass er ein Echter war. Während alle redeten, war Renée schon auf der Treppe. Sie ging geräuschlos über den Flur. Die Küchentür stand einen Spaltbreit offen, so dass sie Matthias sehen konnte. Er sprach ruhig, auf Englisch, mit einer Miene, die Renée noch nie an ihm gesehen hatte; extrem entspannt, trug er ein eigenartiges Lächeln zur Schau, ein Katzenlächeln, dachte Renée. Seine Gebärden waren bedächtiger, fließender. Auch seine Stimme war anders, wenn er Englisch sprach, noch etwas tiefer und belegter, mit einem fast sanften Anklang. Aber es war sehr wohl *ihr* Soldat.

Pike hatte Matthias befohlen, sämtliche Provinzen Kanadas zu nennen, und er leistete Folge, ohne Schwierigkeit; er war bei Saskatchewan, als er Renée bemerkte. Noch ehe er sie sah, hatte er den schwarzen Blick gespürt, der ihn vom Türrahmen her durchbohrte. Und er hatte seine Rede einen Moment lang unterbrochen, ganz auf diesen Blick fixiert. Die Soldaten drehten die Köpfe, um zu sehen, was seine Aufmerksamkeit erregte. Die Tür öffnete sich und Renée kam herein. Sie ging auf Matthias zu, blieb zwei Meter vor ihm stehen. Sie schenkte den bewaffneten Männern um sie herum keinerlei Beachtung. Matthias hatte einen dicken Kloß im Hals. Wirklich, diese Kleine versetzte ihn in einen seltsamen Zustand und brachte ihn dazu, absurde Dinge zu tun, wie sich hier in die Höhle des Löwen zu begeben. Aber das war ohne Belang. Er war weitaus gerissener als alle diese Yankees zusammen, außer vielleicht ihrem Chef, Pike, der vergessen zu haben schien, ein Vollidiot zu sein. Matthias setzte die Litanei der Provinzen fort, Auge in Auge mit Renée: Nova Scotia, Ontario. Er murmelte fast und schien die Namen gegenwärtig nur noch für sie zu sagen, als hätte jeder einzelne die Macht, sie zu beruhigen, ihr zu bedeuten: »Jetzt wird alles gut, ich bin in deiner Nähe.« Manitoba, Québec, Alberta. Der komische Singsang dieser mit seiner tiefen Stimme aufgezählten exotischen Namen besaß in der Tat die Fähigkeit, Renée Heiterkeit und Freude zu vermitteln. Die Amerikaner schienen hingerissen von der Energie, jener Art Magnetismus, die das Kind und der Soldat ausstrahlten. Pike beschloss, den Bann zu brechen.

»Das reicht, Mat. Tut mir leid, man kann nicht vorsichtig genug sein …«

»Macht nichts«, antwortete Matthias, der sein Katzenlächeln wieder aufgesetzt hatte.

Sie stiegen im Gänsemarsch in den Keller hinab. Das Erste, was Matthias in der düsteren Höhle erkannte, war der aufbegehrende Blick des schönen jungen Mädchens, das ihn zwei Tage zuvor auf dem Bauernhof empfangen hatte. Sie war verwirrt, und das ärgerte sie. Matthias konnte sich vorstellen, welcher Sturm in ihr losbrach, ihren Geist und ihr Innerstes aufwühlte, als sie ihn wiedererkannte. Wie alt mochte sie sein, siebzehn, achtzehn? Ein ausgeprägtes, eigenwilliges, etwas verschlossenes Gesicht, umrahmt von dunklem Haar, das zu einem nachlässigen Knoten aufgesteckt war. Ein vollschlanker Körper, dessen kräftige Muskulatur man unter der samtigen Haut erahnte.

Die Soldaten zogen sich in ihren Keller zurück. Matthias setzte sich aufs Stroh, an die Seite des Kopfverwundeten, der im Schlaf leise vor sich hin stöhnte. Dan ließ sich neben ihn fallen und kaute ihm eine gute halbe Stunde lang das Ohr ab. Matthias döste vor sich hin, während der andere nicht abließ, mit seinem näselnden und schleppenden Akzent auf ihn einzureden, ihm in allen Einzelheiten die Landung in der Normandie beschrieb. Er quasselte noch immer, als Matthias einschlief.

In seinem Traum war er in den nördlichen Wäldern. Er kämpfte sich voran, gegen den Nordwind, Chuetensu, den Herrn der Winde, der das Wild bringt. Und Matthias war tatsächlich einem Exemplar auf der Spur; seine Schneeschuhe sanken tief in die weiße Masse ein. Oben auf dem Hügel angelangt, erblickte er das Tier, ruhig an seinem Platz; aber etwas war nicht in Ordnung: Das Wild kehrte ihm den Rücken. Man erlegt kein Tier, das einem den Rücken kehrt. Es muss dem Jäger ins Gesicht sehen und sich ihm durch einen Blickwechsel hingeben. So und nicht anders durfte der Tod eintreten. Trotzdem spannte Matthias seine Büchse und legte an. Das Tier drehte sich langsam um. Ein lautes Krachen lenkte Matthias ab; er wandte den Kopf. Als er erneut anlegte, hatte er nicht mehr das Wild im Visier, sondern Renée. Renée, die ihm ins Gesicht sah, ihn mit jenem undefinierbaren, lebhaften Ausdruck betrachtete. Wâpamiskw, ein großer Jäger vom Stamm der Cree, hatte ihm erklärt, es komme manchmal vor, dass dem Jäger seine Beute entgehe, weil sie nicht zum Sterben bereit sei, weil sie stärker sei als er. Dann müsse man sich vor dem Leben verneigen und nach Hause gehen. Damals hatten die Worte des Indianers kaum einen

Sinn für ihn gehabt. Aber gegenwärtig wusste er, sie trafen genau das Richtige. Trotzdem spuckte sein Gewehr die Kugel aus. Er hätte schwören können, nicht geschossen zu haben … Auf Renées Brust breitete sich ein Blutfleck aus. Das Kind wirkte überrascht, und eine unendliche Traurigkeit wich dem Ausdruck von ungläubigem Staunen.

Schwitzend schreckte er aus dem Schlaf auf. Eine zarte Kinderstimme sang den Abzählreim: »Wir gehen nicht mehr in den Wald, der Lorbeer ist geschnitten …« Er wandte den Kopf und sah sie. Sie wiegte ihren Schmusekerl, saß behaglich an Matthias gelehnt da. Er empfand eine ungeheure Erleichterung; er hatte Lust, sie an sich zu drücken, aber er war unfähig dazu. Sie lächelte ihn an.

»Du hattest einen Albtraum«, sagte sie. »Du hast gesprochen.«

Renée machte ihm große Augen. Hatte er im Traum etwa Deutsch gesprochen? Womöglich. Er warf einen Blick auf den am Kopf Verwundeten neben ihm, der noch immer in einer Art Koma dahinzudämmern schien. Von der Seite her keine Gefahr.

»Bleiben wir hier?«, fragte Renée.

»Ja.«

»Wie oft schlafen?«

»Weiß ich nicht«, antwortete Matthias.

Sie nervte ihn mit ihren Fragen. Solche hatte sie

in der Hütte nie gestellt. Er war da, das war immerhin nicht schlecht! Er konnte sie schließlich nicht wie ein Bündel auf den Rücken packen und mit ihr abhauen! Wohin auch? Aber andererseits konnten sie auch nicht warten, bis einer dieser Yankees den Bluff bemerkte oder gar seine eigenen Landsleute auf dem Hof aufkreuzten. Die Situation war unglaublich. Es gab einfach keinen Ausweg. Matthias wurde sich dessen mit einem Schlag bewusst. Renée hatte ohne seine Mitwirkung sehr viel größere Chancen, den Krieg zu überleben. Allein bei Jules Paquet war sie weitaus sicherer als wo auch immer mit Matthias. Er war nur seinem Instinkt gefolgt, als er zu ihr zurückkehrte. Sein Handeln war vollkommen egoistisch. Renée sah ihn mit ernster Miene an; sie spürte die Zweifel, die ihn bewegten. Sie legte ihre Hand auf seine Brust, teilte ihm ihre Wärme, ihr Vertrauen mit. Aber er war undurchlässig. Er richtete sich auf.

»Na los, geh spielen«, sagte er trocken.

Renée erhob sich, kehrte ihm den Rücken und ging. Er verübelte es sich und rief sie zurück:

»Psst! Renée! Versuch, mir einen Kaffee zu organisieren …«

Das Gesicht der Kleinen leuchtete auf, sie trippelte fröhlich zu Jeanne hinüber, die damit beschäftigt war, das behelfsmäßige Bett der alten Marcelle frisch zu machen. Kaum war Renée von ihrem Platz neben Matthias verschwunden, erschien Dan und ließ sich dort nieder, wo sie gesessen hatte. Man hätte meinen mögen, er habe darauf gelauert, dass sie das Feld räumte. Matthias hatte den Ausdruck des Amerikaners bemerkt, diese Verkrampfung, die ihn erfasst hatte, als Jeanne Matthias in den Keller kommen sah. Sie gefiel dem Yankee. Ihr gefiel der Yankee nicht. Ihr gefiel Matthias. Eine Konstellation, die oft genug ein böses Ende nahm und einer schon reichlich verzwickten Situation ihr Maß an Scherereien hinzufügte. Ob Jeanne Matthias gefiel? Er stellte sich die Frage lieber nicht.

»Wo hast du sie aufgegabelt, die Kleine?«, fragt Dan, breit grinsend.

»Ein Pfarrer hat sie mir gegeben, in Stoumont.«

Dan zog eine komische Grimasse, als wäre die Information schwierig zu verdauen. Dann blickte er Matthias fragend an, der aber sagte nichts mehr. Das war ein Fehler, denn die intensive und verschwiegene Beziehung zwischen Matthias und Renée, die ohnehin schon Neugierde weckte und Phantasien anregte, gewann durch das Rätsel, mit dem Matthias sie umgab, den Anschein eines gefährlichen Geheimnisses. Dan wechselte das Thema.

»Dann warst du also mit der 30. in der Normandie dabei?«

»Genau, Mortain, Anhöhe 314 und das alles.«

»Verdammt ... Und wie war das?«

»Ziemlich lange. Vor allem gegen Ende.«

Etwas mager als Antwort, aber es hatte Dan zum Lachen gebracht. Mortain war ein Mythos. Die Jungs, die das überlebt hatten, waren Helden. Sogar für die Fritz: Fünf Tage eingeschlossen oben auf einem Hügel, die Angriffe der SS-Panzerdivison Das Reich abzuwehren ... Nicht umsonst hatte man sie »Roosevelt's SS« genannt. Für jeden in diesem Keller stand Matthias bereits im Ruch der Heiligkeit, weil er die kleine Jüdin gerettet hatte. Nun verlieh Mortain ihm einen noch stärker leuchtenden, fast blendenden Heiligenschein. Dans schlichter und verwirrter Verstand konnte sich nicht entscheiden, ob er den Mann verehren oder hassen sollte. Jeanne verschlang ihn mit den Augen, und man brauchte kein Zauberer zu sein, um zu sehen, dass die Kleine ihn zu ihrem lebenden Gott erhoben hatte. Dan betrachtete Matthias aufmerksam: Er zog an seiner Zigarette, den Blick im Ungewissen, und schien an einem Ort verloren, zu dem Leute wie Dan niemals Zugang haben würden. Er entschied, ihn zu hassen.

Der Verwundete mit dem Kopfverband neben ihnen begann zu husten. Er schien schlecht Luft zu bekommen. Matthias beugte sich über ihn, um das Gesicht zu sehen: Es war rot und schweißnass. Er winkte Dan, ihm zu helfen, den jungen Mann anzuheben. Sie betteten ihn bequemer, mit aufgerichtetem Oberkörper, um ihm das Atmen zu erleichtern.

»Ich habe Cousins in Ottawa. Ich selbst komme aus Ohio. Meine Eltern haben eine Farm«, sagte Dan mit einem fast kindlichen Lächeln.

Matthias sah ihn an, undurchdringlich. Erbarmen! Dieser Kerl würde ihm doch nicht auch noch die Geschichte seiner elenden Kindheit zwischen Maisfeldern und ausgemergelten Hühnern servieren! Matthias kannte das alles auswendig, immer dieselben *Früchte des Zorns* bei Typen wie dem. Und sowieso war dieser Dan die Selbstgefälligkeit des konformistischen Amerika in Person. Einer von der Sorte, die sich im Bus nicht neben einen Schwarzen setzten, die fanden, dass Massaker an den Indianern durchaus deren armseliges Stückchen Land wert seien, sich aber für den bewaffneten Arm der Gerechtigkeit und der Freiheit hielten, die Inkarnation des Guten. Nichts an diesem Typen flößte Sympathie ein. Als Dan fertig war mit der triefenden Schilderung seiner jungen Jahre auf der Farm, nicht ohne ein Loblied auf seinen *old dad*, der im Übrigen ein gewalttätiger Säufer war, und auf die mit der Bratpfanne malträtierte Mutter, begann er sich über die Bewohner von Paquets Hof zu beklagen, die ihren Befreiern nicht genügend Dankbarkeit erwiesen, »uns allen, mein Guter, die wir in dieses verlassene Nest geschickt worden sind, um ihre Ärsche vor den Fritz zu retten«. Matthias begnügte sich damit, vage mit dem Kopf zu nicken. Dan war offenbar so weit, ihn in Ruhe zu lassen; er schickte sich an, aufzustehen, besann sich aber eines Besseren, während er Matthias mit einem schiefen Lächeln ansah.

»Ihr habt den Gral wieder nach Montréal geholt!«

Den Gral … Was meinte dieser Knallkopf? Matthias überkam die fliegende Hitze. Seine Hände wurden feucht. Sein Gehirn begann auf Hochtouren zu arbeiten. Gral, Montréal. Kapier' es doch endlich. Matthias verzog keine Miene, darauf war er gedrillt worden. Aber in seinem Inneren kochte es. Gral, Pokal … Sport. Und zack, da war es! Der blöde Hund redete vom Stanley Cup, den die Montréal Canadiens im April gewonnen hatten! Aber es war schon zu spät, Dan hatte an seiner Stelle geantwortet:

»Der Stanley Cup, sag bloß nicht …«

»Ach ja, Eishockey«, ließ Matthias ungeniert fallen, als interessierte ihn das nicht wirklich.

»Richard ist jetzt ein Held. Was für ein Tor! Dem gebührt eine Statue auf dem Saint Lawrence Boulevard.«

Der Yankee beäugte ihn misstrauisch. Jeanne und Renée näherten sich mit dampfenden Kaffeetassen.

»Oh, Kaffee!«, rief Matthias gut gelaunt.

»Schön wär's«, erwiderte Jeanne, »das ist nur Muckefuck.«

»Im Krieg hat man schon Schlimmeres erlebt!«

Jeanne brach in schallendes Gelächter aus. Dan sah sie mit einer Mischung aus Frust und Eifersucht an. Er schäumte vor Wut, zu sehen, dass Matthias dieses schöne Aas zum Lachen brachte, während sie ihm nicht einmal den Anflug eines Lächelns schenkte. Renée reichte Matthias stolz eine Tasse. Jeanne gab auch Dan eine, aber so brüsk, dass die Flüssigkeit ihn fast verbrüht hätte.

Renée blieb bei den beiden Männern, während Jeanne ihre Runde fortsetzte. Dan versuchte sich natürlich zu geben, indem er Renée das Haar verstrubbelte. Sie duckte sich schnell weg und nahm den schmalen freien Platz zwischen Matthias und dem Verwundeten ein.

»Weißt du, Mat, ich frage mich nur eins«, begann Dan verschlagen.

Matthias wandte ihm gerade so den Kopf zu, während er seinen Kaffee trank. Herrgott, wie unangenehm dieser Typ doch war! Mit seiner Art, Matthias anzusprechen, als hätten sie in der Pampa auf seiner Farm zusammen Schweine gezüchtet. Wann würde er aufhören, ihm auf den Wecker zu fallen?

»Weshalb bist du eigentlich zurückgekommen? Wegen der Großen oder wegen der Kleinen?«

Ein verächtliches Lächeln zeichnete sich auf Matthias' Zügen ab. Dan lächelte seinerseits, mit einem Ausdruck, als steckten sie unter einer Decke, ein bisschen anzüglich; wie wenn am Stammtisch über Mösen und Hintern geredet wird. Matthias war plötzlich überhaupt nicht mehr zum Lachen aufgelegt. Es ekelte ihn an. Wenn er könnte, würde er Dan an die Wand klatschen und seine Visage am Putz reiben, wie ein Stück Käse. Aber er ließ es dabei bewenden, mit hochgezogenen Schultern in die Ferne zu blicken.

»Es war Toe Blake, der das letzte Tor geschossen hat«, sagte er in gleichgültigem Ton.

»Was?«, fragte der andere verdrießlich.

Matthias zog eine Zigarette aus dem Päckchen in seiner Tasche, zündete sie an und atmete den ersten Zug tief ein. Dan sah ihn weiterhin dumm an.

»Die Statue ... auf dem Saint Lawrence ... Die gebührt ihm.«

Matthias sprach deutlich, als wäre sein Gegenüber taub.

»Mann, bin ich bescheuert! Du hast recht, es war Toe Blake.«

Renée hatte gespürt, dass Matthias an einem bestimmten Punkt den Boden unter den Füßen verlor, wegen dieses Dingsbums-Cup. Sie hatte große Angst gehabt. Aber dann hatte er es ihm gezeigt, dem Nussknacker! Der junge Mann neben ihr war aufgewacht.

Er sprach mit ihr und strich ihr übers Haar. Renée ließ es sich gefallen. Nicht so gerne, aber es schien den Verwundeten zu freuen. Matthias stand auf und ging zu Leutnant Pike hinüber. Er hat recht, dachte Renée. Man musste sich beim Chef beliebt machen statt bei Dan. Die beiden unterhielten sich im Keller der Zivilisten, auf Kartoffelsäcken sitzend, fast gemütlich. Alles war ruhig; Berthe und Sidonie spielten Karten. Marcelle lachte hin und wieder, zeigte ihre zahnlose Mundhöhle. Renée mochte diese Kelleratmosphäre. Doch sie wusste, sie würde gehen müssen. Ihr Soldat, den die Amerikaner Mat nannten, war zurückgekehrt, um sie mitzunehmen.

Soeben hatte sich Jeanne zu Pike und Matthias gesellt. Sie redete mit ihnen, vollkommen entspannt, gestikulierte mit den Händen. Als sie fertig war, übersetzte Matthias, woraufhin Pike grinsend nickte. Dann legte Jeanne erst richtig los. Was mochte sie den Männern wohl erzählen? Renée beobachtete Matthias aufmerksam, und jeder andere als sie hätte absolut nicht auf die Art und Weise geachtet, wie er seine Zigarette etwas hektischer an die Lippen brachte oder sich öfter als gewöhnlich mit der freien Hand durchs Haar fuhr. Ihr aber entging nichts von den winzigen Veränderungen in der Haltung des Deutschen, da halfen auch die vielen Jahre Übung in perfekter Selbstbeherrschung nichts. Das alles gefiel der Kleinen überhaupt nicht. Es war gefährlich, sehr gefährlich. Lange durften sie nicht mehr auf Paquets Hof bleiben.

Dann kam die Nacht. Man richtete sich in den Betten aus Stroh und Decken ein, schmiegte sich aneinander, um es warm zu haben. Sobald die Kerzen, die Gas- oder Öllampen gelöscht waren, begann das Hüsteln und Räuspern, das Gemurmel in der Dunkelheit und schließlich das Schnarchen. Renée lag bei den anderen Kindern. Die Schlafenszeit war immer etwas Besonderes: Ein Moment der Einsamkeit und der Träumerei mit offenen Augen, für sie zumeist angenehm, bisweilen aber unerträglich für andere Kinder, die lange weinten oder Albträume hatten; endlose Minuten, in denen man spürt, wie die Angst aufsteigt, so bedrückend, dass man zu ersticken glaubt; Renée hatte das im Schloss erlebt, nach der Razzia. Heute schlief sie beruhigt ein. Ihr Soldat war da, ein paar Meter von ihr entfernt.

Mitten in der Nacht wachte sie auf; sie fror unter ihrer spärlichen Decke. Leise erhob sie sich und begann, über die Körper hinwegzusteigen, die im Raum verteilt lagen wie liegen gebliebene Säcke auf einem Bahnsteig. Sie ging bis in den »Soldatenkeller«, schlüpfte neben Matthias' Körper. Er schlief auf dem Rücken, einen Arm quer über die Stirn gelegt. Er regte sich, als die Kleine sich an ihn kuschelte;

sie bibberte ein wenig. Diesmal stieß er sie nicht zurück. Er drehte sich auf die Seite und legte einen Arm um sie. Er hörte ihren Atem langsam und regelmäßig werden. Sie schlief, hin und wieder kleine Mundgeräusche ausstoßend, feuchte Zischlaute, wie ein kleines Kätzchen. Er stopfte die Decke hinter ihrem Rücken fest.

7

Matthias hatte mehrere Tage zwischen Leben und Tod geschwebt, während er in Chihchuchimâshs Zelt lag. Von Zeit zu Zeit war er aus dem Koma erwacht, hatte schemenhaft eine Frau hereinkommen und hinausgehen sehen, eine andere, die seine Wunden versorgte, das Gesicht ganz nahe an seinem, den Hauch ihres Atems auf seiner glühenden Stirn; manchmal war es Chihchuchimâsh, die, ein Hemd bestickend, bei ihm Wache hielt. Sie berieselte ihn mit jenem monotonen Singsang, der Matthias normalerweise auf die Nerven ging. Gelegentlich, wenn er an den Lagerplätzen der Jagdgründe vorbeikam, hörte er die Indianer ihr Liedchen trällern; sein Hund, Crac, begann dann immer zu heulen wie ein Wolf, als stürzten die seltsamen Weisen ihn in tiefe Melancholie. Die Hunde der Indianer hingegen heulten nicht. Aber wer weiß, vielleicht hätten sie es auch gern getan. Matthias konnte nicht umhin, diesen Gesang als eine endlose Klage zu begreifen. Und warum sollte es nicht tatsächlich eine sein? Die Rothäute hatten zweifellos Grund genug, über ihren Großen Manitu zu schimpfen: Sie lebten wie in der Steinzeit … Matthias wusste nichts von diesen Menschen, von ihren Glaubensvorstellungen. Und er wollte auch nichts davon wissen. Außer natürlich ein paar Jägertricks, die man unter Trappern weitergab. Denn Jagen, das konnten sie, diese Eingeborenen. Das musste man ihnen lassen.

Doch hingestreckt auf seinem Bärenfell, kraftlos und fast ohne Bewusstsein, ließ Matthias die Stimme der alten Indianerin in sich eindringen, ihn wiegen. Die langen, eintönigen, in regelmäßigen Abständen gleichsam aufschluchzenden Phrasen erlaubten ihm, den dünnen Faden, an dem sein Leben hing, festzuhalten, ohne allzu sehr zu leiden. Und Crac, der Tag und Nacht neben seinem Herrn lag, hatte sich entschlossen, seine Melancholie nicht durch todessüchtiges Heulen auszudrücken. Als der Hund spürte, dass Matthias außer Gefahr war, erlaubte er sich, das Zelt zu verlassen, um ein bisschen frische Luft zu schnuppern. Und an dem Tag, an dem Matthias so weit zu sich kam, dass er wieder sprechen konnte, war sein Hund das Erste, wonach er verlangte. Die alte Frau rieb sich den Magen und erklärte ihm mit unheilverkündender Miene, das Tier sei gegessen worden. Matthias glaubte ihr und war bereit, sie zu Brei zu schlagen, als Crac fröhlich und munter ins Zelt gelaufen kam. Auf diese Weise lernte Matthias Chihchuchimâsh und ihr Volk kennen. Sie mochten zwar noch in der Steinzeit leben, hatten aber schon einen Sinn für Humor.

Matthias verbrachte ein ganzes Jahr bei den Cree-Indianern. Zum ersten Mal in seinem Leben fühlte er sich relativ heiter. Wobei »heiter« vielleicht nicht das richtige Wort war, viel zu positiv, um den Grundzustand seiner psychischen Verfassung selbst in den weniger düsteren Zeiten seines Lebens zu beschreiben. Sagen wir, er fühlte sich vollständig von jenen Eindrücken befreit, die ihn seit seinen letzten Jahren in Deutschland beunruhigten, unmittelbar bevor er sich von Berlin nach Québec, ins Heimatland seiner Mutter, abgesetzt hatte. Der traurige und überspannte kleine Mann, der im Begriff war, ein ganzes Volk zum Rasen zu bringen, machte Matthias depressiv; es wäre richtiger zu sagen, dass Hitler nicht dazu beitrug, die desillusionierte Grundstimmung des jungen Mannes zu ändern, das Gefühl »fertig mit der Welt« zu sein, auf dem seine Persönlichkeit beruhte – eine Persönlichkeit, die sich in asozialen Verhaltensweisen ausdrückte. Die letzteren brachten Matthias den Zorn und dann die Ablehnung seines

Vaters sowie einige Stunden hinter den Gittern des Polizeipräsidiums am Alexanderplatz ein.

Matthias gab sich in der Tat allen Ausschweifungen hin, die Berlin vor der Machtergreifung der Nazis zu bieten hatte. Schürzenjäger, Trinker, Raufbold, Spieler – er sammelte all jene Makel, von denen Hitlers Partei das arme Deutschland säubern wollte, bevor es aus seiner Asche wiederauferstand. In dem neuen Garten Eden, den die Nationalsozialisten verhießen, gab es keinen Platz für junge Leute wie Matthias. Man wiederholte es ihm *ad nauseam*, und am Ende ließ er es sich denn auch gesagt sein. Eines Morgens im Januar ergriff er trotz der Verzweiflung seiner Mutter die Flucht in den hohen Norden.

Doch unter den Cree fühlte er sich genauso wenig »an seinem Platz«. Er hatte sich nie wem oder was auch immer zugehörig gefühlt, außer vielleicht diesem subarktischen Wald, der ihn mit der Rauheit, der Offenheit und Schönheit empfangen hatte, die seinem Wesen entsprachen. Er hatte sich einer kleinen Gruppe von Pelztierjägern und Fallenstellern angeschlossen, hatte das Metier mit einer Leichtigkeit gelernt, die ihn selbst befremdete, und sich dann allein mit einem Hund eingerichtet. Zweimal im Jahr lieferte er seine Felle an der Handelsstation ab und lebte von wenig, sehr wenig, in der kalten Einsamkeit einer seit Urzeiten unveränderten Landschaft, die ihn durch eben diese Unveränderlichkeit und die geringe Bedeutung, die sie jeder menschlichen Anwesenheit beizumessen schien, beruhigte.

Matthias irrte. Die Indianer, die ihn beherbergten, wussten sehr wohl, dass diese Natur sehr gastlich, sehr menschenfreundlich sein konnte, wenn man nur bereit war, sich mit ihr vertraut zu machen und sie zu respektieren. Das aber war nicht seine Art. Wie alle Weißen jagte er wahllos, ohne viel Mitgefühl für die Tierwelt und überhaupt für alle »nicht menschlichen Personen«, denen er begegnete. Zu ihnen zählten außer den Tieren, der Pflanzenwelt, den Felsen, den Flüssen und den Winden auch die Cree. Jeder dieser »Personentypen« erwies sich als ein wesentlicher Ansprechpartner für das Schicksal der Menschen. Aber auch sie erregten kaum Matthias' Interesse. Nur Crac kam in den Genuss dessen, was man als Empathie bezeichnen könnte. Die Bewohner des Cree-Dorfs hatten wenig Hoffnung, dass dieser Mann eines Tages seine Haltung ändern würde, und noch weniger seine Auffassung von der Welt, insbesondere von der Jagd. Für sie glich er einem Atuush, einem der kannibalischen, zerstörerischen, von Grund auf asozialen Ungeheuer des Waldes. Nur Chihchuchimâsh versuchte hartnäckig, ihn zu erziehen, und ihre Bemühungen waren nicht ganz vergebens. Die Alte hatte ihn unmittelbar nach seiner Rettung adoptiert, als noch alles danach aussah, dass er sterben würde. Der einzige Sohn der Indianerin war beim Fischen ertrunken. Es hieß, eines Tages würde der Fluss ihr etwas zurückgeben. Es war ein Weißer, dumm und böse. Chihchuchimâsh nahm ihn an.

So wurde Matthias nicht nur in die Sprache der Cree eingeführt, sondern auch in deren Kunst des Fallenstellens und der Jagd nach einer Vorstellung, die ihr gesamtes Weltbild und ihr Glaubenssystem begründete. Er lernte endlich, einigermaßen in Frieden mit seinesgleichen zu leben. Ohne sich dessen jedoch voll bewusst zu werden. Wenn Chihchuchimâsh ihm sagte, er sei im Begriff, sich aus der Haut des Atuush zu befreien, kicherte er. Er hatte immer ein Ungeheuer in sich gehabt, und so würde es auch bleiben. Alle Indianer der Welt konnten nichts dagegen tun. Am Ende hatte er sie übrigens verlassen und sich wieder in die Einsamkeit seiner Trapperhütte begeben. Und dann, 1939, war er nach Deutschland zurückgekehrt, um an dem Bankett jenes anderen menschenfressenden Ungeheuers teilzunehmen …

Renée murmelte im Schlaf, an Matthias geschmiegt, das Gesicht unter seiner Achselhöhle. Die Morgendämmerung brach an, und die Detonationen in der Ferne gingen wieder los. Der kleine Jean wurde von einem heftigen Hustenanfall geschüttelt. Matthias hörte die Stimme des Wachsoldaten im Hof; er hatte Gesellschaft. Von zwei anderen englischsprechenden Typen. Ein paar Sekunden später waren sie im Keller. Einige wach gewordene Zivilisten schimpften vor sich hin; Renée wandte Matthias ein verknautschtes Gesicht zu, sah ihn mit vor Müdigkeit verquollenen Augen an. Dieses Kind hatte enorme Widerstandskraft, aber ein paar Stunden Ausschlafen hätten ihm sicher nicht geschadet. Im Angesicht von Pike nahmen die Neuankömmlinge Haltung an. Der größere der beiden, wohl an die zwei Meter groß, musste den Kopf einziehen, um nicht an die Decke zu stoßen. Es handelte sich um den Obergefreiten Robert Treets von der 28. Infanteriedivision und den Gefreiten Giorgio Macbeth, ebenfalls von der 28. Ihnen wurde keine einzige »Fangfrage« gestellt, woran Dan Anstoß nahm. Pike fragte ihn, ob er die »traumhaften Namen« der beiden Neuen nicht gehört habe.

»Wenn das Fritz wären, hätten sie sich wohl weniger schwachsinnige Namen ausgesucht, glaubst du nicht?«

»Es sei denn, die Fritz hätten einen Sinn für Humor«, warf Matthias ein.

Seine Bemerkung löste allgemeine Heiterkeit aus, die sogar Treets und Macbeth ansteckte. Die tapferen Jungs waren *in extremis* der feindlichen Umzingelung eines kleinen Dorfs entronnen und so lange gelaufen, bis sie den Bauernhof entdeckt hatten. Es ging das Gerücht, die Deutschen machten keine Gefangenen.

Ihre Ankunft schien Jules Paquet, der sich wie ein wildes Tier im Käfig gebärdete, ganz und gar nicht zu gefallen. Er befand sich in Matthias' Nähe und wollte unbedingt erfahren, was da hinten, draußen, eigentlich genau vor sich ging. Hubert, der Flurhüter, stand heftig mit dem Kopf nickend neben Jules.

»Sie sind ringsum, überall, ist es das, was er gesagt hat?!«, zischte Jules Matthias zu, der bejahend nickte. »Wenn sie die hier finden, bringen sie uns alle um. Die müssen verschwinden. Ich werd's ihnen sagen.«

Jules hatte nicht »ihr« gesagt, als er von den Amerikanern sprach; bewusst oder unbewusst hatte er es übergangen, Matthias zu erwähnen. Hegte er womöglich irgendwelche leisen Zweifel, oder war es eher eine Art Bauchgefühl von Matthias' *Andersartigkeit*, ohne deren Natur auch nur im Geringsten wahrzunehmen? Paquet war ein besonders wacher Zeitgenosse, und das wäre nichts Ungewöhnliches gewesen. Matthias beobachtete ihn. Den Bauern packte die Wut; im Augenblick schimpfte er im Duo mit Hubert, dem Flurhüter, der den Papageien spielte, indem er jedes Wort von Jules im Brustton der Überzeugung wiederholte. Hubert war ein Kriecher und ein

Heuchler. Der Blick, den er Matthias zuwarf, während dieser Jules zuhörte, sagte alles; ein verlegener, ein falscher Blick.

Jules wollte sie alle rausschmeißen.

»Das ist immer noch *mein* Keller!«, brüllte er wie ein Rasender.

Die Amerikaner begannen ihn schief anzusehen. Sie wurden nervös. Matthias nahm Jules beiseite und erklärte ihm, Leutnant Pike sei keiner von der Sorte, die sich vor die Tür setzen lasse, er müsse sich beruhigen, sonst würden gewisse Soldaten ihm am Ende einen Tritt in den Arsch geben und den Zivilisten das Leben schwermachen. Schon näherte sich Pike mit argwöhnischer Miene.

»Was sagt er?«, fragte er Matthias.

»Er fühlt sich nicht in Sicherheit, Leutnant, er sagt, man müsse mehr Wachrunden organisieren. Mit besserer Deckung.«

»Das hat er gesagt?«, hakte Pike nach, noch nicht ganz überzeugt.

»Und wenn Sie meine Meinung wissen wollen, er hat nicht ganz unrecht …«

Pike musterte Matthias und Jules, der wieder einen freundlicheren Ausdruck angenommen hatte. Der Leutnant nickte, während er darüber nachdachte, was Matthias gerade gesagt hatte, dann ging er in den hinteren Teil des Kellers, um Max und Dan Anweisungen zu erteilen. Matthias bemerkte, dass Renée sich an seine Seite geschlichen hatte. Wie jedes Mal, wenn eine Spannung, eine Gefahr in der Luft lag. Sie nahm seine Hand und schaute Jules an. Sie hatte wirklich etwas Spezielles, diese Kleine, ein Ich-weiß-nicht-was, das beruhigt und beunruhigt, ein wenig wie Ginette … Ja, wie Ginette, als sie jung und Jules noch ein Bursche in kurzen Hosen gewesen war.

Ginette war »eine andere Sorte«, wie man landläufig sagte. Ein schönes Mädchen mit seltsamen Augen, wild, einzelgängerisch. Ein Zigeunerkind. Denn man wusste nicht, wer ihr Vater war; ihre Mutter hatte sie allein erzogen und ihr Geheimnis mit ins Grab genommen. Man erzählte gern, ein Zigeuner habe sie gezeugt, und das eignete sich auch gut als Erklärung der heilerischen und hellseherischen Fähigkeiten, die Ginette besaß. Sie stand also etwas im Ruf einer »Hexe«, aber sie wirkte nur zum Wohl von ihresgleichen, fürchtete Gott und ging zur Beichte.

Bis sie eines Tages ein kleines Kind besucht hatte, das unter Tuberkulose litt; sie behandelte es gegen Kost und Logis, wie bei wandernden Heilkundigen üblich. Doch einen Tag, nachdem Ginette bei ihm gewesen war, starb der Junge, und weiß der Himmel warum, die Eltern gaben Ginette die Schuld, obwohl sie genau wussten, dass das Schicksal ihres Sohns besiegelt war: Die Tuberkulose war bekannt, und

Ginette hatte sich eindeutig über die Aussichten des Kranken geäußert. Aber man hatte beschlossen, sie habe ihn »verhext«. Das Gerücht verbreitete sich im ganzen Land, und Ginette richtete sich in einem verfallenen Häuschen am Waldrand ein; sie lebte vom Notwendigsten, ein bisschen Wilderei, zwei oder drei Hühnern, etwas selbstangebautem Gemüse und von dem, was die Wenigen, die sie noch um Rat fragten, ihr für ihre Mühen gaben.

Jules Paquet hatte sich immer vergewissert, dass es ihr an nichts mangelte, doch Ginette war viel zu stolz, um irgendetwas anzunehmen, außer wenn Jules sie bat, sein Vieh zu behandeln. Als die Ardennenoffensive begann, hatte der Bauer sie fast mit Gewalt zum Schutz auf seinen Hof gebracht. Die alte Heilerin war nicht sicher, ihr langes Leben in diesen mit Amerikanern vollgestopften Kellern um einige Jahre verlängern zu wollen. Zu Hause, mit ihren beiden alten Hühnern, hätte sie mehr Ruhe gehabt. Doch die Ankunft des kleinen Mädchens und des »kanadischen« Soldaten weckte ihre Neugier. Sie empfand eine sonderbare Sympathie für dieses Kind und fast ebenso für dessen Beschützer, wenngleich aus verschiedenen Gründen.

Jules riss seinen Blick von Renée los, um den von Ginette zu fangen: Sie musste ihn seit mehreren Minuten beobachtet haben. Verflixte Alte! Jules und

Ginette brauchten keine Worte, um einander zu verstehen: Wenn Jules bei den Soldaten blieb, drohte es auszuarten. Das letzte Mal, als er sein großes Maul zu weit aufgerissen hatte, war eine Prügelei mit zwei Boches daraus geworden und es hätte nicht viel gefehlt, dass sie den ganzen Hof abgefackelt hätten … So nahm Jules also Hubert bei den Schultern und ging mit ihm in den anderen Keller. Schließlich würden diese Yankees ja keine Wurzeln bei ihm schlagen; das war es nicht, wofür sie Heim und Herd verlassen hatten. Sie waren da, um sie zu befreien. Sie opferten ihre Jugend, ihre Gesundheit, damit die dreckigen Boches dorthin gingen, wo sie hergekommen waren, mit eingezogenem Schwanz. Das durfte man nicht vergessen! Auch wenn die Amerikaner Manieren hatten wie Holzklötze und Jules eine wahnsinnige Lust, Tarzan ein bisschen den Kiefer zu polieren, durfte man das nicht vergessen.

Bei den Soldaten wurde, um Treets und Macbeth geschart, heftig diskutiert. Treets zog eine *London Times* aus der Tasche. Es war die von Mittwoch, dem 20. Dezember. Da ging es um sie, und zwar auf der Titelseite. Treets las laut vor:

»Deutsche Offensive in den Ardennen …«

»Ardennen?«, fragte ein junger Gefreiter, der noch auf der Schulbank hätte sitzen müssen.

Stattdessen saß er mit beiden Backen mitten in diesen dämlichen Ardennen, wie man ihm erklärte, in diesem Loch am Arsch der Welt, dessen Position auf der Landkarte ihm unvergesslich sein würde, wenn er denn die Chance haben sollte, sich als Überlebender daran zu erinnern.

Treets fuhr fort zu lesen:

»Bei Saint-Vith kam es zu schweren Kämpfen zwischen der traurig berühmten SS-Division Adolf Hitler und einer amerikanischen Panzertruppe. Die alliierten Soldaten, die sich ergeben haben, einschließlich der Verwundeten, sollen von der SS mit Maschinenpistolen exekutiert worden sein.«

Schweigen. Die Soldaten vermieden es, einander in die Augen zu sehen. Manche zündeten sich Zigaretten an. Matthias beobachtete sie, all diese armen Kerle, die plötzlich vor Angst vergingen. Die Angst, die große Angst. Die Nazis würden die unbestrittenen Herren des Schreckens gewesen sein; ihr Sinn für Inszenierung hatte zweifellos nicht seinesgleichen in der Geschichte, obwohl Matthias kein Ass in Geschichte war. Das sah Peiper ähnlich, die Gefangenen abzuschlachten. Matthias stellte ihn sich in diesen düsteren Stunden vor, wie er das Schicksal durch Opfer zu beschwören hoffte, perfekt in seiner Rolle in der *Götterdämmerung*.

»Haben Sie hier von Eingeschleusten Wind bekommen?«, fragte Macbeth.

Alle schüttelten verneinend den Kopf. Matthias empfand eine leise Spur von Jubel. Er war noch nicht ganz frei von dem Rausch, der jahrelang sein Motoröl gewesen war. Renée drängte sich etwas näher an ihn.

»Und Sie?«, knüpfte Pike an.

»Nein«, erwiderte Treets, »aber ich weiß, dass drei von ihnen aufgeflogen sind, wegen einer vollkommen hirnverbrannten Sache. Der Boche wusste doch tatsächlich nicht, wer Joe DiMaggio ist. Am nächsten Tag hat man sie alle drei erschossen.«

Jeder ließ seinen Kommentar dazu los, und es geschah ihnen recht, diesen dreckigen Ratten! Was glaubten die eigentlich, wie sie davonkommen würden? Saubande von Krauts! *Fucking Fritz*! Als ihnen die Flüche ausgingen und auch die Energie, sie auszustoßen, kehrte wieder Stille ein.

»Und wisst ihr, was sie gesagt haben, als man sie nach ihrem letzten Willen fragte?«

Matthias hätte einen Punkt gemacht, wenn er die Antwort hätte geben dürfen: »Lang lebe unser Führer Adolf Hitler!«, posaunte Treets, den Hitlergruß nachahmend. Aber das brachte niemanden zum Lachen. Nur Matthias zog ein spöttisches Gesicht. Denn er fragte sich, ob er selbst unter solchen Umständen nicht diese stupide Formel gestottert hätte. Noch ein alter Reflex. In Ermangelung von etwas anderem. Oder einfach, um ein letztes Mal zu lachen.

Er erinnerte sich an den Tag, als er bei seiner Aufnahme in den Friedenthaler Sonderverband den Führereid der SS geleistet hatte. Skorzeny hatte ihn monatelang bedrängt. Und Matthias hatte schließlich nachgegeben. Sich verabschiedet von der Illusion, weniger schmutzig zu sein, weil er den Doppelblitz nicht trug. Im Grunde war das alles Jacke wie Hose. Renée warf ihm einen kurzen Blick zu. Pike hatte Matthias soeben eine Frage gestellt, die er nicht gehört hatte. Sie rief ihn zur Ordnung.

»Na, der Kanadier, was meinst du dazu?«, fragte Pike zum zweiten Mal.

»So eine Haltung, das ist einfach typisch deutsch«, erwiderte Matthias.

»Ja, das verstößt absolut gegen die Kriegsgesetze«, bekräftigte Pike empört.

Wenn er wüsste, der arglose Leutnant Pike, wie weit wir über jeden Begriff der Achtung von Kriegsgesetzen hinaus sind! Es ist schon ewig her, dass eine unverzeihliche Schwelle überschritten wurde. Wartet nur eine Weile, bis ihr nach Auschwitz kommt oder nach Sobibor …

Matthias erklärte Pike, er habe etwas anderes im Kopf gehabt als die Kriegsgesetze. Was er eigentlich habe sagen wollen, sei, dass für die Nazis nur die Resultate zählten und jedes Mittel recht sei, um sie zu erreichen. Pike schien über Matthias' Antwort nachzudenken. Letzterer war befriedigt: Wenigstens einmal hatte er nicht gelogen. Treets war wieder damit beschäftigt, die Spalten der *Times* zu überfliegen. Plötzlich weiteten sich seine Augen und der Unterkiefer schien herunterzuklappen.

»Scheiße, Jungs!«, entfuhr es ihm. »Glenn Miller ist tot.«

»Hör auf, Treets, es reicht«, erwiderte Macbeth, der an einen Scherz glaubte.

»Nein, ich schwör's. Sein Flugzeug ist zwischen London und Paris abgestürzt.«

Die Soldaten blickten einander ungläubig an. Als sie die Information aufgenommen hatten, stießen sie bedrückte Seufzer aus. Manche bekreuzigten sich. Dan stiegen sogar Tränen in die Augen. Er war nicht schlecht, Glenn Miller. Impulsiv, schön *weiß*, geschniegelt. Nicht unbedingt das Beste, was es gab, aber diese großen Kinder hier schienen ihn wie einen Swing-Gott zu verehren. Matthias war froh, dass es nicht Count Basie oder Billie Holiday erwischt hatte. Aber es bestand auch keine Gefahr, dass diese beiden über den Ärmelkanal geflogen wären, um die Truppen aufzumuntern.

Jake, der junge Soldat mit der kleinen Schwäche in Geographie, stimmte *In the Mood* an, und alle fielen fingerschnippend ein:

»*Who's the lovin' daddy with the beautiful eyes,*

what a pair o'lips I'd like to try'em for size, I'll just tell him ›Baby, won't you swing it with me?‹«

Sogar Matthias sang mit, und er fühlte sich ganz wohl dabei, viel wohler als das letzte Mal, als er sein Gesangstalent beim *Lied der Partisanen* hatte beweisen müssen. Zum Glück erinnerte er sich an den Text von *In the Mood,* den kannte hier jeder, und ob Kanadier oder nicht, es wäre ihm nicht gut bekommen, bei einer Strophe steckenzubleiben. Dan, aus voller Kehle singend, lächelte Matthias an. Er lächelte, doch wie Chihchuchimâsh es auszudrücken pflegte, »seine Augen sagten etwas anderes als sein Mund«. »*In the mood, that's what he told me. In the mood …*«

8

Jules spielte mit drei Soldaten Karten. Dem Bauern fiel es schwer, einen leisen Ton zu wahren, und seine Frau ermahnte ihn, die Stimme zu dämpfen. Sidonie war groß im Gespräch mit Macbeth, der ihr Fotos von seiner Familie zeigte und Sidonie kleine Schreie des Entzückens entlockte, einhergehend mit den gewohnten: »*Qué belle pitite crapôde, qué beau pitit tchèt!*«* Die alte Marcelle schaukelte ihren eingemummelten Körper murmelnd vor und zurück. Berthe legte ihr zärtlich eine Hand auf die Schulter.

»Geht's, Bonmama?«

»*Nenni, ça va nin.*** Kann ja nicht geh'n mit leerem Magen!«

»Nur Geduld bis heute Abend, dann gibt's Suppe und Haferbrot«, erwiderte Berthe bestimmt.

* Wallonisch: Was für'n schönes lüttes Maid, was für'n schönes Kätzchen!

** Wallonisch: Nein, es geht gar nicht.

»Ich hab's satt, die Supp aus Nichts und Brot fürs Vieh!«, wetterte die alte Frau merklich außer sich. *»J'a si faim qui j'mangru on vî ome!«*

Sie hatte so laut gesprochen, dass alle innehielten und in ihre Richtung blickten. Renée, die mit Louise ein Klatschpiel auf den Vers »Guillaume, me, me, der böse Mann, ann, ann …« begonnen hatte, erstarrte einen Augenblick, die Hände in der Luft, und brach dann in Gelächter aus, bald gefolgt von Louise. Jules war der Erste, der in das Lachen einstimmte, wobei er seinen verdutzten Partnern auf die Schenkel und die Schultern schlug. Matthias betrachtete die erheiterten Zivilisten. Auch er hatte nichts verstanden. Er begann zwar, ein bisschen Wallonisch aufzuschnappen, aber die Alte hatte zu schnell gesprochen, als dass er den Sinn hätte begreifen können. Renée lachte so ausgelassen, dass Matthias ganz irritiert war. Da zeigte sich ein Teil des Kindes, der ihm völlig fremd war. Auch das war das Leben, das unglaublich Impulsive an Renée, immer, unter allen Umständen.

»Herrgott, das war gut, Bonmama!«, erklärte Jules, der sich einen weiteren freundschaftlichen Klaps aufs Knie des kleinen Soldaten, der zu seiner Rechten saß, nicht verkneifen konnte.

Renée übersetzte Matthias, was Marcelle gesagt hatte: »Ich bin so hungrig, dass ich einen alten Mann verspeisen würde.« Ein köstlich absurdes, komisches und schräges Bild, so passend zu den Leuten hier, dachte Matthias.

Genau genommen war der Grund, warum die Nazis nie und nimmer die Herren der Welt sein würden, ihr absolut fehlender Sinn für Humor. Und dementsprechend ihre Unfähigkeit zur Selbstironie. Das jüdische Volk mochte mit allen nur möglichen und vorstellbaren Makeln bedacht worden sein, es besaß doch eine unbestreitbare Überlegenheit gegenüber der germanischen Rasse, ganz gleich, was der Führer dachte. Von Qualen verzehrt, in Situationen, die höllischer nicht sein konnten, bewahrten die Juden ihren schwarzen Humor; Matthias hatte Witze gehört, die in den Ghettos im Osten und sogar in den Lagern kursierten. Witze, die sich mit einer Ironie auf die Ausrottung bezogen, dass es einem kalt über den Rücken lief.

Obgleich Matthias die Juden nicht besonders schätzte, hatte er auch nichts gegen sie. Er kannte sie zu wenig, und da er sich gewohnheitsmäßig nur auf seine eigenen Erfahrungen verließ, hatte er schlicht und einfach keine genaue Meinung dazu. Im Übrigen war das Schicksal der Juden sowieso nicht seine Angelegenheit. Eines stand jedenfalls fest: dass Hitler nicht die Zeit haben würde, sie von der Erdoberfläche zu tilgen, und dass es auch in fünfzig Jahren noch

Juden geben würde, um der Welt überall verstreut ein herzhaftes Gelächter zu bieten. Nur, dass es bestimmt nicht Deutschland wäre, wo am meisten gelacht würde, denn zumindest dort hatte der Schnauzbart sein Ziel erreicht.

Unterdessen setzten Renée und Louise ihr Spiel fort und klatschten auf Guillaume, den bösen Mann, der drei Millionen Menschen aß, und seine Frau, die Kaiserin und Königin der Würstchen. Dieser Guillaume konnte nur Wilhelm II. sein, deutscher Kaiser und König von Preußen während des Ersten Weltkriegs, derselbe, der in einem anderen Kinderlied der gleichen Art Pfeife rauchend auf einem Schwein ritt. Genau die Dinge, an denen die Nazis nichts Komisches gefunden hätten.

Wieder ertönte die heisere Stimme der alten Marcelle in dem Gewölbekeller: Sie »musste« mal. Erneut brach Gelächter aus. Matthias kam zu dem Schluss, dass die Toilette gemeint war. Berthe und Jules halfen Marcelle die Treppe hinauf. Nun war es Jeanne, die den Platz neben Matthias einnahm. Das junge Mädchen wirkte abgespannt, nervös, reizbar. Dieses unterirdische Leben bekam ihr nicht. Ihr kräftiger Körper, voller Energie, war für Tätigkeiten im Freien geschaffen. Sie strich sich mit einer Hand durchs Haar, um es zu bändigen, vergeblich. Es löste sich nach allen Seiten wieder auf, fiel in Strähnen über die Stirn, die Schläfen, an ihren Wangen und an ihrem Hals herab.

»Ach, die Alten …«, sagte sie. »Haben Sie Ihre Großeltern noch?«

»Meine Großmutter mütterlicherseits. In Québec.«

»Sehen Sie sie noch?«

Matthias fühlte sich nicht besonders wohl. Jeanne sah ihn mit einer Mischung aus Neugier und unverhüllter Begierde an. Ihr Rock ließ ihre Knie und den Anfang ihrer Oberschenkel blicken. Ein guter Geruch nach Heu, Stall und frischer Butter ging von ihr aus, alles, was zu einem Bauernhof gehörte. Und dahinter etwas, was nur ihr eigen war, eine Mischung aus Schweiß, Sex und Haut.

Nein, er sah seine Großmutter nicht mehr. Er sah überhaupt niemanden mehr von seiner Familie, weder seinen Vater, den alten Blödmann, noch seine Mutter, ja nicht einmal seine Schwester Gerda, die einen Offizier der Division Totenkopf geheiratet hatte und ihre drei Kinder in einer jener Villen großzog, die an das eine oder andere Lager grenzten, an welches, hatte er vergessen.

»Was machen Sie eigentlich im Leben?«, fragte Jeanne.

»Im Leben?«

»Ja, ich meine als Beruf.«

Er hatte plötzlich Lust, ihr die Wahrheit zu sagen. Im Leben, da töte ich Menschen, ich lüge, ich tarne mich, im Leben bin ich Deutscher. Er blickte mit seinen kalten Augen zu ihr auf. Gewöhnlich machte dieser Blick alle ein bisschen nervös, aber nicht Jeanne; ihr Mund öffnete sich zu einem Lächeln, das wie eine Herausforderung und eine Einladung war. Ein Speichelsaum perlte an ihren Zähnen. War ihr bewusst, was sie ausdrückte? Wo waren sie stehengeblieben?

»Als Beruf … ich war Trapper.«

Jeanne zog ein schiefes Gesicht, dem zu entnehmen war, dass sie damit nichts anzufangen wusste. Matthias erklärte es. Das Leben in der Einsamkeit, im Wald, das Jagen, die Felle. Jeanne bekam große Augen. Sie hatte das Kinn in die Hand gestützt und ihre Knie wiegten sich von rechts nach links, wie bei einem kleinen Mädchen. Ihre kesse Art hatte sie plötzlich abgelegt. Sie war ganz bei der Sache, eingenommen von dem, was er erzählte, entzückt, interessiert. Sie verwirrte ihn sehr.

Jeannes Bruder Albert hatte sich zu ihnen gesellt. Er hörte ihnen zu, während er mit einem Bilboquet Kugelfangen spielte.

»Gibt es Indianer bei euch?«, hatte er gefragt.

»Ja«, erwiderte Matthias.

»Die sind böse, was?«

»Nein. Willst du die Wahrheit wissen?«

Der Junge nickte misstrauisch, dann nahm er sein Spiel wieder auf und schielte aus dem Augenwinkel zu Matthias hinüber.

»Die Bösen«, sagte Matthias, »das sind die Cowboys.«

Die Cowboys, also so was! Was für ein Quatsch. Er war bescheuert, dieser Kanadier. So anders als die anderen, die echten Amerikaner. Albert fragte sich, was seine Schwester nur an ihm finden mochte. Er war groß und stark, das schon, ja. Aber sonst … die Falschheit stand ihm ins Gesicht geschrieben. Einmal hatte Albert ihn im Schlaf reden hören. Und dieses Gebrabbel war kein Französisch, auch kein Amerikanisch gewesen. Albert hatte seinem Vater von der Beobachtung berichtet und eine Ohrfeige gefangen. Es lohnte sich also nicht, ihm zu sagen, was für eine Ungeheuerlichkeit er jetzt wieder gehört hatte, dass nämlich die Cowboys die Bösen sein sollten. Aber er würde das schön für sich behalten; oder es einem der Cowboys erzählen, genau, warum nicht? Demjenigen, den sein Vater Tarzan nannte. Der schien den Kanadier nicht sonderlich zu mögen.

Louise war in eine andere Ecke des Kellers gegangen; Renée war ihr gefolgt. Doch als Louise sich bei Marcelle auf den Schoß setzte, hatte Renée nicht gewusst, wohin. In dem Moment hatte Ginette sie zu sich gewinkt.

»Ich habe auch einen alten Schoß für kleine Mädchen«, hatte sie gesagt.

Und Renée hatte sich, an die Alte gelehnt, bequem bei ihr eingerichtet. Ginette hatte die Arme um sie geschlungen und sang ihr ein Lied.

Ihr Soldat war also eine Art Waldmensch, der in den großen Wäldern jagte und allein mit seinem Hund lebte. Das erschien ihr vollkommen natürlich und selbstverständlich, als hätte sie es immer gewusst. Aber er hatte es nicht ihr erzählt. Sondern Jeanne. Zum ersten Mal im Leben empfand Renée Eifersucht. Dabei war sie keine besitzergreifende Natur. Der Abstand, den sie zwischen sich und die Welt schob, und das ungewisse Leben, das sie führte, passten nicht zu jenem Wunsch nach Ausschließlichkeit, der oft mit einem tiefen Misstrauen gegenüber den Gefühlen des anderen und geringer Selbstachtung einhergeht, zwei Charakterzüge, die Renée nicht eigen waren. Eifersuchtsbekundungen, die sie bei anderen beobachtet hatte, machten sie ratlos. Sie nahm das Gute wahr, das manche von ihresgleichen ihr zu geben bereit waren, und sie hatte gelernt, wie sehr das je nach den Umständen und der aktuellen Stimmung schwankte. Es konnte ebenso gut von heute auf morgen enden, wenn sie von einem Ort ihres Lebens an einen anderen wechseln musste. Renée schützte sich sehr wirksam vor der Willkür des Daseins und der Unbeständigkeit der Menschen, indem sie den gegenwärtigen Moment intensiv lebte, als wäre es der letzte. Bei dieser Art des In-der-Welt-seins gab es keinen Platz für ein so nutzloses und parasitäres Gefühl wie Eifersucht. Nun aber hatte es sich einen Weg zu ihrem Herzen gebahnt und stürzte sie in ein ganz neues Leiden, das sie nicht zu besänftigen vermochte. Renée hatte keinen Zweifel an Matthias' Gefühlen ihr gegenüber, sie wollte diese einfach nicht teilen, auch nicht mit einer jungen Frau, die einen ganz anders gearteten Reiz auf ihn ausübte. Und vielleicht die Macht besaß, den Deutschen von ihr abzulenken.

Der kleine Jean hustete sich die Lunge aus dem Leib. Es schüttelte ihn so heftig, dass er zwischen den Anfällen weinte. Im Keller herrschte Stille. Alle Blicke waren auf den Jungen gerichtet. Berthe, die neben Françoise saß, flüsterte ihr etwas ins Ohr und schaute Ginette dabei an.

»Kommt nicht in Frage!«, schrie Françoise. »Ich will nichts von ihren Hexenkünsten, nicht mit mir!«

Berthe lächelte bedauernd in Richtung Ginette, die es genau gehört hatte, wie alle anderen. Jules stand auf und näherte sich Françoise mit grimmiger Miene.

»Sag mal, willst du dass er stirbt, dein Junge?«

»Ich will einen Arzt!«

»Sei kein Rindvieh, Françoise, der Hafer ist zu teuer. Du kannst von Glück sagen, dass Ginette da ist. Sie kann wirklich etwas für ihn tun. Man muss sie lassen. Schlimmer könnte es doch gar nicht sein!«

»Immerhin hat sie auch die Wunde des Soldaten geheilt«, meinte Onkel Arthur.

»Und womit? Mit Honig …«, bekräftigte Sidonie.

Aber es war nichts zu machen, Françoise blieb verstockt. Sie wiegte ihren Sohn mit einer Energie, die an Hysterie grenzte. Der Junge versuchte, Luft zu holen, was ihm aber nur unter großen Mühen gelang, behindert durch den Schleim in seinen Bronchien. Eine Art Rasseln erschütterte den Brustkorb. Renée wandte sich nach Ginettes Gesicht um; der Blick der Alten war auf Françoise gerichtet, aber ihre Augen schienen durch sie hindurch in die Ferne zu sehen, durch alles hindurch, was den Keller bevölkerte. Renée nahm ihre bequem angelehnte Haltung wieder ein.

»Und der kleine Jean, wird er sterben?«, fragte sie.

»Noch nicht«, antwortete die Heilerin.

Renée erblickte Matthias, der allein war, und ging zu ihm. Schweigend setzte sie sich neben ihn. Die Kleine schien müde zu sein. Ihr Kopf wackelte ein wenig hin und her. Er nahm ihn unter den Arm, und sie ließ sich fallen. So schlief sie ein, den Kopf auf seinem Schoß. Matthias legte zögernd eine Hand auf ihr Haar. Es war sehr weich, dick und glänzend, angenehm zu berühren und wohlriechend. Er gab sich dem Genuss hin, mit den Fingern durch ihre Locken zu fahren, zu spüren, wie die seidigen Strähnen ihnen entglitten, um sie alsbald wieder aufzunehmen und erneut zwischen den Fingergliedern hindurchstreifen zu lassen. Plötzlich ließ Matthias von den Locken ab, als hätte er sich daran verbrannt, und befreite sich vom Körper des Kindes. Er floh aus dem Keller und löste den Wachsoldaten ab, der ganz glücklich war, seine Schicht früher als erwartet zu beenden. Er fand Matthias etwas aufgeregt, erkundigte sich aber nicht, warum er sich verdrückte.

Matthias hatte absolut nicht verstanden, was diese heftige Reaktion bei ihm ausgelöst hatte, als er Renées Haare streichelte. Gegenwärtig litt er unter schrecklichen Kopfschmerzen; seine Augen trübten sich vor Schmerz, die Schläfen schienen zu bersten. Etwas tauchte mühsam aus seinem Gedächtnis auf: ein Bild. Unter so vielen anderen. Haare. Frauenhaare, Haare von jungen Mädchen, vielleicht sogar von Kindern, man konnte es unmöglich sagen. Eine Lawine schwarzer, lockiger, glänzender Haare, ein Schopf über dem anderen, die Haarpracht unzähliger Frauen.

Und schlagartig erinnerte er sich. Er war, wie es ab und zu vorkam, mit Skorzeny ins KZ Sachsenhausen gefahren, um Munition zu prüfen. Das Lager war nur ein paar Kilometer von Schloss Friedenthal entfernt, und das war sehr praktisch. Diesmal wollten sie Versuche mit verschiedenen Modellen schallgedämpfter Pistolen machen. In einen eigens für diesen Zweck eingerichteten Raum wurde ein Häftling geführt, den man glauben machte, er solle gemessen werden. Meistens überzeugte ihn das nicht, aber da er kaum die Wahl hatte, stellte er sich schließlich mit dem Rücken an einer Messlatte auf. Genau dort, wo das Genick saß, war ein Loch in die Wand gebohrt. Man musste nur den Lauf der Knarre hineinschieben und peng!, der Kerl tat keinen Mucks mehr. Skorzeny schätzte es, seine Waffen und Munition an lebenden Zielen auszuprobieren, das war offensichtlich zuverlässiger. Die ersten Versuche gaben nicht viel her, weil die dämlichen Wächter trotz ausdrücklicher Befehle des Narbengesichts das Grammophon angestellt hatten, das normalerweise dazu diente, die Schussgeräusche zu übertönen. So hatte man vier Häftlinge zu den dröhnenden Klängen der Sinfonia Eroika von Beethoven erledigt. Den Schüssen war Skorzenys Gebrüll gefolgt: »Musik aus, Dummköpfe!« Am Ende hatten die Wächter es begriffen, und mit den folgenden Häftlingen hatte man sehr viel bessere Ergebnisse erzielt. Man einigte sich: Die Pistole englischer Machart, eine einschüssige Kaliber 7,65 mm, erwies sich als die leiseste.

Im Anschluss daran waren sie eingeladen gewesen,

beim Kommandanten noch ein Glas zu trinken. Und auf dem Rückweg durch das Lager hatten sie einen riesigen Haufen Haare gesehen, die Fracht eines ganzen Lastwagens, mitten auf einem Hof liegend. Sachsenhausen war eine Sammelstelle für alle verwertbaren Dinge, die den Deportierten in den anderen Lagern des Reichs abgenommen worden waren. Matthias war trotzdem erstaunt, dort Haare zu sehen. Was konnte man aus diesem Material wohl machen? Eine lockige dunkle Mähne hatte, von einem Windstoß erfasst, über dem Haufen gezittert und sich behände wie ein Eichhörnchen von einer Stelle zur anderen bewegt. Man hätte meinen mögen, noch belebte Materie, bebend vor Leben, agil, mit einer wunderbaren Fähigkeit, das Licht zu fangen. Matthias' Augen waren zwei oder drei Sekunden lang an der Haarpracht haften geblieben. Dann begann es in Strömen zu regnen, und im nächsten Moment sah sie aus wie ein Paket schmieriger Algen. Matthias hatte das Lager verlassen und nie mehr daran gedacht. Bis zu diesem Abend.

Renées Haar hätte sich in einem Haufen wie dem befinden können, den Matthias gesehen hatte. Nicht irgendwelches Haar von irgendeinem kleinen Mädchen. Nein. Das von Renée inmitten der Haare von irgendwem. Aber irgendwem, der ebenso gut Renée sein konnte ... Es war schwindelerregend, kaum vorstellbar. Doch einmal erfasst, ins Bewusstsein aufgenommen, wurde das Offensichtliche unerträglich. Matthias ahnte, dass es das war oder etwas Ähnliches, was manche Soldaten erwischte und überschnappen ließ. Die der Einsatzgruppen, die plötzlich durchdrehten, nachdem sie Hunderte übereinandergeschichtet in Gruben liegender Frauen und Kinder niedergemetzelt hatten; die Jagdpiloten, die nicht mehr schlafen konnten, verfolgt von den Körpern der in Blut gebadeten Zivilisten nach jedem ihrer mörderischen Sturzflüge. Sie waren äußerst selten, diese Jungs, aber zweifellos waren auch sie eines Tages von einem Bild, einer blitzartigen Vision getroffen worden. Die ideologischen Überzeugungen, der Rassenhass, der mit Reitpeitsche und Stiefeltritten in den Arsch erlernte Geist des Gehorsams, die Wahnsinnsbegeisterung für den Führer und der Glaube an den Sieg, das alles zerbröckelte mit einem Schlag wegen einer vollkommen unbedeutenden, kaum wahrgenommenen Kleinigkeit, die jedoch, einmal in eine dunkle Ecke des Gedächtnisses geräumt, eines Tages wiederauftaucht und dich hochgehen lässt wie eine Bombe.

Matthias war noch nicht bereit, verrückt zu werden. Dafür war er nicht geschaffen. Er hatte gerade eine schallende Ohrfeige bekommen, aber er würde sich davon erholen. Er war nicht im phanatischen Rausch des Nationalsozialismus gedrillt worden, hatte jedoch all dessen Absurditäten stillschweigend akzeptiert, um seine Arbeit als Soldat zu machen. Er hatte »einen Fuß drin und einen draußen«, wie Skorzeny es auszudrücken pflegte, und diese Art von Freiheit ermöglichte ihm eine Distanz, eine Sicht der Dinge, die er nur mit sehr wenigen teilte, hauptsächlich Mitgliedern der Kommandos der Brandenburger, in denen er von 1939 bis 1943 gedient hatte. Matthias gehörte zur Kompanie der Anglo-Frankophonen, aber die meisten der Elitesoldaten waren Slawen oder Volksdeutsche, da sie als Eingeschleuste im Osten die Sprache des Feindes sprechen und dessen Sitten und Gebräuche kennen mussten. Diese von der regulären Armee verehrten, von Himmler beneideten Typen, diese »Helden«, galten in Wirklichkeit als Vertreter einer minderwertigen Rasse. Dabei setzten sie sich für das Reich ein, für die Erweiterung des *Lebensraums*, der ihnen, einmal erobert, nichts Gutes verhieß. Das war eine der vielfältigen Paradoxien der Naziideologie, jenes wüsten, pseudowissenschaftlichen und abergläubischen Durcheinanders, auf dem der Nationalsozialismus beruhte.

Es war einige Male vorgekommen, dass Matthias an Einsätzen im Osten teilgenommen hatte. Trotz seiner spärlichen Kenntnisse der Sprachen und Kulturen dieser Regionen waren seine körperlichen und intellektuellen Fähigkeiten überaus willkommen.

Eines Abends, während des *Unternehmens Rösselsprung,* das unter Skorzenys Führung auf die Ermordung Titos abzielte, hatte ein jugoslawischer Kamerad, der wie Matthias zu den Friedenthalern gehörte, zu ihm gesagt:

»Stell dir das nur einmal vor, wir Slawen reißen uns den Arsch auf, um den Deutschen einen Lebensraum zu verschaffen, während Hitler nur die Idee im Kopf hat, uns genauso abzuknallen wie alle anderen, die keine reinrassigen Arier sind … Eigentlich unterscheiden wir uns gar nicht so sehr von den Juden, die ihre eigenen Gräber schaufeln, ehe sie kaltgemacht werden. Man muss wirklich bekloppt sein, um zu machen, was wir machen, findest du nicht?«

»Nein«, hatte Matthias geantwortet, »man muss nur zynisch sein.«

Matthias hielt den Mordrausch für einen der tiefsten und beständigsten Triebe der menschlichen Natur. Gerade in Jugoslawien, in dem frisch gegründeten Unabhängigen Staat Kroatien mit einem rasenden Irren an der Spitze, der dem »Schnauzbart im Braunhemd« in nichts nachstand, wurden außer den üblichen Juden und Zigeunern des Landes massenhaft Serben und Muslime massakriert. Die Methode war etwas anders als die der Teutonen, da man sich um Sauberkeit oder Diskretion nicht im Geringsten scherte, sondern vielmehr auf Ökonomie setzte: Tausenden von Menschen wurde mit dem Messer die Kehle durchgeschnitten. Matthias hatte sich gefragt, wie es möglich war, solche Massen auf derart unpraktische Weise abzuschlachten. Er bekam die Antwort, als er das von den Schlächtern benutzte Garbenmesser sah: eine gebogene, in einem handschuhähnlichen Futteral fixierte Klinge, die wie eine Gelenkstütze am Handgelenk befestigt wurde. Sehr raffiniert, um eine Sehnenscheidenentzündung zu verhindern. Nach dem Durchschneiden der Kehlen wurden die Leichen in Flüsse oder Schluchten geworfen und die Körper trieben zu Hunderten ruhig mit der Strömung fort oder verwesten unter freiem Himmel. Die Deutschen fanden, das mache sich schlecht. Im Übrigen drohe es das Wasser für eine Bevölkerung zu verseuchen, die möglicherweise noch leben sollte, zumindest eine Zeitlang. Diesen Unannehmlichkeiten wurde recht schnell abgeholfen, indem man Vernichtungslager schuf, die der glänzenden Verwaltung von Einheimischen unterstanden.

Dergleichen veranstalteten die Jugoslawen ein fröhliches Gemetzel untereinander und ersparten den Deutschen die Mühe. Zu guter Letzt dürfte das ganze Balkangesindel entweder »liquidiert« oder in den Dienst der Reichswirtschaft gestellt worden sein. Nach den Slawen wären die Mittelmeeranrainer und die Schwarzen an der Reihe.

Man konnte sich fragen, wann dieses Trachten nach Blutreinheit enden sollte … Wenn es nur noch die sogenannten reinen Arier gäbe, würde man noch immer Läuse an ihnen finden: die einen hätten eine zu lange Nase, die anderen zu kurze Beine, Krampfadern, Akne oder Haare am Po.

An einem regnerischen Abend des Jahres 1931 hatte sich Matthias von einem Zechkumpan zur Ariosophischen Gesellschaft in Berlin mitschleifen lassen, um sich einen Vortrag über die Theorien eines ehemaligen Mönchs, eines gewissen Liebenfels anzuhören. Sie waren beide schon etwas beschwipst. Doch im Vortragssaal angekommen, war Matthias rasch ernüchtert: Der kleine Kerl auf dem Podium erzählte allen Ernstes, die arische Rasse stamme von Gottmenschen ab, die sich mittels elektrischer Signale fortpflanzten. Alles sei wunderbar und sehr säuberlich, sehr elektrisch verlaufen, bis sich einige erhabene Arier von … Äfflingen verführen ließen. Sodomitischen Äfflingen, präzisierte der Redner mit erhobenem Zeigefinger und bebender Stimme. Woher die gekommen waren, wusste man nicht so genau. Sie waren einfach aufgetaucht, um die Herrenmenschen in Versuchung zu führen. »Nicht sehr glaubwürdig, das alles«, hatte Matthias seinem Nachbarn zugeflüstert. »Nietzsche hätte seine Freude daran gehabt.« Aber der Nachbar schien die Worte des Vortragenden genüsslich aufzusaugen und warf Matthias vernichtende Blicke zu. Der Redner fuhr fort. Diese Paarungen von Herrenmenschen mit Sodo-Äfflingen hätten mehr oder weniger reine, ihrer ursprünglichen Macht beraubte Menschenrassen hervorgebracht. Die Juden nähmen dabei natürlich den ersten Platz ein, an der Spitze der degenerierten Geschlechter. Matthias hatte sich mit der Bemerkung zu Wort gemeldet, dass Fortpflanzung durch Sodomie unmöglich sei. Man hatte ihn zum Schweigen gebracht. Der Rest der Albernheiten, die der Kerl auf dem Podium von sich gab, hatte ihn allmählich in einen tiefen Schlaf sinken lassen.

Nach der Ausrottung der Niederrassen, sagte sich Matthias heute, müsste man nur diese Art von mystisch-rassistischen Wahnideen wieder aufgreifen, um die reinen Arier in einem neuen Licht zu sehen und eine letzte Selektion zu unternehmen. Am Ende würde man sich fragen, wer Sodo-Äfflinge als Urgroßeltern habe. Und eines Tages bliebe niemand mehr übrig. Der Oger hätte sich selbst verschlungen. Im Grunde war genau das das nationalsozialistische Ideal: überhaupt keine Menschheit mehr. Eine echte Philosophie, wahrhaftig, so frappierend einfach und weise.

An seinem Wachposten ein paar Meter von der Toreinfahrt zu Paquets Hof entfernt zündete sich Matthias die fünfte Zigarette an und begann auf und ab zu gehen, um sich aufzuwärmen. Hinter dem Qualm, der sich vor seinem Gesicht entwickelte, erblickte er etwas, was sich auf der Straße bewegte. Drei Gestalten. Nein, vier: zwei Erwachsene und zwei Kinder. Keine Soldaten. Er ließ sie näher kommen. Ein kleiner Kerl hüpfte ihm, die Hand schwenkend, entgegen. Dann folgte ein Mann, sichtlich erschöpft, mit den beiden Kindern an den Händen. Matthias begleitete sie in den Keller.

»Kommen da Menschen?«, fragte Marcelle in den Raum.

»Ja, Bonmama«, antwortete Berthe, »es ist der Lehrer Werner mit Philibert. Und dann noch Charles Landenne, der Kaufmannssohn, und die kleine Micheline Biron.«

Die Neuankömmlinge wurden mit heißem Kaffee und Decken empfangen. Werner erzählte, wie die Deutschen sie gezwungen hatten, ihr Dorf zu verlassen und stundenlang durch die Landschaft zu marschieren, Männer, Frauen, Kinder, Greise, in Schach gehalten von Soldaten mit schussbereiten Waffen. Und auf einmal hatten die Boches sie einfach stehenlassen, mitten im Nirgendwo. Werner und die Kinder waren weitergelaufen, ohne recht zu wissen, wohin. Der Bericht des Schullehrers wurde immer wieder vom Schluchzen der achtjährigen Micheline unterbrochen. Trotz der besänftigenden Worte und Gesten der Frauen um sie her, trotz der Wärme und des spärlichen Essens blieb das Kind untröstlich.

»Micheline hat ihre Familie bei einem Bombenangriff verloren …«, erklärte Werner.

Sidonie schaltete sich ein:

»Doch nicht vor der Kleinen!«

»Da gibt es nichts mehr zu verbergen«, gab Werner zurück. »Die Kleine weiß Bescheid. Sie war bei Nachbarn, das hat sie gerettet. Was für ein Glück, dass wir Philibert begegnet sind. Er hat uns von La Gleize über den Kamm geführt.«

Alle gratulierten Philibert. Er war ganz rot angelaufen, man wusste nicht, ob wegen der Kälte oder wegen der Komplimente. Der Junge musste etwa zwanzig sein, klein, dünn, drahtig. Auf dem Hof schien er sehr beliebt zu sein, vor allem bei den Kindern, die wie Spatzen um ihn herumpiepsten.

»Du bist wirklich der König der Wälder, Junge, das kann man wohl sagen!«, donnerte Jules, während er Philibert bei den Schultern packte.

Erneute Bravorufe und Beifallssturm. Auch Philibert klatschte strahlend in die Hände.

»Die sind einfach dem Fluss gefolgt, immer stur geradeaus. Da hätten sie bis nach Lüttich laufen können. Aber ich hab's ihnen gezeigt!«

Jules nahm Philibert beiseite.

»Du hast dich ja ganz schön lange nicht mehr blicken lassen.«

»Tja, ich weiß … ich hatte zu tun«, vertraute Philibert ihm geheimnisvoll an.

»Und deine Armbrust? Hast du sie in Sicherheit gebracht?«

Philibert setzte eine unschuldige Miene auf, als wüsste er nicht, worum es ging.

»Wenn du ein Reh schießt, bringst du es mir, du bestimmst den Preis«, flüsterte Jules ihm ins Ohr.

Philibert nickte, während er sich vorsichtig nach rechts und links umsah. Dann begann er, die Hände ringend, von einem Fuß auf den anderen zu treten. Er blickte Jules ununterbrochen an. Man sah, dass er etwas sagen wollte. Endlich legte er los:

»Sag mal, Jules …«

»Na was?«

»Deine Hütte … Ich bin ein paar Tage dortgeblieben.«

»Das durftest du wohl, Junge, du weißt doch, dass nichts dabei ist, was?«, erwiderte Jules väterlich.

Matthias hatte es gehört. Die Hütte, das konnte dieselbe sein, in der er mit Renée gewesen war. Es gab sicher nicht hundert solcher Hütten in der Gegend. Vielleicht hatte Philibert sie gesehen … Jules wies ihn auf Matthias' Anwesenheit hin.

»Bébert, das ist Mat. Auch ein Cowboy, aber keiner wie die anderen hier. Er kommt aus Kanada, ein Einsamer.«

»Guten Tag, Mat-der-einsame-Cowboy-aus-Kanada.«

Philiberts Wortschwall kam prompt und laut aus ihm heraus. Matthias war fassungslos. Jules zwinkerte ihm zu. Berthe erschien mit einer Warmhaltekanne Kaffee, um Philibert nachzuschenken. Sie nahm ihn beiseite. Jules wandte sich Matthias zu.

»Philibert ist ein Waisenkind«, erklärte er. »Er hat nicht alle Fritten in derselben Tüte.«

Matthias kicherte. Der Ausdruck war ihm neu, aber er sprach für sich und hatte Witz, wie immer. Der Junge war also etwas einfältig. Aber sehr brav, fügte Jules hinzu, was Matthias als »mutig« verstand. Ja, das auch, nur für die Menschen von hier bedeutete »brav« eher »nett«, »hilfsbereit«. Matthias beobachtete Philibert, der mit Berthe redete und, ein etwas verkrampftes Lächeln im Gesicht, eifrig mit dem Kopf nickte. Dieser Bursche schien die Region wie seine Westentasche zu kennen, er verbrachte seine Zeit damit, durch die Gegend zu streifen, ohne erwischt zu werden, er besaß eine Armbrust, mit der er Hochwild jagte, und er war sehr »brav«. Alles, was nötig war, um im Fall des Aufbruchs einen unerlässlichen Verbündeten abzugeben. Matthias hatte seine Entscheidung getroffen. Sie würden sich auf den Weg nach Norden machen, immer in Deckung, durch die Wälder. Bis nach Namur, vielleicht noch weiter, je nachdem, wie der deutsche Vorstoß verlief. Einmal dort, würde es noch früh genug sein, sich etwas anderes zu überlegen, falls seine Kameraden aus Teutonenland tatsächlich das Wunder vollbrachten, ihr Ziel zu erreichen und die Maas zu überqueren.

Michelines Stimme reißt Matthias aus seinen Gedanken.

»Wann kommt das Jesuskind mich endlich holen?«

Die Gespräche brechen schlagartig ab.

»Seit gestern sagt sie das andauernd«, erklärt Werner. »Man hat ihr erzählt, ihre Schwestern seien beim Jesuskind, und jetzt will sie auch dorthin.«

Werner beugt sich über Micheline und gibt ihr einen Kuss. Die Kleine steigert sich nur umso mehr in ihre lange, herzzerreißende Klage hinein. Renée ist bei ihr und hält ihr die Hand. Die Heftigkeit von Michelines Erguss geht vollkommen an ihr vorbei. Es schmerzt sie für das Kind, gewiss, zumal sie selbst nur allzu gut verstehen kann, was das bedeutet, allein zurückzubleiben, ohne Familie. Dennoch löst das blinde Heulen und Jammern des kleinen Mädchens in Renée ein tiefes Unbehagen aus; bei Gefahr im Verzug ist Unauffälligkeit meistens das einzige Verhalten, das Sicherheit garantiert. Weinende Kinder, übernervöse Erwachsene erregen Aufmerksamkeit.

Und dann dieses Rufen nach dem Jesuskind, warum hört sie nicht auf damit? In Renées Vorstellung ist Jesus alles andere als ein Kind, außer Weihnachten, wenn seine Geburt gefeiert wird. Als Baby kann er wohl kaum viel ausrichten und bestimmt niemanden töten. Und das wollte Micheline doch, dass »das Jesuskind« sie sterben lassen sollte, damit sie zu ihrer schon toten Familie kam. Das alles hatte überhaupt keinen Sinn.

»Hör auf zu weinen«, sagt sie schließlich zu Micheline. »Weinen, das nützt gar nichts. Sie sind tot.«

Sämtliche Köpfe schwenken um zu Renée, plötzlich aufgespießt von bösen Blicken. Sogar Jules hat einen weniger freundlichen Ausdruck. Françoise säuselt Sidonie etwas ins Ohr; ein missbilligendes Gemunkel erhebt sich unter den Zivilisten. Nur Micheline scheint von Renées Worten unberührt zu sein. Sie ist abwesend, niedergeschlagen, vollkommen unzugänglich. Renée versteht sehr wohl, welchen Schock sie ausgelöst hat. Es ist nicht das erste Mal, dass sie wegen ihrer Offenheit schlecht angesehen wird. Das stört sie nicht. Matthias beobachtet sie. Trotz allem, auch er scheint ein wenig irritiert zu sein. Verflixte Göre, wirklich wahr, die ihn immer wieder überrascht, ihn durcheinanderbringt. So etwas von hartgesotten, meine Güte, noch härter als geahnt. Eine Art Stolz hat sich seiner bemächtigt.

Er würde den anderen gern ihre schuldbewussten Mienen austreiben. Er bemerkt, dass jetzt alle ihn anschauen, als wäre er verantwortlich für das, was Renée eben gesagt hat. Er ist schließlich nicht ihr Vater. Sie hat nicht auf ihn gewartet, um ihm ähnlich zu sein.

»Sie hat recht, die Kleine«, sagt Philibert plötzlich, wie von einer Erleuchtung getroffen. »Wer bist du?«, fragt er Renée.

»Renée, und du?«

»Ich bin Philibert, aber du kannst Bébert sagen.«

»Willst du ein Spiel spielen?«

Auf geht's! Renée hat neuen Schwung. Sie ist schon bei etwas anderem, augenblicklich, schnappt im Fluge auf, was das Leben ihr zuwirft. Matthias betrachtet die Zivilisten, noch ganz versteinert vor Angst, vor Ungläubigkeit, vor Animosität. Aber sie, sie pfeift darauf. Sie ist woanders, mit dem Simpel, der alles verstanden hat und es genauso nimmt. Die beiden gehen »ein Spiel spielen«. Sie ist die Stärkste, stärker als all diese »braven« Belgier zusammen, stärker als er, stärker als die Horden der SS, die die Welt terrorisieren. Stärker als jedes Bild von Haaren und vom Tod.

9

Matthias hat sich in die Küche begeben. Er ist damit beschäftigt, sein Messer zu schärfen, jenes Messer, das er von den Indianern bekommen und das seither zahllosen Menschen das Leben genommen hat. Die Waffe muss bereit sein, erneut zu töten. Denn Matthias ist entschlossen, aufzubrechen, Renée dorthin mitzunehmen, wo sie nicht mehr in Gefahr sein wird. Dan erscheint im Türrahmen. Er beobachtet Matthias in dem Glauben, nicht bemerkt zu werden.

»Komm rein, Reynolds«, sagt Matthias ohne sich umzudrehen.

Der andere schreckt kurz zurück, bitter enttäuscht, entdeckt worden zu sein. Dann nähert er sich Matthias, der in aller Ruhe fortfährt, die Klinge seiner Waffe an der eines großen Küchenmessers zu wetzen. Vor ihm stehen eine Schüssel voll Wasser, ein Pinsel und ein Rasierapparat. Ein starkes Stück! Man ist mitten im Krieg, steckt in einem Keller, und dieser Kerl hat nichts Besseres zu tun, als sich zu rasieren. Dan betrachtet das Messer mit dem Horngriff, in den ein Wort eingeritzt ist, das er nicht entziffern kann. Es ist kein Englisch. Dan weiß nicht, was das für seltsame Buchstaben sind, lauter aneinandergereihte Konsonanten und sehr wenige Vokale. Eine wilde Sprache. Der Sohn des Bauern hat versucht, ihm etwas zu sagen, unmittelbar vor der Ankunft der vier Zivilisten, aber Dan hat es nicht verstanden. Es ging um den Kanadier. So wie der Junge redete, mit konspirativem Gehabe, war es sicher interessant. Scheißsprache, dieses unverständliche Französisch. Dan ist einer von denen, die es als Beleidigung empfinden, dass nicht die ganze Welt Englisch spricht.

»Vorbereitungen zum Aufbruch?«, lässt Dan in einem aufgesetzt lockeren Ton fallen.

Matthias antwortet nicht. Er nimmt den Rasierpinsel, schäumt ihn mit Seife ein und bestreicht sich vor einem gesprungenen, schief hängenden kleinen Spiegel das Gesicht. Dann nimmt er sein Messer und beginnt sich zu rasieren.

»Damit kann man ja einen Bären töten!«, bemerkt Dan, auf das Messer deutend.

Noch immer keine Antwort. Dan harrt hinter Matthias' Schulter aus und beobachtet, wie dessen Wangen, dessen Kinn Zug um Zug von einem mehrere

Tage alten Bart befreit werden. Das Gesicht des Mannes erscheint ihm in einem neuen Licht: schärfer, härter. Und diese glasklaren Augen, ebenso blitzend wie der Stahl der Klinge! Dan weicht unwillkürlich einen Schritt zurück. Matthias schenkt ihm ein kleines Grinsen im Spiegel. Dan ist sich sicher: Der Typ hat ein Geheimnis. Und er wird diesen Hof nicht verlassen, ohne es ihm zu enthüllen.

»Übrigens, Treets hat uns was Interessantes erzählt. Es scheint, dass diese SS-Schweine sich tätowieren lassen …«

Dan lauert auf Matthias' Reaktion, aber der zieht das barbarische Messer noch einmal über seine Wange, auf dass sein Gesicht schön sauber, schön glatt erscheine. Dan ist der Einzige unter den Soldaten, der Matthias verdächtigt, nicht der zu sein, der er zu sein behauptet. Nur sein Instinkt, angestachelt von Eifersucht, leitet den Amerikaner bei diesem Spielchen. Und der Instinkt hatte ihm von Anfang an gesagt, Matthias könne durchaus einer jener eingeschleusten Krauts sein, von denen es in der Landschaft nur so wimmelte. Natürlich konnte man sich fragen, was so einer mit einer kleinen Jüdin am Rockzipfel machte. Doch es war eben dieser Widersinn, der Dan in seinem Verdacht bestärkte. Er hatte so viel über das alles nachgedacht, dass er schon unter Migräne litt. Er war es nicht gewöhnt, sich den Kopf zu zerbrechen. Ah, der »Kanadier« bequemte sich endlich, den Mund aufzumachen:

»Mhm, wusstest du das nicht? Ihre Blutgruppe, auf der Innenseite des linken Oberarms.«

Er war auf dem Laufenden, und zwar bis ins Detail. Der vollkommen natürliche Ton seiner Antwort hatte Dans Theorie zunichtegemacht. Dan gehörte zu denen, die sich drehen wie ein Wetterhahn, so schnell änderte er seine Meinung. Es war schlicht unmöglich, sich dermaßen zu verstellen! Er ahnte nicht im Entferntesten, wie geübt Matthias in diesem Falschspiel war, und dass er sich in heikleren Lagen als dieser aus der Affäre gezogen hatte. Dan hatte sich ein wenig entspannt. Er lehnte sich an ein Möbelstück. Matthias spülte sich das Gesicht ab.

»Wäre vielleicht gut, die Info in Umlauf zu bringen. Das könnte uns ersparen, jeden Arsch, der uns über den Weg läuft, nach der Frau von Micky Maus zu fragen«, sagte Dan ohne Hintergedanken.

»Na ja, bei 10 Grad minus würden wir mit Striptease an den Checkpoints wohl kaum Zeit gewinnen.«

Er hatte nicht unrecht, der Kanadier. Ob man wollte oder nicht, sein Sinn für Humor brachte ihm manchmal Sympathie ein und hatte wirklich nichts »Fritzhaftes« an sich, obwohl Dan sich auf diesem Gebiet nicht besonders auskannte. Für ihn war ein

Deutscher ein grausamer Typ mit einem anderen Helm als seinem, der statt zu sprechen bellte. Matthias nahm ein Küchentuch und trocknete sich das Gesicht. Er klatschte sich Wasser aufs Haar und striegelte es nach hinten. Er drehte sich um und zog seine Jacke an. Dann nahm er das Messer und steckte es in die Scheide an seinem Gürtel. Das alles mit geschmeidigen, synchronen Bewegungen, die einem Deutschen vielleicht nicht ähnlicher sahen als einem Irokesen, Dan aber absolut nicht gefielen.

Renée war nicht im Keller. Man hatte sie mit Philibert verschwinden sehen; sie wollten im Hof spielen, hatten sie angekündigt, und niemand hatte eingegriffen. Die Göre war nach draußen gegangen, obwohl Matthias es ihr verboten hatte. Er war sauer. Es war das erste Mal, dass sie ihm nicht gehorchte. Hätten sie im Hof gespielt, müsste er sie von der Küche aus gehört haben. Er ging hinaus und suchte mit großen Schritten die unmittelbare Umgebung ab, schaute in die Stallungen, ins Backhaus, in die Scheune: Sie waren nirgends. Er kehrte in die Stallgasse zurück, ging erneut zwischen den Kühen hindurch. Und als er ans hinterste Ende gelangte, bemerkte er eine kleine Tür, die er übersehen hatte. Der Griff klemmte; ein heftiger Stoß mit der Schulter genügte. Innen ertönte ein Wiehern. Im hinteren Teil dieses zweiten Stalls stand ein Zugpferd. Und bei dem Pferd waren Renée und Philibert, quietschvergnügt und strahlend. Matthias fühlte sich hin- und hergerissen zwischen Erleichterung und Wut. Er stürzte direkt auf Renée zu.

»Wir hatten gesagt ›nicht rausgehen‹!«, schleuderte er ihr entgegen.

Dann fiel sein Blick auf Philibert, der sich nicht beeindrucken ließ; er lächelte einfach weiter, so arglos, so treuherzig, dass Matthias sich beruhigte.

»Stimmt, wir hatten gesagt …«, antwortete Renée. »Aber sieh doch!«

Ihre kleine Hand deutete auf das Pferd. Endlich sah Matthias hin. Es war riesig, ruhig, prächtig.

»Er heißt Salomon«, erklärte Philibert. »Jules versteckt ihn. Das ist sein Schatz. Was, Pépère, mein Guter? Er ist traurig, seit sein Freund gestorben ist.«

»Das Pferd draußen im Hof«, fügte Renée hinzu.

Philibert nickte, während er Salomons Kopf streichelte. Renée versuchte ebenfalls, den Kopf zu erreichen, aber sie war zu klein. Matthias nahm sie auf den Arm. Das Kind legte seine Hand auf das Pferdemaul, an die dampfenden Nüstern. Küsste das Pferd, flüsterte ihm etwas ins Ohr, streichelte es wieder. Renée schien sich in endloser Verzückung zu verlieren. Ihre Augen füllten sich mit Tränen. Matthias und Philibert beobachteten sie schweigend.

»Ist schon mal jemand drauf geritten?«, fragte Matthias.

»Jules reitet ihn oft, Jeanne auch. Aber ich, ich traue mich nicht.«

»Ich traue mich«, sagte Renée.

Matthias warf Philibert einen fragenden Blick zu.

»Der tut ihr nichts, du kannst sie ruhig draufsetzen.«

Matthias hob Renée auf das riesige Tier. Die Kleine beugte sich über Salomons Hals, restlos glücklich. Vielleicht war dieses Pferd ein Glücksfall, der ihnen erlaubte, sehr schnell nach Norden zu gelangen. Sollte Jules bereit sein, ihnen Salomon zu überlassen, müssten sie natürlich auf Philiberts Hilfe verzichten. Doch das Pferd bot eine Lösung, die Matthias ganz besonders reizte. Er war ein exzellenter Reiter; als Mitglied eines Elitekommandos musste man reiten, Fallschirm springen und notfalls auch ein Flugzeug steuern können. Matthias bedeutete Renée, es sei Zeit, sich von dem Pferd zu trennen und wieder in den Keller zu gehen. Das Kind akzeptierte bedauernd.

Matthias hatte seine Wahl getroffen: Er bevorzugte Salomon als Weggefährten. Doch es gab noch ein beträchtliches Hindernis: Jules zu überzeugen, ihm seinen »Schatz« zu überlassen.

Wieder im Keller, erblickte er den Bauern, gerade im Gespräch mit seiner Frau. Matthias trat näher und bat darum, unter vier Augen mit Jules sprechen zu dürfen. Berthe erhob sich widerstrebend, mit argwöhnischer Miene. Matthias erklärte seinen Plan ohne Umschweife. Jules blieb einige Sekunden still, musterte ihn schweigend.

»Mein Sohn hat mir komische Sachen über Sie gesteckt.«

»Ach ja?«, meinte Matthias amüsiert.

»Sachen wie … er hätte Sie reden gehört … auf Deutsch.«

»Ich spreche viele Sprachen, aber die nun gerade nicht«, erklärte Matthias entspannt.

Jules beobachtete ihn mit seinen bohrenden Augen, ehe er fortfuhr:

»Der Junge ist vollkommen durcheinander vom Krieg und allem, was man so erzählt. Die Eingeschleusten und Kompanie. Ich glaube, das steigt ihm zu Kopf …«

Jules rückte näher, kam mit dem Gesicht dicht an Matthias heran.

»Gut, mit dem Pferd … das geht in Ordnung, Sie können es nehmen. Damit sind Sie schneller.«

»Danke«, sagte Matthias schlicht.

Jules stand auf, schien zu gehen, wandte sich aber noch einmal um.

»Hören Sie …«, sagte er so leise, dass es fast ein Murmeln war.

»Ja?«

»Salomon … der reagiert nicht wirklich auf seinen Namen. Alle nennen ihn Pépère.«

»Ja, gut. Machen Sie sich keine Sorge wegen ihm.«

Jules nickte mit einem bärbeißigen Ausdruck, dann entfernte er sich von Matthias, der hinüberging in den Soldatenkeller, wo Pike und Max versuchten, ihr Funkgerät zu reparieren. Einige Soldaten waren der Meinung, sie müssten von dem Bauernhof verschwinden; Pike stimmte dem nicht zu. Man musste erst Kontakt zu den Alliierten aufnehmen und sich über die Lage informieren. Matthias beäugte das defekte Gerät, an dem Max und der Funker hantierten, ein gewisser Dwyer, der das Pulver nicht unbedingt erfunden zu haben schien. Dem ersten Blick nach wäre der Deutsche imstande gewesen, das Ding zu reparieren; auch das gehörte zu seinen Fähigkeiten. Aber hätte es ihm genutzt? Wenn das Funkgerät wieder funktionierte, hätten die Amerikaner bessere Chancen, abzuhauen. Aber dann müsste Matthias ihnen folgen und Renée zurücklassen. Außerdem drohten in dem Fall, dass der Kontakt wiederhergestellt wäre, weitere Alliierte auf Paquets Hof zu kommen, was für Matthias ein erhöhtes Risiko bedeutete, enttarnt zu werden. Also verzichtete er lieber darauf, Pike seine Hilfe anzubieten, und verabschiedete sich mit bedauernd resignativen Blicken von den drei

Männern, die sich erfolglos an dem beschädigten Empfänger zu schaffen machten. Im Keller der Zivilisten begegnete er Jeanne, die ganz rot im Gesicht und mit aufgelöstem Haar den Eindruck machte, sich gerade angestrengt zu haben. Die junge Frau nahm ihn ungezwungen beim Arm. Erneut war Matthias betört von dem starken Geruch, den ihr Körper verströmte.

»Könnten Sie mir mit der Milch helfen? Im Stall sind noch drei Krüge voll …«

Sie kam vom Kühemelken. Das war es, was von ihr ausging, der herbe Wohlgeruch warmer, frisch aus dem Euter gemolkener Milch, vermischt mit ihrem Schweiß. Sie warf eine Haarsträhne zurück und wischte sich mit dem Handrücken die Nase. Ihre Brust hob sich unter dem Kleid; ein runder Schweißfleck tauchte unter der Achsel auf. Draußen fror es Stein und Bein, aber sie, sie schwitzte wie im Juli, nur mit einem dünnen Wollkleid bedeckt. Matthias folgte ihr gleich einem Automaten in den Stall, ungeachtet der Blicke, die auf ihnen ruhten: Jeanne, die mit wiegendem Gang stolz den Keller durchquerte, ihren langen, kräftigen Körper durch die Mitte wogen ließ, und Matthias, wie magnetisch angezogen, hinterher.

Renée schnappte Dans gekränkten Blick auf. Ihr Soldat durfte Jeanne nicht folgen, aber wie ihn daran hindern? Renée fragte sich, was er wohl mit der jungen Frau machen würde. Sicher würde er sie auf den Mund küssen. Das hatte sie bei Marcel in einer Zeitschrift gesehen; die Mutter hatte solche Hefte gemocht, mit lauter Fotos von Filmschauspielerinnen und -schauspielern. Auf manchen Bildern sah man sie umschlungen, einander anschauend, als wäre es das letzte Mal. Und einmal hatte sie zwei gesehen, die sich auf den Mund küssten, die Augen geschlossen. Sie waren sehr schön mit ihren glänzenden Haaren und der reichen Kleidung. Die Schauspielerin hatte einen wohlgeformten Mund, helle Haut und lange dunkle Wimpern. Auch Jeanne war schön. Das musste Renée wohl oder übel zugeben, auch ohne solche Kleider und Schminke. Ihr Mund war ebenso wohlgeformt und machte Matthias Lust, ihn zu küssen. Seine Lippen waren nicht für Renée. Noch nicht. Wenn sie einmal groß war, würde Renée ihn heiraten. Und sie wären wie die Filmstars, schön und glänzend, mit vollendeten Lippen in einem vollendeten Kuss vereint.

Louise kam und schlug Renée vor, Doktor zu spielen. Wie gewohnt war Renée der Doktor und Louise die Krankenschwester. Sie entschieden, Micheline solle die Kranke sein; das war schließlich angezeigt bei dem Zustand, in dem sich die Kleine befand, so niedergeschlagen und schwach. Renée begann, Micheline mit einer an einer Schnur befestigten Konservendose abzuhorchen, die als Stethoskop diente.

»Schön tief durchatmen, Madame!«, forderte Renée sie mit Autorität in der Stimme auf.

Doch die Patientin rührte sich nicht; sie blickte ins Leere und ließ sich alles ohne Reaktion gefallen. Der Lehrer Werner hatte sich den Mädchen genähert und beobachtete sie. Renée nahm seine ganze Aufmerksamkeit in Anspruch. Er war fasziniert von der Selbstsicherheit des kleinen Mädchens, ihrer Leichtigkeit zu kommunizieren. Es war sogar ein wenig erschreckend, sie derart lebendig neben der amorphen, durch die Ereignisse gebrochenen Micheline zu sehen. Dabei musste auch Renée eine Menge durchgemacht haben.

»Entschuldigen Sie, Frau Doktor«, sagte Werner, »hätten Sie einen Augenblick Zeit für mich? Ich fühle mich nicht gut.«

Renée starrte Werner herablassend an, wägte kurz ab, dann lächelte sie. Er durfte mitspielen. Er machte es gut mit dem So-tun-als-ob, man glaubte ihm.

»Schwester, kümmern Sie sich um Madame. Ich muss kurz einen anderen Patienten nehmen.«

Sie schaffte sich Werner gegenüber Platz und bat ihn, den Mund aufzumachen und »Aaaa« zu sagen. Er tat, wie ihm geheißen. Renée sah dem Lehrer sorgfältig hinten in den Rachen.

»Das ist ja ziemlich rot da drin!«, stellte sie fest.

Dann machte sie sich mit professionellem Ernst daran, seinen Oberkörper abzuhorchen.

»Du warst in Stoumont, bevor du hierhergekommen bist?«, fragte Werner.

»Ja«, antwortete Renée. »Bei Marcel und Henri und den anderen, Jaques und Marie.«

»Und wo hast du vor Stoumont gewohnt?«

Renée sah ihn schief an. Wollte er nun spielen oder nicht? Wenn er nur etwas über sie wissen wollte, hätte es gereicht, zu fragen. Nicht nötig, so zu tun, als ob er erkältet sei. Schade, er gab einen guten Kranken ab, der Lehrer. Was war das noch gewesen, seine Frage? Ach ja, vor Stoumont.

»Davor war ich in dem großen Schloss von Schwester Marthe, mit lauter anderen Kindern.«

Der Lehrer war ganz Ohr, begierig, mehr zu erfahren. Von jenen schrecklichen, gefährlichen Dingen erzählen zu hören, die Renée zugestoßen waren, Dingen, die er nie erlebt hatte, von denen er nicht die geringste Ahnung hatte, ja, die er sich kaum vorstellen konnte, all das, was den Juden widerfuhr, die sich verstecken und fliehen mussten, um ihren Feinden zu entkommen. Es war wie ein großes Spiel, nur eben in echt. Renée spielte es mit der ganzen Intelligenz und Lebhaftigkeit, die ihr von Natur aus gegeben waren. Und bisher hatte sie gewonnen. Der Lehrer wollte wissen, wie sie das mit dem Gewinnen machte? Also gut, sie würde ihm geben, was er wollte. Sie legte ihr Stethoskop auf den Boden und sah Werner direkt in die Augen.

»Es war gefährlich dort, weil die Deutschen jederzeit kommen konnten. Eines Nachts waren sie plötzlich da. Ich schlief gerade nicht, weil ich Pipi machen musste. Ich war auf der Toilette auf dem Treppenabsatz; ich hörte sie die Treppe zum Schlafsaal heraufsteigen. Sie schrien, die Schwestern schrien, dann schrien alle. Während sie oben waren, bin ich ganz leise, auf Zehenspitzen, nach unten in den Keller geschlichen ...«

Renée legte eine Pause ein, ergötzte sich daran, was Werner für ein Gesicht machte, mit großen Augen und offenem Mund. Er selbst ertappte sich dabei, dass er vor Freude hätte jubeln können wie ein kleiner Junge, dem das Märchen von Blaubart erzählt wird. Er sah Renée die Treppe hinunterschleichen, ihre nackten Füße über die ausgetretenen Stufen huschen. Die Kleine trug ein weißes Nachthemd, das einen Augenblick in dem brutal durch die weit aufgesperrte Tür fallenden Scheinwerferlicht der Jeeps aufblitzte. Sie schlug den langen, schwarzweiß gekachelten Gang ein, dann öffnete sie eine Tür, hinter der sich ein Loch der Finsternis auftat. Sie hörte das Gebrüll von den oberen Stockwerken her, das Weinen und Schreien der aus dem Schlaf gerissenen, misshandelten Kinder, das Flehen der Ordensschwestern. Doch sie bewahrte ruhig Blut und verdrückte sich in den dunklen Keller.

»Aber die … die sind auch in den Keller gekommen«, fügte Renée mit stockendem Atem hinzu.

Natürlich sind sie gekommen! Werner hatte es geahnt, aber nicht gewagt, daran zu denken. Sie kommen immer, so unvermeidlich, wie Blaubart seine ungehorsame Frau nach dem kleinen goldenen Schlüssel fragt. So unvermeidlich, wie der böse Wolf die Großmutter besuchen wird. Die Deutschen gingen also auch nach unten, zückten ihre Taschenlampen, leuchteten das Kellergewölbe aus. Im Schloss war wieder Stille eingekehrt, kaum durchbrochen vom leisen Wimmern kleiner Kinder.

»Aber sie haben mich nicht gefunden«, verkündete Renée stolz. »Weißt du, wo ich mich versteckt hatte?«

Werner schüttelte nur den Kopf, sprachlos.

»Im Kohlehaufen!«

Renée kostete die Wirkung ihrer Geschichte voll aus. Ihr wurde bewusst, dass sich andere Zuhörer dem Lehrer hinzugesellt hatten, Jules, Sidonie, Hubert … Sie erinnerte sich daran, wie sie vollkommen mit Ruß bedeckt aus dem Haufen gekrochen war! Sie hatte drei Bäder gebraucht, um das schwarze Zeug wieder loszuwerden. Sie erzählte auch das, und beim Gedanken daran kringelte sie sich vor Lachen. Aber plötzlich lachte sie nicht mehr, die Kehle schnürte sich ihr zusammen. In jener Nacht hatten die Deutschen drei Kinder mitgenommen, den kleinen Lucien, noch nicht einmal drei Jahre alt, sowie Martin und ihre Freundin Catherine. Sie hatte keine Lust, darüber zu sprechen. Die Gesichter um sie herum erwarteten noch etwas. Aber ihre Geschichte war zu Ende. Sie hatte sich gut versteckt und das Spiel gewonnen. Es gab nichts mehr zu sagen. Catherine dagegen hatte geschlafen. Es kam selten vor, dass sie nachts Pipi machen musste. Sie hatte nicht in der Kälte aufstehen und sich im Dunkeln zur Toilette auf dem Treppenabsatz hinuntertasten müssen wie Renée.

Catherine schlief immer friedlich durch. Sie war ruhiger als Renée, kein derart von Unruhe geplagter Geist. Sie glaubte felsenfest daran, ihre Eltern wiederzusehen. Renée hatte ihr nicht sagen wollen, wie unwahrscheinlich ein Wiedersehen sei, nicht ihr, die so fröhlich war, so nett. Es machte Spaß, mit ihr zu reden, die so viel wusste und konnte, Klavier spielen, die Namen der Edelsteine, alle möglichen Lieder. Catherine hatte das Spiel verloren, und das war nicht gerecht.

Der Lehrer hat sich entfernt und der Rest des Publikums hat sich im Keller zerstreut. Louise wartet darauf, das Spiel wiederaufzunehmen. Aber Renée ist unfähig, zu spielen oder auch nur zu sprechen. Es ist tatsächlich das erste Mal, dass sie diese Erinnerung erzählt hat; eine Erinnerung, die sie mit der ganzen Kraft, Klarsichtigkeit, Komik und im Grunde der Distanz, zu denen sie fähig ist, wiedergegeben hat, die aber darum nicht weniger tief traumatisierend bleibt. Renée hat die schreckliche Erinnerung, die das Ende ihres kurzen Daseins hätte einläuten können, fast zwei Jahre lang unter Verschluss halten müssen, in ihrem Gedächtnis begraben und auf einen Wiederholungstraum beschränkt, der sie jedes Mal neu in den Kohlehaufen versetzt. Da steckt sie mittendrin, reglos, die Augen und Nasenlöcher voller Staub, wagt nicht zu atmen, während die Taschenlampe den kleinen Berg gewissenhaft durchleuchtet, in die Ritzen zwischen den Kohlen einzudringen sucht, sich entfernt, um den Rest des Kellers zu erforschen, dann zum hundertsten Mal zurückkehrt und sich ein paar Millimeter vor ihren Augen aufpflanzt. Der Traum endet immer damit, dass der Soldat, der die Taschenlampe hält, sie schließlich entdeckt; oder vielmehr damit, dass Renée von sich aus herauskriecht und sich anschließend fragt, ob sie nicht eine Dummheit gemacht hat, sich zu zeigen, weil sie sich entdeckt glaubte, obwohl sie es noch gar nicht war. Jeden

Abend wünscht sie sich inständig, der Traum möge sie nicht wieder heimsuchen. Jetzt, nachdem sie die Erinnerung an den Kohlenkeller mit anderen geteilt hat, weiß sie, dass der Albtraum nicht mehr wiederkehren wird.

10

Die drei Krüge voll Milch standen auf dem Boden. Matthias konnte der Lust nicht widerstehen, direkt aus einem der Gefäße zu trinken. Gierig schluckte er die helle warme Flüssigkeit und wischte sich mit dem Handrücken über den Mund. An seiner Oberlippe hing noch ein weißer Saum. Jeanne beobachtete ihn mit herausfordernder Miene. Sie trat näher, blieb dicht vor ihm stehen, das Gesicht einige Millimeter von seinem entfernt, ihr Busen auf Tuchfühlung. Er spürte die geschwollenen Brüste durch sein Hemd. Sie hob leicht den Kopf, um seinen Mund zu erreichen, und drückte ihre Lippen auf die seinen. Weich und heiß, ließen diese es sich gefallen, allerdings nicht ohne ein gewisses Widerstreben. In dem Augenblick, als die junge Frau die Zunge in seinen Mund schieben wollte, stieß Matthias sie zurück. Er war plötzlich zur Besinnung gekommen. Ausgeschlossen, dass er sich von diesem unkontrollierbaren jungen Ding verführen ließ. Schon seit zwei Tagen riskierte er jede Sekunde Kopf und Kragen, man durfte schließlich auch nicht übertreiben. Matthias hatte es immer verstanden, den besten Nutzen aus den Frauen und aus seinem Charme zu ziehen, aus der unmittelbaren Anziehungskraft, die er auf die meisten von ihnen ausübte; und seine Erfolge als Spion hatten oft mit der einen oder anderen Geliebten oder mit Frauen zu tun gehabt, die es zu werden hofften. Aber hier, in dieser Enge, wo er ständig auf der Hut lebte, konnte Jeanne ihm in keiner Weise dienen, ganz im Gegenteil. Er musste schleunigst mit Renée verschwinden. Nichts wie weg, das war die Parole.

Jeanne war puterrot geworden vor Enttäuschung, die Augen geschwollen von Tränen der Wut, die sie nur mühsam zurückhalten konnte. Eine Kuh scharrte am Boden, und eine andere muhte, als wollte sie das junge Mädchen zum zweiten Angriff ermutigen. Jeanne näherte sich erneut, mit erhobenem Kopf und vorgestreckter Brust. Bei Matthias angelangt, nahm sie seinen Kopf zwischen beide Hände, zog ihn an sich und küsste ihn voll auf den Mund. Diesmal ließ er sie gewähren. Und wenn schon, scheiß drauf! Einmal kurz auf die Schnelle, das würde ihn bestimmt nicht reinreißen! In aller Eile knöpfte er Jeannes Kleid auf und entblößte ihre prachtvollen Brüste, die runden, aber kräftigen Schultern, den fleischigen Bauch und schließlich den Schamberg, ihr schon feuchtes und geöffnetes Geschlecht. Er nahm sie im Stehen, an der Wand, ganz nahe bei den heißen und weißen Hinterteilen zweier sanfter Milchkühe. Welch eine Wonne, in ihr zu sein, ihren so einzigartigen Geruch direkt von der Haut zu atmen! Einen Jungmädchengeruch, der ihn an seine erste und einzige Liebe erinnerte. Klara. Blond, bleich, hochgewachsen, aber unglaublich zart, fast krankhaft. Später mit einem Industriellen und eifrigen Parteimitglied aus dem Ruhrgebiet verheiratet. Kreuzunglücklich. Er hatte sie ein einziges Mal wiedergesehen, 1942 in Berlin. Sie war betrunken gewesen und hatte sich an ihn geklammert, ihr Schicksal als arme kleine Frau in Reichtum und Müßiggang beweint. Sie beweinte das Verlorene, die Jugend und die Liebe, aber auch die unehrliche Dienerschaft, die Schwierigkeit, einen guten Kürschner zu finden, seit die Juden verschwunden waren, und vor allem ihre eigene Unfruchtbarkeit, die sie in den Augen ihrer kleinen Nazifreunde zu einer echten Paria machte. Ihr Gatte drückte seine Frustration aus, indem er ihr hin und wieder eine anständige Ohrfeige verpasste. Sie hatte Matthias dermaßen bedrängt und angewidert, dass er ihr seinerseits eine gelangt hatte. Es wäre ihm lieber gewesen, er hätte sie nie wiedergesehen und die Momente ihrer Leidenschaft als Zwanzigjährige bewahrt, den langsamen Liebesakt mit ihr in der stillgelegten Kapelle am Jungfernsee.

Jeannes Augen vertieften sich in seine, aber ohne sie zu sehen; sie blickten nach innen, konzentriert auf die zum Höhepunkt sich steigernde Lust. Sie gab sich vollkommen hin, ohne Scham, ohne jede Hemmung. Matthias war überrascht, welches Glücksgefühl es ihm bereitete, dass sie so schnell kam, die Augen jetzt geschlossen und mit gerunzelter Stirn, fast ein bisschen ärgerlich. Jeanne hatte ihre ganze Jugend während des Krieges verlebt, im Zeichen der Angst, der Entbehrungen, der Unsicherheit. Es war der revoltierende Lebenshunger, den ihr Körper in Matthias' Armen zum Ausdruck brachte, und das erschütterte ihn irgendwie. Plötzlich setzte seine Bewegung in ihr aus; er hatte ein Geräusch gehört. Jeanne kam zu sich, wollte etwas sagen, aber er hielt ihr mit einer Hand den Mund zu. Berthes Stimme ertönte. Sie rief ihre Tochter. Jeanne und Matthias blieben reglos ineinander verkeilt. Berthe streichelte mit liebkosenden Worten eine Kuh. Jeanne unterdrückte ein Lachen und ihre Vagina zog sich krampfartig zusammen. Matthias küsste sie und begann ganz langsam, sich erneut in ihr zu regen. Endlich entschloss sich Berthe, unter schimpfendem Gemurmel über ihre Tochter aus dem Stall zu gehen. Und Matthias ließ sich von der Lust überwältigen, so stark, wie er es seit langem nicht erlebt hatte. Hastig zogen sie sich wieder an und kehrten mit den Krügen in den Keller zurück.

Als sie den Hof überquerten, hörten sie eine Salve von Detonationen aus dem nahen Wald, aus der Gegend des Flusses, wo Matthias und Renée den Jeep hatten stehen lassen müssen. Eine Granate schlug unweit des Bauernhofs ein. Jeanne zuckte zusammen und verschüttete einen Teil der Milch, die sie trug.

Die Zivilisten im Keller waren von den Schüssen wie gelähmt. Niemand beachtete den aufgelösten Zustand, der Jeanne ins Gesicht geschrieben war; man machte die Angst dafür verantwortlich. Jules grummelte; er wollte die Amerikaner raushaben. Aber Pike konnte sich nicht entschließen, abzuziehen; das Funkgerät war noch immer unbrauchbar, und mit so wenig Munition und zwei nicht marschfähigen Verwundeten würden sie sich nicht ins Kampfgetümmel stürzen.

Man verteilte die Milch, die ein bisschen Trost brachte. Als Sidonie den ersten Schluck trank, kam ihr plötzlich ein Bild vor Augen: Sie sah sich als Kind auf dem Schoß ihrer Großmutter vor dem Weihnachtsbaum ihre warme »Eiermilch« schlürfen. Und dann fiel ihr wieder ein: Es war der 24. Dezember, Heiligabend. Niemand hatte daran gedacht! Sie sagte:

»Sollen wir nicht etwas davon aufheben? Heute ist doch Heiligabend!«

Alle erstarrten, wie vom Blitz getroffen. Weihnachten. Es war beinah absurd in einem solchen Augenblick, mit dem Krieg überall, den Menschen, die starben, die durch den Schnee marschierten oder ausgehungert und steifgefroren in den Kellern warteten; mit den in Trümmern liegenden Häusern, aufgeschlitzten Tieren auf den Höfen und brennenden Wäldern am Wegesrand. Die alte Marcelle begann bitterlich zu weinen.

»Und wo ist der Tannenbaum ... wo bleiben die Cougnous und die Christmette um Mitternacht ... und wo ... die Weihnachtslieder?! Wenn das nicht schrecklich ist!«, brachte sie schluchzend heraus.

»Beruhig dich nur, Marcelle, wir werden Weihnachten schon feiern«, sagte Ginette. »Es ist doch das Fest der Geburt Jesu Christi! *I n'fât nin l'roûvi, ou bin c'est lu qui nos roûvirè.*«

Jeder bekreuzigte sich bei dieser feierlichen Ermahnung. Berthe übersetzte für Matthias: »Wir dürfen ihn nicht vergessen, sonst vergisst er uns.« Aber für Matthias war alles zu spät, Gott hatte die Menschheit schon seit langer Zeit verlassen, und daran war nicht zu rütteln. Die Zivilisten beschlossen, Jesu Geburt so würdig wie möglich zu feiern, auch ohne Tannenbaum, ohne die geheimnisvollen »Cougnous«, ohne

Christmette. Das war der ideale Zeitpunkt, um sich davonzustehlen; die seit Tagen aufgestaute Spannung würde sich ein wenig lösen, und nicht nur auf Paquets Hof, sondern überall in der Gegend. Denn Weihnachten war für alle da, sogar für die Deutschen. Man hatte es noch nicht so weit gebracht, den Kult des semitischen Gottessohns durch den eines makellosen Thor der Zukunft zu ersetzen.

Aber schon durchkreuzt Louise Matthias' Pläne: Sie will ein Krippenspiel aufführen. Und natürlich möchte Renée nichts lieber, als mit von der Partie zu sein! Sie nähert sich Matthias mit glühendem Blick. Sie sieht genau, dass er sich etwas vorgenommen hat, dass dieses Fest ihm in die Quere kommt. So fragt sie denn auch gar nicht erst. Er selbst ist es, der dummerweise zu ihr sagt:

»Willst du das Krippenspiel mitmachen?«

»Ich würde gern«, antwortet Renée. »Und du?«

»Besser nicht.«

Das Kind seufzt. Sie ist enttäuscht. Matthias kann es nicht leiden, sie so zu sehen. Wahnsinn, wie weich er geworden ist, seit er sie bei sich hat. Und sie ebenfalls. Er hat sie noch vor Augen, nur drei Tage zuvor in der Hütte, wild, trotzig. Er erinnert sich, wie sie in der letzten Nacht in seinen Armen gestrampelt und um sich geschlagen hatte, wie sie ihn in dem Jeep hatte sitzenlassen, um allein querfeldein zu laufen. Hier entspannt sie sich, lässt los. Und im Grunde ist das ja auch normal. Matthias weiß, dass er sie bei den anständigen Leuten hier lassen müsste, statt sie auf eine zweifellos höllische Abenteuerreise mitzunehmen. Als hätte sie seine Gedanken gelesen, sagt Renée:

»Ist nicht schlimm. Wir gehen. Das ist besser.«

»Wir bleiben, noch diese Nacht«, erwidert Matthias.

Sie werden hier Weihnachten feiern, in der wohligen Wärme. Renée wird das Krippenspiel mitmachen. Und morgen werden sie verschwinden. Matthias kann nicht umhin, sich darauf zu freuen, wieder mit ihr in der freien Natur zu sein. Sie und er, wieder allein in der Welt, frei, zu jagen und sich schlafen zu legen, wo ein Unterschlupf sich bietet. Er wird ihr beibringen, wie man ein Zelt aus Zweigen baut, wie man Pferde reitet. Er wird zuschauen, wie sie mit ihren saftverschmierten kleinen Fingern das über dem Feuer gebratene Fleisch isst; sie wird ihn bei jeder Bewegung aufmerksam und still beobachten. Und vielleicht wird sie ihm noch eine ihrer Geschichten erzählen, während sich in ihren tintenschwarzen Augen tanzende Flammen spiegeln.

Jeanne hat sich zu ihnen gesetzt. Matthias hätte sich gewünscht, sie ginge wieder. Schweigend beobachtet sie den Soldaten und das Kind. Sie kommt sich vor wie ein Haar in der Suppe. Vollkommen fremd angesichts dieser seltsamen, ausschließlichen Beziehung. Dabei war er nachmittags im Stall bei ihr gewesen, mit jeder Faser, sie hat es gespürt, dessen ist sie sich gewiss. Das Kind lächelt sie freundlich an, und es kommt ihr vor, als wühlte ein Messer in ihrer Brust. Dieses Lächeln voller Mitgefühl, das sagt: »Ich weiß, du bist verliebt, aber siehst du, er gehört mir, so ist das, und du kannst es nicht ändern.« Jeanne steht ruckartig auf und wendet sich an Renée:

»Willst du mitkommen? Wir suchen Kostüme für das Krippenspiel.«

Renée erhebt sich, um ihr zu folgen. Louise, Blanche, Albert und Charles Landenne warten schon an der Treppe. Und sogar Micheline, die aus ihrer Apathie erwacht ist. Vielleicht, weil sie das Jesuskind endlich zu Gesicht bekommen wird. Nur vorgegaukelt, aber das ist immer noch besser als gar nichts. Die Kinder rennen über den Flur, an dem die Zimmer liegen. Louise verfolgt Renée und Blanche; Micheline schließt sich ihnen schleppend an. Charles sitzt auf Alberts Schultern, der ihn unter Sioux-Geheul herumschleppt. Jeanne lässt sie ihre allzu lange unterdrückte Energie austoben. Sie ist glücklich, die Kleinen lachen und johlen zu hören, als gäbe es keinen Krieg, als wäre alles ganz normal.

Die Kinder sind im Schlafzimmer von Jules und Berthe. Hier gibt es viel Platz, einen großen dreitürigen Spiegelschrank voller Zierleisten mit Löwenköpfen, eine Kommode mit einem Kranz aus getrockneten Blüten, umgeben von aufgestellten Rahmen mit Fotos. Renée vertieft sich lange in das Hochzeitsbild. Jules und Berthe sehen so jung aus, ungefähr so alt wie Jeanne, aber Berthe ist weniger hübsch und wirkt sehr artig. Ihr Kopf ist mit einem Blumenkranz geschmückt. Renée besitzt kein einziges Foto, nicht von ihr selbst und schon gar nicht von ihrer Familie. Manche ihrer Freundinnen im Schloss hatten welche. Aber das durfte man nicht, es war gefährlich, wenn die Deutschen Fotos fanden. Dennoch, Catherine hatte zwei in der Auskleidung ihres Koffers versteckt. Eins von der ganzen Familie, auf dem ihr Vater, ihre Mutter und die beiden Brüder zu sehen waren. Und ein anderes von ihrer Großmutter, einer alten Dame ganz in Schwarz, mit einem langen Spitzenkleid und einem Schleier auf dem Kopf.

Catherine nahm sie zum Einschlafen manchmal mit ins Bett, an ihre Brust gedrückt. Sie konnte ihre Liebsten nicht sehen, weil es dunkel war, aber das kümmerte sie nicht; sie sprach mit ihnen, sagte ihre Namen auf wie ein Gebet: Papa, Mama, Joachim, Serge, *Bobe* Macha, Papa, Mama, Joachim, Serge, *Bobe* Macha, Papa, Mama. Hin und wieder schlüpfte Renée zu Catherine unter die Decke. Sie hielten sich fest aneinandergedrückt und stimmten zu zweit die Litanei der Namen an. Renée liebte es besonders »*Bobe* Macha« zu sagen. Catherine hatte ihr erklärt, *Bobe* bedeute »Großmutter« in ihrer Sprache und Macha sei der Vorname; die Verbindung beider Wörter schuf etwas Zärtliches, Süßes, appetitanregend wie leckeres Gebäck. Dabei konnte man nicht gerade sagen, die alte *Bobe* Macha habe auch nur das Geringste gemeinsam mit den kulinarischen Köstlichkeiten, an die ihr Name Renée erinnerte; sie war dünn und hager, streng um den Mund, mit einem harten Blick.

Unter den Fotos, die auf der Kommode des Ehepaars Paquet standen, war eines von einer alten Dame, die nicht Marcelle sein konnte, wohl aber deren Mama, da sie ihr sehr ähnlich sah, nur in Kleidern aus einer anderen Epoche. Dies war eine wahre »*Bobe* Macha«, rundlich, mit einem Lächeln, wie um zu sagen, am Ende werde alles wieder gut.

Louise hat Tücher, Hüte und Kleider aus dem Schrank geholt. Albert und Charles kommen ins Zimmer, stöbern in den Klamotten und dem Firlefanz, probieren flachsend Sachen an. Louise gesellt sich zu Renée, die noch immer vor der Kommode steht; sie nimmt den Brautkranz, setzt ihn Renée auf den Kopf und zieht diese vor den Spiegel.

»Du könntest die Jungfrau Maria sein«, meint sie.

Die Jungfrau Maria?! Geht's noch? Unmöglich für

Renée: Sie ist Jüdin. Albert fragt, was das heißen soll, »Jüdin«, aber Renée weiß selbst so wenig darüber, und sie hat auch keine Lust, das, was sie weiß, hier und jetzt zu erzählen, und schon gar nicht Albert, der bestimmt nichts damit am Hut hat, der sie nur in Verlegenheit bringen will. Louise ja, ihr würde sie es vielleicht erzählen, später, in Ruhe. Albert bohrt mit hämischem Gekicher weiter:

»Und weshalb könnte eine Jüdin nicht die Jungfrau Maria spielen?«

»Weil die Juden Jesus getötet haben«, lässt Renée unverfroren los.

Louise und Micheline stoßen gleichzeitig einen kleinen Schrei des Entsetzens aus. Albert wird bleich.

»Waren das nicht … die Römer?«, fragt er ungläubig.

»Nein, das waren wir«, erwidert Renée großspurig, während sie Albert fest in die Augen sieht.

Es war die alte Schwester Rita, buckelig und böse wie ein Giftzwerg, die ihr eines Tages erzählt hatte, die Juden hätten Christus kreuzigen lassen. Renée hatte sich gesagt, es müsse dieses Verbrechen sein, das den Juden jetzt den Hass der Deutschen und sicher auch anderer Menschen einbrachte. Und wenn man es sich recht überlegte, war das schließlich kein Wunder. Sie schämte sich irgendwie, wenn sie ein Kruzifix betrachtete, und vor allem angesichts der

Stationen der Passion in der Kirche. Aber heute, gegenüber Albert Paquet mit seiner höhnischen Miene, ist sie stolz, stolz, ihn erbleichen, ihn beeindruckt zu sehen. Ja, die Juden haben Jesus getötet, sie haben ihn ans Kreuz gebracht und ihm Nägel in Hände und Füße geschlagen, und haben ihn stundenlang da hängen lassen, in der Sonne, und er hatte Durst, er hatte Schmerzen, er war traurig, zu sterben, aber den Juden war das schnurzegal, sie verspotteten ihn, indem sie ihm faules Gemüse ins Gesicht warfen, und überhaupt, ich kann die Jungfrau Maria nicht leiden, ich will der Engel Gabriel sein. Micheline bricht in Tränen aus, Louise ist völlig durcheinander, Charles sagt: »Verdammte Scheiße!«, und Albert ist rot vor Wut über diese arrogante Zicke, die er zu erniedrigen glaubte und die ihm ins Gesicht lacht, indem sie Dinge sagt, die er nicht einmal zu denken gewagt hätte. Und nun fängt auch noch Micheline ihre Leier wieder an:

»Wann kommt das Jesuskind mich endlich holen?«

»Es kommt nicht mehr, das Jesuskind, Jesus ist tot, ich habe ihn getötet, hast du nicht gehört?«

Schweigen. Renée hat rote Augen; die Tränen warten nur darauf, in Strömen über ihre Wangen zu fließen. Abrupt wendet sie sich ab und verlässt das Zimmer. Sie geht den Flur entlang, blind vor Tränen, stößt eine offene Tür auf und gelangt in ein Zimmer, in dem die Möbel mit weißen Laken bedeckt sind. Renée setzt sich auf das Bett. Sie friert und beginnt zu zittern. Sie muss aufhören zu weinen, bevor sie wieder in den Keller geht. Wie gern würde sie ihren Plopp jetzt spüren. Aber sie hat ihn unten auf ihrem Lager gelassen; Berthe hat sie überzeugt, ihn nicht mehr dauernd mitzunehmen. Renée hätte nicht auf sie hören sollen. Nach ein paar Minuten drücken die Kinder die Zimmertür auf. Louise nähert sich Renée, setzt sich zu ihr und fasst sie zärtlich an den Schultern.

»Du bist der Engel Gabriel. Das alles ist doch sowieso schon ewig lange her. Und Albert hat dich geärgert mit seiner Stichelei. Na los, Albert, du hast versprochen, dass du dich vertragen willst.«

Albert kommt widerwillig näher, streckt Renée aber trotzdem seine Hand entgegen, und sie schlägt ein. Die anderen lächeln sie freundlich an, beschämt, sie verletzt zu haben, ihre Gotteslästerungen schon vergessend.

Jeanne war seit Tagen nicht mehr oben in ihrem Zimmer gewesen. Sie hatte ein wenig vergessen, welches Chaos die Deutschen dort hinterlassen hatten, das Bettgestell zusammengebrochen, Schubladen samt Inhalt auf dem Boden verstreut, heruntergerissene Vorhänge. Sie will für den Heiligabend ein schönes Kleid auswählen, eines, das ihr besonders gut steht.

Sie hofft, Matthias' Begierde wieder zu wecken; sie will sich nicht damit abfinden, dass ihre Umarmung im Stall folgenlos bleibt. Sie ist verliebt, sie glüht, sie würde mit ihm gehen, wenn er es von ihr verlangte, ja sogar dann, wenn er nichts von ihr verlangte, sie wäre fähig, ihm an die Front zu folgen wie die Frauen der gallischen Krieger, von denen sie in der Schule gehört hatte, sie hätten den Feind vor der Schlacht mit Geschrei und Kriegsliedern provoziert.

Jeanne öffnet die Tür ihres Kleiderschranks, geht eins nach dem anderen die auf Bügeln hängenden Kleidungsstücke durch; ihre Hand hält bei einem glänzenden Stoff inne, streicht liebevoll darüber. Sie nimmt ein Kleid aus cremefarbener Seide heraus, das sie bei der Hochzeit von Tante Annette, der in Lüttich lebenden Schwester ihres Vaters, getragen hat. Sie hält es sich vor und betrachtet sich im Spiegel. Etwas aufgedonnert vielleicht, nicht für die Jahreszeit gedacht. Aber was soll's. Wenn sie mit dem Anziehen wartet, bis der Krieg zu Ende ist, könnte sie wohl achtzig sein! Der Krieg! Das ist wieder mal so eine echte Männersache, ein Spiel kleiner Dreckskerle, die fürchten, nicht genug in der Hose zu haben. Aber der »kanadische« Soldat ist anders. Er scheint das alles aus der Ferne zu betrachten, mit einem kleinen Lächeln, das er immer in den Augen hat, wenn es nicht seinen Mund umspielt. Sein Mund. Fleischig und fest, mit der schön geschwungenen Oberlippe. Jeanne hat ihr graues Wollkleid und den Büstenhalter ausgezogen. Als die Wolle ihr Gesicht streifte, hat sich ein mächtiger Schwall seines Geruchs daraus gelöst. Jeanne atmet das Gewebe ein, dann die Haut ihrer Arme, in der Hoffnung, noch eine Spur der Ausdünstung zu riechen. Sie schlüpft mit nackten Brüsten in das Seidenkleid. Sie schließt die Augen. Während der Stoff über ihr Gesicht und ihre Brust gleitet, sieht sie ihn, sie spürt ihn, er streichelt ihre Brüste, schiebt eine Hand zwischen ihre Oberschenkel, dringt in sie ein.

Matthias ist nicht der Erste. Es gab Germain Jaumotte, Sohn eines reichen Bauern, bei dem ihre Eltern sie gut unter die Haube gebracht sahen, um Söhne und Töchter reicher Bauern zu gebären, die Generationen reicher Bauern hervorbringen würden, bis zum Tag des Jüngsten Gerichts. Mit Germain war es nicht berauschend, er war schüchtern, ungeschickt. Aber das alles war jetzt völlig bedeutungslos, absolut uninteressant seit *ihm*, dem Soldaten. Sie möchte, dass er sie nochmals berührt, sie nimmt, sich in sie ergießt. Was sie mit ihm erfahren hat genügt, um sich ihr Leben lang daran zu erinnern; aber es ist viel zu wenig für ihr Verlangen nach ihm, ein Verlangen, von dem sie glaubt, es sei unerschöpflich, wie lange das Leben auch währen mochte.

Jeanne war ein paar Wochen zuvor achtzehn Jahre alt geworden, am 1. November, an Allerheiligen. Ihr Geburtstag ist immer ein etwas seltsamer Tag, weil man dann mit Wurzelbürsten, Eimern und stinkenden Chrysanthemen die Gräber zu besuchen pflegt. Die Frauen schrubben den Stein oder Marmor auf Knien, mit hingebungsvollen Mienen, manchmal im strömenden Regen, vor dem trübseligen Antlitz des Verstorbenen, der sie aus seinem goldenen Rahmen heraus fixiert. Anschließend geht man nach Hause, ein Stück Pflaumenkuchen essen, während man mit einer Träne der Gewohnheit im Auge bis zum Überdruss die ewig gleichen Erinnerungen wiederkäut. Jeannes Achtzehnjähriger in diesem Jahr war fast unbemerkt verstrichen, zwischen dem armen, mit vierzig Jahren an Hodenkrebs gestorbenen Onkel Jean und der alten Rose, die im hohen Alter von hundertsieben mitten in der Messe entschlafen war. Abgesehen davon ließen die Schäden von fünf Jahren Krieg das Bild noch düsterer erscheinen. Als Jeanne die Augen öffnete, stand Dan hinter ihr und betrachtete sie im Spiegel. Sie schloss die Augen und öffnete sie erneut, wie um aus einem Albtraum zu erwachen. Aber Dan hatte sich nicht vom Fleck gerührt. Er näherte sich mit lüsternem Blick und brabbelte etwas auf Englisch.

»I saw you through the window …«

»Ich verstehe kein Wort, und Sie haben hier nichts zu suchen. Raus mit Ihnen!«

Jeanne wandte sich in Richtung Tür. Dan fasste sie am Arm und drehte sie um. Er küsste sie auf den Hals, dann auf den Mund. Sie versuchte, sich loszureißen. Es gelang ihr, ihm eine runterzuhauen. Das nötigte dem Amerikaner ein müdes Lächeln ab, ehe er sie brutal aufs Bett stieß und sich über sie warf, eine Hand auf ihren Mund gepresst. Mit der anderen wühlte er unter ihrem Kleid, tastete über ihren Bauch, ihre Brüste, kniff sie in die Brustwarzen. Ihr stiegen vor Schmerz Tränen in die Augen. Dan keuchte und schwitzte; er zitterte sogar ein wenig. Jeanne strampelte aus Leibeskräften, schlug ihn, konnte ihn zurückdrängen, aber der Mann war viel stärker. Er hatte es geschafft, sich die Hose aufzuknöpfen, riss ihr den Schlüpfer herunter und versuchte, in sie einzudringen, aber die junge Frau bewegte sich zu sehr. Sie spürte, wie das steife Glied gegen ihr Schambein drückte, die Öffnung suchte, weiter unten. Es war so widerlich, eigentlich unfassbar. Sie betrachtete die Situation, als befände sie sich außerhalb ihres Körpers; sie sah ihn von oben, diesen Kerl, der dabei war, sie zu vergewaltigen, und sich selbst, die sich vergeblich wehrte. Ihre Kräfte ließen nach. Gleich würde er in ihr sein. Mit größter Anstrengung hob sie ruckartig das Becken und warf ihn ab. Dan wurde heftig zurückgeschleudert. Hinter ihm tauchte Jules Paquet auf. Er packte Dan, drehte ihn um und presste ihn an die Wand, versetzte ihm zwei Paar schallende Ohrfeigen.

»Du hättest verdient, dass ich dich fertigmache! Wenn du sie noch einmal anrührst, wenn du es wagst, mit ihr zu sprechen, bist du tot. *Understand? You dead!*«

Jules ließ den Amerikaner los, öffnete die Tür und schmiss ihn raus. Dann machte er das Zimmer wieder zu, setzte sich neben Jeanne und nahm sie in die Arme.

»Philibert hat mich gerufen. Er war dem Idioten gefolgt. Morgen setze ich sie alle an die Luft.«

11

Im Keller haben sie einen Stall für die Krippe eingerichtet. Der ohnehin mit Stroh bedeckte Boden passt wunderbar. Den Hintergrund bildet ein dunkelblauer Samtvorhang, an den aus Bettlaken ausgeschnittene Sterne genäht worden sind. Auf dem Stroh schläft friedlich die Jungfrau Maria. Es ist Louise, die das weiße Nachthemd ihrer Mutter angezogen hat und deren Brautkranz auf dem Kopf trägt. Es ist sehr dunkel, fast alle Öllampen und Kerzen sind erloschen. Das Publikum verharrt still, aufmerksam, andächtig. Die Amerikaner machen Augen wie große Kinder, ein bisschen dumm; sie sind froh, hier zu sein, statt im Kampf oder im Wald oder bei anderen Leuten, aber sie denken an zu Hause, an ihre Nächsten. Glücklich und traurig zugleich. Die Zivilisten sind vor allem um die Qualität der Aufführung besorgt. Es gilt Christus zu ehren, es muss gelingen, die Kinder müssen ihre Texte gut aufsagen, ohne dabei zu kichern, wie sie es manchmal bei den Prozessionen tun. Jules Paquet macht ein finsteres Gesicht, seine Frau fragt ihn leise, was er habe, er zuckt griesgrämig die Schultern. Jeanne gibt eine strahlende Erscheinung ab. Niemand könnte erraten, was ihr eben zugestoßen ist. Sie hat ihr Haar zu einem Knoten geschlungen, sich die Lippen rot angemalt. Sie ist wunderschön in ihrem Seidenkleid. Matthias erwartet Renées Auftritt, kann es sich aber nicht verkneifen, wiederholt einen Blick in Richtung Jeanne zu werfen. Und die junge Frau spürt seine Augen auf sich gerichtet.

Dan hat sich in eine Ecke verkrochen. Er ist sicher, dass der Bauer sein großes Maul halten wird; würde er es aufmachen, gäbe es einen riesigen Rabatz. Da könnten sich leicht ein paar Kugeln verirren … In der Dunkelheit kann Dan sehen, ohne gesehen zu werden. Das Spielchen zwischen Jeanne und dem angeblichen Kanadier bringt ihn in Rage. Dieser Kerl hat sie gevögelt, dessen ist Dan sich sicher. Und genau diese Sicherheit hat ihn dazu gebracht, den Kopf zu verlieren, ihn in das Zimmer des jungen Mädchens getrieben. Noch nie im Leben hat Eifersucht ihn dermaßen verzehrt. Er hat versucht, mit Jeanne zu machen, was er seine Kameraden seit Beginn dieses Krieges so oft hat machen sehen. Er glaubte sich vollkommen gefeit gegen diese Art von Triebhaftigkeit.

Und das Schlimmste war, wenn sich die Gelegenheit ergäbe, würde er es wieder tun. Hätte er die Vergewaltigung vollenden können, dann hätte er sie anschließend verprügelt, das stand fest. Er hätte ihr eins in die Fresse gegeben, dieser aufreizenden Schlampe, ihr ein paar Zähne ausgeschlagen; sie büßen lassen für ihren Stolz. Mieses Dreckstück von kleiner Nutte! Aber bei Gott, was für eine Lust, sie unter sich zu haben. Sanft und fest, und dieser Geruch, den ihr ganzer Körper verströmte, zum Verrücktwerden! Ihre Muschi war nass. Als er sie dort berührte, hätte er fast ejakuliert. Doch er hatte schnell begriffen: Wenn sie derart triefte, dann nur, weil sie es gerade mit dem anderen, diesem Mistkerl, getrieben hatte.

Dan sieht einen Schimmer hinten im Keller auftauchen; es ist eine Kerze, die von einem Kind getragen wird. Der Scheißengel Gabriel! Und die Jüdin, die sich dranhängt. Lumpig in Tüllgardinen gehüllt, und am Rücken ist ihr so etwas wie ein Paar Flügel gewachsen. Man möchte meinen, mit Stoff bedeckter Hühnerdraht. Renée hält majestätisch ihren Einzug; sie scheint über den Boden zu schweben, und auf ihrem feierlichen Gesicht schwankt das Kerzenlicht, das sie wie ein heiliges Feuer trägt. Bei der schlafenden Jungfrau angelangt, sagt sie mit angeregter Stimme:

»Wach auf, Maria.«

Louise hebt langsam den Kopf, stößt beim Anblick des Erzengels einen erschreckten Schrei aus.

»Fürchte dich nicht. Ich bin gesandt, dir große Freude zu verkündigen. Sperr gut die Ohren auf!«

Ein kleines Lachen geht durch den Raum. Renée bleibt vollkommen konzentriert. Sie stellt die Kerze auf einen Hocker und öffnet die Arme, die Handflächen nach außen gekehrt, wie sie es den Pfarrer in der Kirche hat machen sehen.

»Siehe, Maria, du wirst schwanger werden und einen Sohn gebären, des Namen sollst du Jesus heißen. Der wird groß sein und ein Sohn des Höchsten genannt werden; und Gott der Herr wird ihm den Stuhl seines Vaters David geben. Er wird König sein über das Haus Jakob ewiglich, und seines Königreichs wird kein Ende sein.«

Renées klare und autoritäre Stimme hallt durch das Gewölbe, jedes Wort der Verkündigung perfekt artikulierend, als verstünde sie deren vollen verborgenen Sinn, das ganze Geheimnis. Das Kind ist wie besessen von seiner Rolle, geht völlig darin auf. Renée hatte unbedingt darauf bestanden, die Rede des Engels in ihrer ganzen Länge zu halten; Jeanne hatte gedacht, das sei zu viel und zu schwierig, um es auswendig zu lernen. Aber Renée war dem Anspruch gewachsen und bewies es.

Das Publikum ist tief beeindruckt; manche bekreuzigen sich; Louise zittert am ganzen Leib und man weiß nicht, ob sie den Schrecken spielt oder wirklich davon ergriffen ist. Sie muss etwas antworten, aber ihr kommt nichts über die Lippen. Man hört ein Flüstern aus den »Kulissen«: »Wie soll das zugehen …«; es ist Albert, der den Text souffliert. Louise holt Atem.

»Wie soll das zugehen, da ich von keinem Manne weiß?«

»Nun ja, du wirst sehen, eben so …«

Renée unterbricht nach dieser leichten Verdrehung der Worte des Evangeliums, deren komische Wirkung hier und dort ein Glucksen auslöst. Das kleine Mädchen wirft einen finsteren Blick ins Publikum, um dann fortzufahren:

»Der heilige Geist wird über dich kommen, und die Kraft des Höchsten wird dich überschatten; darum wird auch das Heilige, das von dir geboren wird, Gottes Sohn genannt werden.«

Louise erhebt sich und kniet betend vor dem Engel nieder.

»Siehe, ich bin des Herrn Magd; mir geschehe, wie du gesagt hast.«

»Gebenedeit bist du unter den Weibern, Maria. Unglücklicherweise steht dir viel Leid bevor, denn dein Sohn wird Ärger bekommen und getötet werden. Halt dich tapfer!«

Louise schluckt ein wenig vor Überraschung. Ein Raunen geht durch den Keller. Die Gesichter der Zivilisten versteinern. Die Soldaten haben nichts begriffen, außer Matthias, der hin- und hergerissen ist zwischen seiner Bewunderung für Renées treffsichere Darbietung und der durch ihre Chuzpe ausgelösten Lust zu lachen. Die ganze wunderbar absurde Situation amüsiert ihn in höchstem Maße, und er scheint der Einzige zu sein, der ihre Ironie vollauf erfasst; Renée als Erzengel, der das Reich Jesu verkündigt, ihm den Thron Davids, die Herrschaft über das Haus Jakob verheißt. Renée, die, ganz wie es ihre Art ist, in einem Anfall von Offenherzigkeit sicherstellt, dass sich die Jungfrau ob der ihr gewährten Gnade nicht in Illusionen wiegt. Achtung, meine Gute, das Leben ist gemein, was es dir gibt, kann es dir auch wieder nehmen. Matthias empfindet zum ersten Mal etwas, was ihm vollkommen neu ist: das Gefühl, an seinem Platz zu sein. Zweifellos musste er bis jetzt gelebt haben, um sich so zu fühlen. Wenn seine Existenz irgendeinen Sinn hatte, dann fand er ihn hier, angesichts dieser unwahrscheinlichen Verkündigung.

Alle erwarten den Abgang des Engels Gabriel, aber stattdessen geht Renée vor Louise auf die Knie. Sie nimmt ihren Kopf zwischen die Hände und küsst sie zärtlich auf die Wange. Louise scheint nicht mehr weiter zu wissen; sie versucht den Kuss erst abzuwehren. Es ist klar, dass diese Geste in der Inszenierung nicht vorgesehen war, aber sie ist sehr passend, richtig und rührend. Sidonie bricht in Tränen aus; Berthe schnieft. Den Soldaten brennen die Augen. Renée nimmt die Kerze, die sie auf den Boden gestellt hat, erhebt sich und verlässt die Jungfrau, indem sie sich im Rückwärtsgang zurückzieht, um hinter einer Säule zu verschwinden. Begeistertes Klatschen begleitet den Abgang des Engels.

Im nächsten Bild verkörpern Charles, Albert, Blanche und Micheline die Hirten, die den Stern am Himmel entdeckt haben und beschließen, ihm zu folgen, um dem Jesuskind die Ehre zu erweisen. Dann wird die Krippe aufgedeckt. Louise hält eine Puppe in den Armen. Albert stellt einen sehr würdevollen Joseph dar, er trägt einen braunen Mantel und einen mit dem Ruß eines angebrannten Korkens geschminkten Bart. Die anderen Kinder spielen die Hirten. Renée gesellt sich der Heiligen Familie hinzu, noch immer als Erzengel, und stimmt an »Zwischen Ochs und Eselein, schläft, schläft, schläft das Kindelein …«; die anderen fallen ein, und bald singt auch das Publikum. Am Ende fassen sich die Kinder an den Händen und verbeugen sich unter Applaus und Bravorufen. Aber siehe da, Jules verschwindet kurz in einem Kabuff neben dem großen Keller und kommt mit Flaschen wieder heraus. Plötzlich lässt seine Stimme die ganze Gesellschaft zusammenfahren.

»Das ist Pflaume! Und vom Besten!«, trompetet er. »Ich hab ihn aufbewahrt für besondere Gelegenheiten, und wenn das heute keine ist …«

Jeanne und Berthe suchen in der Küche alles zusammen, was sich an Trinkgefäßen auftreiben lässt, und der Schnaps wird ausgeschenkt. Die Soldaten überschlagen sich vor Dank. Man stößt an, man umarmt sich, man beglückwünscht die Kinder, die wieder eintrudeln, nachdem sie ihre Kostüme ausgezogen haben. Ein Weihnachtslied folgt dem anderen, während die Frauen das karge Essen zubereiten: die ewige Hafergrütze, aufgebessert mit ein paar Kastanien, die Berthe zu einer Zeit, als man noch träumen konnte, in Voraussicht auf die Weihnachtsgans versteckt hatte. Und obendrein gibt es noch die frische Milch, die man für den Abend »aufgehoben« hat.

Jean, der kleine Sohn von Françoise, wirkt außerordentlich geschwächt; ganz grau im Gesicht, hat er nicht einmal mehr die Kraft zu husten. Das Fieber ist noch gestiegen, und seine Mutter schluchzt, während sie ihn in einer Ecke in den Armen wiegt. Sidonie setzt sich zu ihr. Nicht weit entfernt singt Ginette mit den anderen. Sidonie und Françoise tauschen Blicke aus, dann richten sich ihre Augen auf die alte Heilerin. Ginette hat das Getuschel gesehen. Wird sich diese töricht verstockte Françoise endlich entschließen, ihren dummen Stolz zu überwinden? Ginette weiß, dass es schon zu spät sein könnte, dass sich die Infektion seit langem in dem blutleeren kleinen Körper eingenistet hat.

Françoise erhebt sich, geht auf Ginette zu, ihren Sohn in den Armen. Ginette streckt die ihren aus und nimmt das kranke Kind entgegen. Unglaublich sanft streichelt sie den Jungen, erst an den Wangen, dann an der Brust. Françoise entspannt sich allmählich; eine wohltuende Wärme und Energie gehen von Ginette aus; alle in ihrer Umgebung spüren es. Renée hat sich neben die Heilerin gesetzt. Sie hat auf diesen Moment gehofft, vor allem für den kleinen Jean, aber auch um Ginette am Werk zu sehen, in ihrem Kampf gegen das Übel. Jedes Mal, wenn die Alte dem verwundeten Soldaten den Verband gewechselt hatte, war Renée zur Stelle. Ginette verfügt über eine Kraft, eine Art Magie, die nur wenigen Menschen gegeben ist. Die Leute im Keller scheinen sich ein wenig davor zu fürchten. Die Heilerin hat das Kind auf einen Schal am Boden gelegt und massiert ihm kräftig den Brustkorb. Jean fängt an zu husten, hustet immer stärker, bis er schließlich eine enorme Fuhre widerwärtigen grünen Schleims ausspuckt. Mit einem Aufschrei streckt Françoise die Arme nach ihrem Sohn aus.

»Keine Sorge«, sagt Ginette, »das Übel muss ja raus. Danach wird es ihm besser gehen.«

Streichend und klopfend fährt sie fort, die Brust des kleinen Jean zu massieren, und begleitet ihr Wirken mit seltsamen Formeln.

»Böser Husten, ich vertreibe dich aus diesem Kind, wie Jesus den Satan aus dem Paradies vertrieben hat.«

Ginettes Hände bearbeiten den kleinen Körper und bringen ihn dazu, immer wieder ekelhaftes schleimiges Zeug auszuwerfen, das den Jungen sicher am Atmen hinderte, denn jedes Mal schöpft er gierig Luft und scheint wieder Farbe zu bekommen. Eine kleine Ansammlung hat sich um Ginette geschart, darunter einige amerikanische Soldaten. Besonders Leutnant Pike ist gefesselt von der Szene, schwankend zwischen Bewunderung und Furcht. Als Ginette fertig und Jean wieder bei seiner Mutter ist, sagt sie:

»Heute Nacht wird er besser atmen können und das Fieber geht wahrscheinlich runter. Morgen machen wir weiter.«

Françoise drückt ihr gerührt beide Hände, aber Ginette zieht sie missmutig zurück.

»Lass doch diese Geschichten, geh, dein Junge ist noch nicht über den Berg. Und du weißt ja, auf ungelegte Eier sollte man sich nicht verlassen.«

Matthias hatte das Geschehen von Ferne beobachtet. Er kannte solche Praktiken. Chihchuchimâsh war eine Medizinfrau gewesen, und er hatte sie oft bei der Arbeit erlebt, erst bei der Behandlung seines eigenen Körpers, dann oft genug bei denen anderer. Aber die Heilkraft der alten Indianerin erstreckte sich auch auf die Seele, und in diesem Bereich war sie vielleicht am besten. Er sah sie wieder vor sich, ein paar Tage vor seiner Abreise nach Europa. Sie war zu Fuß zu Matthias' Hütte gekommen, fast zehn Kilometer von ihrem Winterlager entfernt, über schwierige Pfade und bei beißender Kälte. Matthias hatte Kaffee gekocht; sie schlürften ihn aus Nickeltassen, einander gegenüber am Tisch in der Mitte des einzigen Raums. In Chihchuchimâshs Gesicht bildeten sich die Schatten ab, die von der Öllampe auf den Tisch geworfen wurden, seltsame Formen von Jagdutensilien und Schneeschuhen, die ringsum an den Wänden hingen.

»Töte-Viel kommt nicht zu Chihchuchimâsh, also kommt sie auf ihren alten Beinen zu ihm«, sagte die Indianerin schließlich.

Matthias begnügte sich mit einem Achselzucken. Seine Besuche waren in letzter Zeit seltener geworden, nachdem er beschlossen hatte, das Land zu verlassen, um in der deutschen Armee zu dienen. Schon seit einigen Monaten konnte er seine Felle nicht mehr so gut verkaufen. Die Angestellten der Handelsstation und die anderen weißen Trapper sahen ihn schief an; man hatte nicht mehr viel für die Deutschen übrig, seit Kanada im September in den Krieg eingetreten war.

Matthias hatte von Internierungslagern gehört, die für »Staatsangehörige eines Feindeslandes« vorgesehen waren. Zivilisten deutscher Herkunft verschimmelten dort schon seit dem Herbst. Was ihn in Anbetracht der Art, wie die Kanadier ihre Immigranten behandelten, nur halbwegs überraschte. Die Gemeinschaft der in Vancouver lebenden Japaner zum Beispiel war seit langem den Schikanen der Nationalisten ausgesetzt: Ausschluss von bestimmten Stellungen, Vandalismus, Enteignung, Einschüchterungen aller Art, kurz, genau das gleiche jämmerliche Lied, von dem die Juden in Hitler-Deutschland singen konnten. Matthias hätte eingebunkert in den Wäldern bleiben und in aller Ruhe abwarten können, dass die Lage sich beruhigte. Aber er hasste es, sich unerwünscht zu fühlen, selbst in der Umgebung von Menschen, die er kaum sah und die ihm nichts bedeuteten. Bei den Indianern zu leben, kam auch nicht in Frage. Gelegentlich mit ihnen zu verkehren war genau das Richtige für ihn.

»So ziehst du denn in den Krieg«, verkündete Chihchuchimâsh in einem zugleich traurigen und feierlichen Ton.

Woher wusste die alte Eule das? Matthias hatte es

ihr noch nicht gesagt. Er zündete sich nervös eine Zigarette an. Die Indianerin rauchte auch eine. Sie atmete den ersten Zug tief ein.

»Warum?«, fragte sie.

Warum? Warum? In Wirklichkeit hatte Matthias keinen richtigen Grund, nach Deutschland zurückzukehren. Er hatte Hummeln im Hintern, er war neugierig, darum. Und verrückt genug, gestört genug, um sich in einen Krieg zu stürzen. Etwas in ihm brannte unablässig, ließ ihn nicht zur Ruhe kommen, nicht einmal in dieser eiskalten Einsamkeit, nicht einmal bei den Cree-Indianern. Chihchuchimâsh hatte sich eingebildet, ihn zu »heilen«, wie sie es nannte, und er hatte Stunden um Stunden in Schwitzhütten verbracht, mit Wahnvorstellungen wegen der unerträglichen Hitze, bis zum Übelwerden vom Singsang der Indianer aus allen Himmelsrichtungen gewiegt. Nichts war geschehen, weder dabei noch danach. Keine Vision, keine Vorahnung, keinerlei Veränderung in ihm, auch keine Beruhigung.

So würde er denn in den Krieg ziehen, genau. Durch die Art, wie Chihchuchimâsh das gesagt hatte, fühlte er sich an ein französisches Lied erinnert, das seine Mutter ihm gesungen hatte, als er klein war: *»Malbrough zieht in den Krieg, mironton, mironton, mirontaine …«*

Er beobachtete die Indianerin, wie sie an der Zigarette zog und sehr langsam den blauen Rauch ausstieß, Ringe formend, die sich dahinschwebend immer mehr weiteten, bis sie auseinanderfielen und verschwanden. Sie verfolgte dieses Phänomen mit großem Interesse, als könnte sie etwas darin lesen, eines jener vermaledeiten Zeichen, die sie überall zu sehen glaubte. Und wer weiß, vielleicht war das ja auch der Fall. Matthias brach das Schweigen, das er bedrückend fand:

»Sag, willst du nicht ein paar Schachteln Zigaretten und Mehl? Und Fleisch, davon musst du dir was mitnehmen …«

»Es ist Zeit, dass ich dich verlasse, mein Sohn«, unterbrach Chihchuchimâsh ihn.

»Aber ich reise erst in zwei Wochen ab!«

Matthias war enttäuscht. Ihm wurde bewusst, dass er insgeheim gehofft hatte, sie würde ihm ein Quäntchen Zukunft enthüllen, irgendeine vage, nur angedeutete Vorstellung von dem, was ihn dort drüben erwartete, sei es durch ein Wort oder einen rätselhaften Satz, wie dunkel auch immer. Ein Weißer, mit dem er früher auf die Jagd gegangen war, hatte ihm einmal erzählt, ein Schamane der Blackfoot-Indianer habe ihm eine Weissagung geschenkt. Der Trapper war außerstande gewesen, sie zu deuten, aber in einem bestimmten Moment seines Lebens hatte sich die Vision in ihrer ganzen Klarheit enthüllt. Chihchuchimâsh würde ihm ein solches Geschenk nicht machen, weil er schlicht und einfach nicht bereit war, es zu empfangen.

»Ich habe dir nichts zu sagen«, erklärte die Alte, seine Gedanken lesend

»Ich brauche nichts«, erwiderte er hochmütig.

»O doch«, sagte sie. »Aber ich sehe nichts. Es ist verstopft. Und wenn ich von dir träume, hast du nie ein Gesicht. So ist das.«

Die Alte hatte sich erhoben, setzte ihre Wollmütze auf und wickelte sich in die große karierte Decke, die sie über ihrer Canadienne trug. Chihchuchimâsh und er gingen schweigend bis zum Dorf, geführt von der Öllampe und begleitet von Crac, der glücklich war über den Nachtspaziergang, ohne zu ahnen, was da kommen würde, ganz einfach weil Matthias nichts geplant hatte, als er die Hütte verließ. Crac sollte im Dorf bleiben; so wurde es an jenem Abend kurzerhand beschlossen. Matthias hat den Blick des Hundes nie vergessen, als er ging und das Tier begriff, dass sein Herrchen es verließ. Das war etwas, was er sich übelnahm und bis zum Tod übelnehmen würde. Es war das letzte Mal, dass er die beiden Wesen gesehen hatte, die in seinem Leben am wichtigsten gewesen waren. Bis er Renée begegnete.

12

Jules Paquet hatte mit seinem tiefen und recht schönen Bass »O Heil'ge Nacht« angestimmt. Alle hörten andächtig zu, als ersetzte dieser lyrische Moment die Messe. Man wagte nicht frei mitzusingen, die Lippen begnügten sich damit, schüchtern den Text zu murmeln. Nur Philibert legte plötzlich los, fiel zu hoch und mit falschen Tönen in »die ganze Welt bebt vor Hoffnung« ein, hangelte sich mit kippender Stimme über die schwierigen Noten von »Volk auf die Knie« hinweg, aber er gab sich nicht geschlagen und legte noch einmal aus voller Brust zu: »Weihnacht, Weihnacht, dein Erlöser ist da!« Die Kinder lachten sich kaputt; die Erwachsenen waren leicht schockiert, außer Jules, der seine Belustigung kaum verbergen konnte. Philibert schien nichts zu merken, er sang inbrünstig aus reinem Herzen, und man sagte sich, diese unerträgliche Stimme klinge Gott vielleicht sogar am angenehmsten in den Ohren, hieß es doch »Selig sind die Einfältigen«.

Danach ging man zum beschwingteren Teil über. Berthe hatte das Grammophon und einige Platten in den Keller geholt. Man begann mit Maurice Chevalier, auf Bitten der Amerikaner, dann kam Mistinguett, gefolgt von einigen Tangos und Javas. Jules hatte seine Frau zum Tanzen aufgefordert und andere Paare fanden zusammen, Pike tanzte mit Sidonie, Jeanne mit Max, Philibert mit Berthe … Hubert, der Flurhüter, war für die Auswahl der Musik zuständig und nahm sich seine Rolle sehr zu Herzen. Am Ende einer Platte blieb die Nadel nie lange im Leerlauf. Nach einem besonders wilden Java beschloss Hubert, es sei Zeit für etwas Seriöses und legte eine Platte auf, die ihm ganz außerordentlich gefiel. Die ersten Töne von *An der schönen blauen Donau* erklangen. Im Nu war die improvisierte Tanzfläche brechend voll. Jeanne ging mit ausgestreckter Hand auf Matthias zu. Hatte er ihr nicht während der Aufführung innige Blicke zugeworfen? Und der Pflaumenschnaps verdrehte ihr so angenehm den Kopf, dass sie glaubte, sich alles erlauben zu können. Matthias lehnte erst höflich ab, aber Jeanne ließ nicht locker, zog ihn an der Hand mitten zwischen die Tanzenden. Matthias legte den rechten Arm um sie, während er den linken hob, um die Hand der jungen Frau zu fassen.

Sie begannen Walzer zu tanzen, aber ganz anders als die anderen. Matthias machte größere Bewegungen, in langen Folgen rhythmisch gleitender Drehungen, seine Partnerin mit festem Halt führend, obwohl er sie kaum berührte. Sie nahmen viel Platz ein, und bald verschwanden die anderen Paare von der Tanzfläche, um ihnen zuzusehen. Jeanne schien zu schweben, leicht und geschmeidig, getragen von Matthias' Sicherheit und Geschick. Sie strahlte.

Dan, der sich den ganzen Abend nicht aus seiner Ecke gerührt hatte, biss sich die Lippen blutig. Unterdessen hatte Renée, zunächst von den Tanzenden gefesselt, ihre Aufmerksamkeit auf ihn gelenkt. Der scheele Blick des Amerikaners hing gierig forschend an Matthias. Das Paar drehte sich schneller. Jeanne lächelte Matthias begeistert an. Er bewahrte mehr Zurückhaltung; sein Körper bewegte sich mit extremer Eleganz, die fast an Steifheit grenzte. Dan fragte sich, wo man so tanzte. Mit Sicherheit lernte man als Trapper auf der Jagd nach Biberschwänzen irgendwo am Arsch der Welt nicht Walzertanzen wie Clark Gable …

Der Rhythmus der Musik steigerte sich; das Ende des Stücks kündigte sich an. Jeanne und Matthias wirbelten nur so herum; Jeanne konnte sich nicht zurückhalten, jauchzend aufzulachen. Auch Matthias schien berauscht zu sein. Renées Augen hafteten an Dans Gesicht, dem eine Vision innewohnte. Das Stück endete mit der für Wiener Walzer typischen Emphase. Die Tänzer standen einander gegenüber, außer sich, außer Atem ... Und da machte Matthias diese verblüffende Geste. Er verneigte sich vor Jeanne, sehr steif, die Arme an den Körper angelegt, und schlug die Hacken zusammen.

Dan war aufgesprungen und schrie:

»Der Kerl ist Deutscher, das ist ein eingeschleuster Drecksack!«

Niemand rührte sich oder sagte ein Wort. Und Matthias, statt es mit der gewohnten Lässigkeit zu nehmen, blieb reglos stehen, überrascht. Aber ehe irgendjemand dazu kam, auch nur eine Bewegung zu machen, hatte er sich eine Maschinenpistole geschnappt, die achtlos in der Ecke lag. Er legte an und hielt alle in Schach.

»Jeanne, zwei Decken. Berthe, meine Jacke.«

Jeanne rührte sich nicht. Sie sah Matthias mit leeren Augen an. Berthe tat, wie ihr befohlen.

»Geben Sie das alles Renée.«

Berthe blickte in Richtung der Kleinen, die sich schon aus Ginettes Armen gelöst hatte und auf Berthe zuging. Das Gesicht des Kindes strahlte eine wilde Freude aus. Die Bäuerin zögerte, Matthias zu gehorchen; sie zuckte etwas zurück, als Renée die Arme hinhielt, um das Paket zu übernehmen.

»An Renée«, befahl Matthias in schneidendem Ton.

Berthe gab dem Kind das Paket. Renée drückte es an sich; ihr ganzes Wesen war angespannt, vollkommen bereit, die Dinge, die da kommen würden, zu erleben. Die Zivilisten waren heillos verwirrt; sie hatten noch nicht begriffen, was geschehen war. Es ging alles zu schnell. Und doch, Matthias war nicht mehr derselbe, der eben noch mit ihnen angestoßen und gescherzt hatte. Er hielt eine Waffe auf sie gerichtet; er hatte keinerlei Hemmungen mehr. Er war eine Tötungsmaschine. Und denen, die es noch nicht glauben wollten, sagt er es:

»Keine Bewegung! Wer sich rührt, wird erschossen, jeder und jede, ist das klar?«

Matthias beobachtete, wie ein Ausdruck eingefleischten Hasses auf manchen Gesichtern erblühte, als hätte er seit langem nur darauf gewartet, sich zu zeigen. Auf dem des jungen Albert, dem von Françoise, dem des Flurhüters. Hinter dem Schrecken, den Matthias ihnen einflößte, steckte eine Art verdeckte Extase, eine morbide Faszination. Arme alte Menschheit! Matthias vermied es, die Soldaten anzusehen; es wäre zu verlockend gewesen, sie auf der Stelle umzulegen. Jeanne war noch immer völlig niedergeschlagen, sie wirkte abwesend, anderswo. Matthias empfand eine seltsam abgeklärte Heiterkeit, als wären die Dinge endlich wieder auf der Reihe. Er hatte vor diesen Leuten eine Rolle gespielt, jetzt konnte er sein wahres Gesicht zeigen.

In seinem Kopf war etwas passiert, als hätte es klick gemacht, eine Art Pawlow'scher Reflex angesichts seiner potentiellen Opfer: Er war bereit, sie alle abzuknallen, sogar die alte Marcelle, sogar den kleinen Jean, sogar, ja, sogar Jeanne, wenn es sein musste. Ihrer aller Gehirnmasse an die Kellerwände geschmiert, ihre Körper verrenkt einer über den anderen gesunken, dieses Ergebnis konnte er durchaus anrichten. Es fehlte übrigens nicht viel, und er hätte Berthe eine Kugel in den Kopf gejagt, weil sie Renée festhielt, damit das Kind nicht zu ihm lief. Matthias schoss in die Luft, alle stießen Schreie aus. Und siehe da, Jules stellte sich mutig vor seine Frau.

»Die Kleine ist hier besser aufgehoben«, sagte er ruhig.

Matthias hatte keine Lust, ihn auf den Friedhof zu schicken, aber er sollte nicht zu lange den Helden spielen.

»Renée!«, rief Matthias.

Berthe lockerte ihre Umarmung. Die Kleine löste sich und ging an Jules vorbei, doch in dem Moment, als sie die drei Meter bis zu Matthias zurücklegen wollte, wurde sie von Dan abgefangen. Matthias richtete die Waffe auf ihn.

»Dan, lass sie los«, befahl Pike.

»Kommt nicht in Frage. Jetzt hab' ich seine kleine Nutte. Ohne die wird er nicht ge…«

Dan hatte keine Zeit, seinen Satz zu Ende zu bringen; er sackte zusammen, die Stirn von einer Kugel durchbohrt. Die Zivilisten kreischten. Renée rannte zu Matthias. In dem allgemeinen Chaos hatte Max sich hinter den Deutschen geschlichen; der bemerkte es und rammte ihm den Gewehrkolben in den Unterleib. Max krümmte sich, aber im Fallen gelang es ihm, Matthias durch einen Schlag in die Kniekehle aus dem Gleichgewicht zu bringen. Matthias fiel hin. Sofort stürzten sich die Soldaten auf ihn; Treets knüppelte mit einem Holzscheit auf ihn ein, die anderen verprügelten ihn. Renée warf sich brüllend in den Männerhaufen. Pike hob sie hoch und Berthe war schon da, um sie zu empfangen. Die Kleine strampelte, versuchte zu beißen, zu kratzen. Jules musste seiner Frau helfen, sie zurückzuhalten.

Leutnant Pike bemühte sich, wieder Ordnung herzustellen. Seine Männer waren wie entfesselt; sie schlugen Matthias unter einem Gebell von Beschimpfungen in den Bauch, gegen den Kopf. Pike zog seine Pistole und schoss in die Luft. Endlich ließen die Soldaten von Matthias ab; sein Gesicht blutete in Strömen; er war bewusstlos. Als Jeanne ihn sah, wandte sie sich um und übergab sich vor Ekel. Pike durchsuchte den am Boden Liegenden, fand das hinten am Hosenbund befestigte Futteral, zog das Messer heraus, betrachtete es ratlos und steckt es wieder hinein.

»Max, Treets, schafft ihn in den Weinkeller. Im Morgengrauen brechen wir auf und nehmen ihn mit.«

Niemand rührte sich. Die Soldaten waren in hasserfülltes Schweigen gehüllt. Nicht weit von ihnen entfernt lag Dans Leiche, die aufgerissenen Augen starr vor Überraschung.

»Habt ihr nicht gehört? Setzt eure Hintern in Bewegung!«, brüllte Pike.

»Dieses beschissene Dreckschwein hat Dan umgelegt«, ließ Max los.

Unter den Soldaten brach ein Geschrei zustimmender Rufe aus, unterstützt von einigen Zivilisten wie Hubert und dem Lehrer. Jules beobachtete sie. Was hatte Hubert doch für ein hässliches Gesicht, das wurde Jules nach den vierzig Jahren, die er ihn schon kannte, zum ersten Mal bewusst. Der Bauer musste zugeben, er hatte die Sache mit Matthias ja geahnt, da hätte sein dusseliger Sohn nicht erst petzen müssen. Er hatte es gewusst, als er Matthias zum ersten Mal im Holzschuppen gesehen hatte. Jules konnte gar nicht sagen, was ihn auf die Fährte gebracht hatte. Es war reine Intuition, und er hatte so getan, als wäre nichts geschehen; der Kerl war ihm auf Anhieb sympathisch gewesen. Nicht nur, weil er das kleine Mädchen hergebracht hatte. Nein, einfach so. Jules hatte gehofft, er würde so schnell wie möglich wieder verschwinden. Dann wäre es nicht so weit gekommen. Und Dan hätte nicht versucht, sich an seiner Tochter zu vergreifen.

Nun ruhte das Miststück vor seinen Augen und guckte noch blöder aus der Wäsche, als zu Lebzeiten. Und der Deutsche hatte eine verdammte Tracht Prügel bezogen; sie hatten wie Tiere auf ihn eingedroschen, dass es einen ekelte. Sicher, er war der Feind, und noch dazu ein Falschspieler und Lügner. Er hatte vielleicht den Tod verdient. Aber nicht das. Und Renée hatte das ganze Gemetzel mitbekommen … Jules suchte sie mit Blicken, sie hatte sich an eine Wand gesetzt, mit großem Abstand zu den anderen.

Jules war sicher, die Soldaten hätten dem Deutschen den Rest gegeben, wenn Pike nicht eingeschritten wäre. Werner, der ein bisschen Englisch verstand, übersetzte die Worte des Leutnants: Er wollte ihn verhören. Er sagte, die Informationen, die man von ihm bekäme, könnten Leben retten, und der Deutsche müsse in aller Form verurteilt und hingerichtet werden, denn *sie* seien schließlich keine Barbaren, *sie* nicht. Dessen war Jules sich nicht so sicher. Man schleppte Matthias also in den Weinkeller, den kabuffartigen Nebenraum. Pike schloss sich mit dem großen Max darin ein, die anderen Soldaten kehrten in ihren eigenen Keller zurück, bis auf zwei, die bei den Zivilisten Wache halten sollten. Nach einigen Minuten erhob sich in dem Gewölbekeller lauter werdendes Geflüster, das bald in ein dumpfes Summen überging.

»Eine Jüdin, die den Boche beschützt … Das ist ja wohl das Letzte«, sagte Hubert.

»Und dann noch ein Kind!«

Es war Françoise, die gesprochen hatte. Sie warf Renée missgünstige Blicke zu.

»Ich fand sie immer schon komisch, von Anfang an«, trumpfte Hubert auf.

»Glaubt ihr wirklich, sie wusste es?«, fragte Sidonie.

»Natürlich wusste sie es«, antworteten Hubert und Françoise wie aus einem Munde.

»Sie hatte sonst niemanden«, seufzte Berthe nachdenklich.

»Aber warum hat er sie nicht getötet?«, fuhr Françoise dazwischen.

Genau das fragten sich alle. Man konnte sich schlecht vorstellen, was sich zwischen den beiden abgespielt haben mochte.

»Er hatte eben Mitleid«, meinte Berthe. »Warum sollte es nicht welche geben, die gar nicht so schlimm sind. Und dann so eine Lütte …«

Ein wenig abseits hörte Jules dem Gespräch zu. Er wusste, dass Berthe nicht recht hatte. Aber auch nicht ganz unrecht. Nur Mitleid schien bei dem Deutschen kein besonders tief verankertes Gefühl zu sein, und das war es eigentlich auch nicht, was Renée einflößte, so jung sie auch sein mochte. Dieses seltsame Paar hatte eine andere Geschichte.

»Glaubt ihr, sie werden ihn töten?«, fragte Sidonie.

»Das will ich doch hoffen«, stieß Hubert aus. »Und wenn die Cowboys ihn nicht erschießen, werden die Fritz ihn enthaupten.«

»Enthaupten?«

Mehrere Personen hatten gleichzeitig gesprochen.

»So machen das die Deutschen, um Verräter zu bestrafen«, erklärte Hubert mit einer entsprechenden Gebärde.

Renée hatte alles gehört. Im Übrigen hatten die anderen ohne die geringste Rücksicht auf sie geredet. Enthaupten, sie wusste, was das bedeutete. Sie stellte sich Matthias vor, aufrecht, ohne Kopf, den er stattdessen unter seinem linken Arm hielt, wie sie es auf einem Bild bei Witsard gesehen hatte, dem Bruder Reinholds von Montalban, einem der Haimonskinder, der mit abgeschlagenem Kopf gestorben war. Das war natürlich absurd, ein Toter steht nicht aufrecht da, mit seinem Kopf unter dem Arm. Aber Renée war schlicht und einfach außerstande, sich Matthias tot vorzustellen. Das war irgendwie undenkbar. Sie blickte auf und sah sich um; diejenigen, deren Reden sie eben gehört hatte, wandten die Augen ab, sobald sie ihrem Blick begegneten. Sie entdeckte Ginette, die ihr zulächelte. Renée blieb lieber allein, ohne sich in den Armen der Alten zu wärmen; sie musste nachdenken.

13

Matthias wacht brutal aus dem Koma auf. Pike und Max haben ihn mit Wasser besprengt. Sein ganzer Körper ist ein reißender Schmerz. Die Hand- und Fußgelenke sind gefesselt. Er bemerkt, dass Pike ihm gegenüber auf dem Boden sitzt, sieht ihn aber nur mit einem Auge; das andere muss zugeschwollen sein. Max steht neben der Tür.

Also dann, die kleine Unterhaltung kann beginnen. Die Amis werden bekommen, was sie haben wollen, und zwar schnell. Matthias ist es wirklich keinen Furz wert, die geringste Information für sich zu behalten. Außerdem würde es ihm nur weitere Schläge einbringen, ohne irgendeine Chance, sich doch noch aus der Affäre zu ziehen, wenn er Hinweise zurückhielte. Na los, Pike, frag was du willst, es gibt was vom Feinsten, und nicht teuer! Mach schon, Mann, fang endlich an, das ist dein Glückstag, dank meiner wirst du vielleicht sogar befördert. Denn dafür, dass du hier im Warmen hockst, während die anderen sich abschlachten lassen, wirst du mit Sicherheit nicht zum Oberst gekürt! Eine Faust landet auf Matthias' Kiefer; sein Kopf knallt an die Wand. Es ist Pike, der zugeschlagen hat. Matthias wird klar, er muss laut gedacht haben. Und das war keine gute Idee gewesen. Na schön, da sich niemand entschließt, ihm Fragen zu stellen, macht er selbst den Anfang:

»Ich gehöre zum *Unternehmen Greif*. Der Erfinder und Chef dieser Operation ist SS-Obersturmbannführer Otto Skorzeny …«

»O nein, nicht *der*!«

Das kam von Max, mit einer Mischung aus Bewunderung und Entsetzen in der Stimme.

Es tut doch immer seine kleine Wirkung, ein Kumpel des guten alten Otto zu sein. Unglaublich, wie bekannt dieser Typ ist, sogar bei den Alliierten. Eine wahre Legende! Gut, warten wir ab, bis der große Max sich von dem Schrecken erholt hat, ehe es weitergeht. Aber Pike wirkt etwas verunsichert. Der Name Skorzeny sagt ihm nichts.

»Aber Herr Leutnant, das ist der hirnverbrannte Spinner, der Mussolini mit dem Lastenscgler befreit hat!«

Dann wendet Max sich an Matthias.

»Sag nur, du warst dabei?«, fragt er, beinah belustigt.

»*Private Delgado!*«, brüllt Pike.

Ja, Matthias war dabei gewesen, aber der oben genannte Delgado wird nichts davon erfahren. Und Pike ist es egal. Die Entführung des Duce war eine berühmte Erinnerung; sie waren mit Glanz und Gloria daraus hervorgegangen, Halbgötter in den Augen des wohlgesinnten Volks und des Führers. Dabei kam der Verdienst bei diesem Streich viel mehr Major Mors' Fallschirmjägern zu als den Männern des Narbengesichts.

»Das sind Verrückte, Herr Leutnant, vollkommen verrückt, diese Typen von Skorzeny. Kriegstiere, hundert Prozent SS. Die vertreiben sich ihre Zeit getarnt hinter den Linien der Alliierten, tauchen aus dem Nirgendwo auf, töten wie andere pinkeln und reden wie beim Turmbau zu Babel, die –«

Aber Max kann seine phantastische Beschreibung nicht fortsetzen. Pike zerrt ihn aus dem Keller und lässt Matthias allein. Dabei hatte Max gerade eine ziemlich treffende Kurzdarstellung von Matthias' Zeitvertreib seit dem Frühjahr 1943 gegeben. Skorzeny hatte ihn übrigens mit ungefähr den gleichen Worten überzeugt, an jenem Abend, als sie sich im Hotel Adlon getroffen hatten. Ein paar Tage zuvor hatte der SS-Mann ihn wieder mal beim Training beobachtet. Matthias war gerade aus der Dusche gekommen, ein Handtuch um die Hüften geschlungen, und begann sich zu rasieren, als er Skorzenys hohe Gestalt aus dem Schatten tretend im Spiegel gesehen hatte. Er schien immer wie durch einen Zauberschlag zu erscheinen.

»Sie sind ganz schön stur«, hatte Matthias kühl zu ihm gesagt.

»Ich bekomme nicht genug davon, Ihnen zuzusehen«, hatte Skorzeny erwidert, während er näher kam. »Das ist ein faszinierendes Schauspiel.«

Das grelle Neonlicht hob den tiefen Schmiss auf seiner linken Wange noch stärker hervor. Er musterte Matthias von Kopf bis Fuß.

»Groß und schlank, flink wie ein Windhund, zäh wie Leder und hart wie Kruppstahl …«

Skorzeny hatte deklamiert als wäre es Goethe. Das brachte wirklich nur der Schnauzbart, seine Wunschträume durch derart naive Vergleiche zu verewigen. Und in diesem Fall obendrein mit einem seltsamen Beigeschmack von verdrängter Homosexualität, aber Skorzeny war nicht ganz der Richtige, um an die unbewusste Sexualität des Führers zu erinnern. Und da Freud Jude war, hatte man das deutsche Volk ohnehin vom Unbewussten ausgenommen, jenem schändlichen Makel, der typischerweise den minderwertigen Rassen anhaftete. Gemäß der speziellen Vorliebe des Nazismus für Neologismen hätte man das Land als »unbewusstfrei« bezeichnen können.

Matthias rasierte sich in aller Ruhe weiter. Skorzeny trat näher an ihn heran:

»Die Definition des vollkommenen Ariers nach unserem Führer. Aber Sie sind besser als das, Matthias.«

Skorzeny beobachtete ihn mit seinen magnetischen Augen. Der Typ hatte etwas, das konnte man nicht anders sagen, eine Aura, die niemanden kalt ließ. Matthias riss sich von seinem Blick los und spülte sich das Gesicht ab.

»Ich trete nicht bei Ihnen ein, das habe ich Ihnen schon gesagt. Hier lässt man mich in Ruhe.«

»Sind Sie heute Abend frei? Kommen Sie ins Adlon. Es gibt eine kleine Tanzgesellschaft zu Ehren von Emil Jannings. Ich erwarte Sie. Gegen 20 Uhr?«

»Mondäne Gesellschaften sind nichts für mich«, erwiderte Matthias.

»Glauben Sie?«, fragte Skorzeny mit einem unverschämten Grinsen.

Matthias hatte sich in das luxuriöse Hotel Adlon begeben, glattrasiert und mit Pomade im Haar, das Eichenlaub zum Ritterkreuz an der Brust. Mit seinem geschmeidigen Gang hatte er sich einen Weg durch die Menge gebahnt, im vollen Bewusstsein seiner Wirkung auf die Frauen und Männer, die ihr Gespräch unterbrachen, bis er vorüber war. Einige Paare tanzten eine Art geschmacklos nazifizierten Tango;

die Blicke glitten mit der gleichen schmachtenden Wehmut, wie die Musik sie verströmte, zu Matthias. Es war deprimierend, doch an diesem Abend genoss er fast die zugleich steife und lockere Atmosphäre dieser typischen Gesellschaften des Dritten Reichs, wo maskierte Hampelmänner Grimassen zogen, um Fröhlichkeit, Lust, Würde oder Langeweile vorzutäuschen. Lauter roboterartige Gestalten ohne jeden Lebensgeist. Es war makaber und dekadent, überkandidelt und krankhaft. Matthias gesellte sich zu Skorzeny, der in einer dunklen Ecke allein an einem Tisch saß, eingehüllt in dicken blauen Rauch infolge seines maßlosen Zigarettenkonsums. Zwei Champagnerschalen standen bereit. Kaum hatte Matthias sich gesetzt, eilte ein Ober herbei und füllte sie mit der perlenden goldenen Flüssigkeit.

»Auf uns!«, säuselte Skorzeny, während er sein Glas hob.

Matthias hob wortlos das seine.

»Der Wind dreht sich, Matthias. Die Abwehr steht nicht mehr im Ruf der Heiligkeit. Die Gestapo führt ihre Ermittlungen. In ein paar Wochen, ein paar Monaten ist es aus mit den berühmten Brandenburgern.«

Der Chef der Abwehr, des militärischen Geheimdienstes der Wehrmacht, dem die Brandenburger unterstanden, war Admiral Wilhelm Canaris, ein alter Fuchs, der es nicht leiden konnte, wenn man die Nase in seine Angelegenheiten steckte. Überdies war Canaris nicht der glühendste Nazi. Schon seit Jahren versuchten die Gestapo und der Sicherheitsdienst, der Geheimdienst der SS, die Abwehr zu zerschlagen, vergebens. Aber man erzählte, die Gestapo würde dem schlauen Fuchs demnächst das Halali blasen. Die Elitekommandos würden aufgelöst und in die SS integriert, der Matthias seinen Beitritt verweigerte. Skorzeny rief ihm liebenswürdig in Erinnerung, wenn er Glück habe, werde er dann wohl den Rest des Krieges als Scharfschütze an der russischen Front verbringen, mit weniger Glück in einem Büro hinter einem Funkgerät.

Matthias wusste das alles. Hatte Skorzeny nichts anderes auf Lager, um ihn zu überzeugen? Er trank seinen Champagner aus, blickte in Richtung der Tanzfläche. Eine blasse Frau mit tiefschwarzem Haar erregte seine Aufmerksamkeit. Sie tanzte mit Emil Jannings, dem dicken Schauspieler, der an diesem Abend gefeiert wurde. Sie schoben einen müden Walzer; Jannings Lippen bewegten sich wie ein schleimiges Weichtier an der Ohrmuschel der jungen Frau. Sie hatte einen Ausdruck von leidigem Überdruss. Als sie Matthias' Blick bemerkte, schenkte sie ihm den Anflug eines lustlosen Lächelns. Skorzeny füllte zum dritten Mal die Gläser, bot Matthias eine Zigarette an, nahm selbst eine und bediente sie beide, indem er sein goldenes Prachtstück von Feuerzeug mit einem Totenkopf aus inkrustierten Diamanten betätigte. Er hatte den Blickwechsel zwischen der Frau und Matthias bemerkt.

»Paula von Floschenburg«, sagte er. »Eine der reichsten Witwen des Landes. Ich habe eine Akte über sie. Sie könnte uns nützlich sein.«

»Woanders als im Bett, meinen Sie?«

Skorzeny begnügte sich mit einem Grinsen, während er ungeniert die junge Frau ansah. Dann versenkte er seinen Blick wieder in Matthias' Augen.

»Ich will eine neue Kämpferrasse schaffen. Eine neue Art von Kriegsabenteurer. Ein höheres Wesen, inspiriert und intelligent, intuitiv und organisiert, einen Mann, der aus dem Wasser auftauchen und vom Himmel fallen kann, einen Mann, der fähig ist, in der Menge einer feindlichen Stadt zu verschwinden, sich darin aufzulösen … Einen Mann, der fähig ist, der Feind zu *werden*.«

Dieser neue Kämpfer hatte für Matthias nichts wirklich Neues. Aus dem Wasser auftauchen, vom Himmel fallen, der Feind werden, das war sein Alltag seit drei Jahren und ein paar Zerquetschten. Aber der Ton des Narbengesichts hatte etwas Verwirrendes. Die schöne Witwe hatte aufgehört zu tanzen und ging an ihren Tisch zurück. Im Vorbeigehen legte sich ihre lange weiße Hand zu einer flüchtigen Liebkosung auf

Matthias' Stuhllehne. Skorzenys betörende Stimme begleitete die Geste der Witwe.

»Für diesen neuen Menschen wird der Krieg als solcher ein Anachronismus sein. Er wird *jenseits* des Krieges sein.«

Ohne Wahnideen ging bei den Nazis gar nichts; sie waren vollkommen durchgeknallt. Das machte sie meistens erbärmlich und manchmal verführerisch. Momentan war Skorzeny genau das, mit seinem Lächeln wie ein grinsender Schakal, seinen geweiteten Pupillen, die sich in eine wagnerianische Vision zu versenken schienen. In Wirklichkeit war Matthias der Gegenstand seiner Betrachtung; er war dieser inspirierte neue Kämpfer, dieses absolute, vollkommene, ultimative Wesen, der Krieger *»jenseits* des Krieges«. Es war berauschend und lächerlich zugleich. Aber Matthias beschloss, sich berauschen zu lassen, sich dem kindischen Wunsch zu fügen, der das Narbengesicht mit allen Fasern beseelte: den Traum des Absoluten zu verkörpern. Und mit einer fast fleischlichen Lust hörte er Skorzeny weiter zu.

»Was ich dir biete, hat mit dem, was du kennst, nichts zu schaffen. Das ist ein ganz anderes Abenteuer, Matthias. Endlich ein Traum, der dir angemessen ist, der dir entspricht.«

Matthias leerte sein fünftes Glas. Das Orchester hatte endlich begonnen, einen etwas leidenschaftlicheren Tango zu spielen. Er drückte Skorzeny zum Zeichen seines Einverständnisses die Hand, erhob sich, ging auf die Witwe zu und führte sie zum Tanz. Sie erwies sich als nicht so aufregend im Bett wie auf der Tanzfläche, und Matthias verließ sie vor dem Morgengrauen. Sie war genauso traurig wie ein Nazitango.

Eine Woche später leistete er den Führereid der SS und ließ sich eine Kennnummer auf die Innenseite seines linken Oberarms tätowieren. Nummern wie die Juden, hatte er sich gesagt. Die Elite hatte Anspruch auf diese Behandlung, genau wie der Bodensatz. Im Grunde hatte das seine eiskalte Logik: Damit das Spiel perfekt, das heißt ausgeglichen lief, mussten die Guten und die Bösen spiegelbildlich zueinander existieren. Es musste schlicht und einfach die Guten *und* die Bösen *geben*. Die Nazis träumten davon, die Juden von der Erdoberfläche zu tilgen, aber die Vernichtung des jüdischen Volkes würde *ipso facto* die der Nazis zur Folge haben, da der Nazismus seine Daseinsberechtigung im Wesentlichen aus der Ausrottung der Juden bezog. Der reine Nazi definiert sich nur durch sein Gegenteil und seine Negation, den Juden. Ohne ihn ist er ein Nichts. Ein schwindelerregender Gedanke, der aber wenigstens eine Erklärung dafür lieferte, warum man etwas so Schäbiges, Schmerzhaftes und Schimpfliches wie eine in den Arm tätowierte Nummer als Kennzeichen der Zugehörigkeit zur Crème der Gesellschaft wie auch zu deren Abschaum gewählt hatte.

Pike kehrt in den Weinkeller zurück. Er schweigt einen Moment, ehe er fragt:

»Wer ist das, dieses Mädchen? Was haben Sie mit ihr zu tun?«

»Sind Sie sicher, dass es das ist, was Sie wissen wollen? Das *Unternehmen Greif* gibt mehr her.«

»Ich stelle hier die Fragen!«

Pike holt tief Luft, setzt sich auf eine Holzkiste.

»Man hat sie Ihnen anvertraut, richtig?«

»Ja, als ich Amerikaner war.«

»Sie hätten sie beseitigen müssen. So machen Sie das doch gewöhnlich?«

»Ja.«

»Warum haben Sie es nicht getan?«

Matthias hätte gern eine ernsthafte, ehrliche Antwort gegeben, die ihm selbst eingeleuchtet hätte, aber er ist unfähig dazu.

»Ich weiß es nicht«, gesteht er.

Er erwartet eine aufbrausende Reaktion des Amerikaners, doch der betrachtet ihn mit einem fast mitfühlenden Interesse. Dieser Pike war wirklich nicht zum Soldaten geschaffen. Man hätte ihn in Ruhe seinem Beruf in Minnesota nachgehen lassen sollen,

Schüler Naturkunde lehren oder etwas Ähnliches. Pike hat ihm von seiner Tätigkeit im zivilen Leben erzählt, aber er hat es vergessen.

»Also gut, rück schon raus mit dem *Unternehmen Greif*«, sagt Pike seufzend.

Matthias richtet sich wieder auf und beginnt zu erklären: die Anzahl der Infiltrierten im Einsatz, der Befehl, die Maasbrücken einzunehmen, um den Vormarsch der regulären Truppen zu erleichtern, ihnen zu erlauben, Antwerpen und die Munitionslager zu erreichen. Er zeigt die drei geplanten Routen auf der Karte.

»Wie groß sind die Aussichten auf Erfolg?«

»Null«, antwortet Matthias lächelnd. »Das war nur, um ein bisschen Wirbel zu machen.«

Pike unterdrückt einen Schauer des Entsetzens. Er zündet sich eine Zigarette an, nimmt nachdenklich zwei Züge.

»Was du für die Kleine getan hast, wird dir morgen auch nicht unbedingt den Kopf retten.«

»Ach wirklich? Ich dachte, dafür bekäme ich einen Orden.«

Pike kann sich ein Lächeln nicht verkneifen.

»Die meisten deiner Kumpel lassen sich lieber erschießen, als Informationen preiszugeben. Was willst du?«

Matthias erstarrt bei Pikes Frage. Was will er? Er

fühlt sich erschöpft wie nie zuvor. Er hat die Schnauze gestrichen voll. Dieser Krieg hat aufgehört, ihn zu amüsieren, seit seiner letzten Tarnoperation in der französischen Résistance, wo er auf einem Dorfplatz drei Jugendliche erschießen musste, zwei siebzehnjährige Jungen und ein achtzehnjähriges Mädchen. Er hatte ihnen in den Rücken geschossen, als sie fliehen wollten, vor den Augen der Mutter der beiden Jungen, einer ungewöhnlich mutigen Frau, die ihn wochenlang beherbergt, ihm zu essen gegeben hatte. An diesem Tag hatte er sich gesagt, es sei ihm ungefähr egal, zu leben oder zu sterben. Nur stirbt man eben nicht so leicht, wenn man ein übertrainiertes Kriegstier ist. Das ist stärker als man selbst. Renée hat alles auf den Kopf gestellt. Er hat wieder Lust bekommen, zu leben, für sie und für sich. Für sich mit ihr. Er will leben. Das ist es, was er Pike sagt. Der Amerikaner lächelt bedauernd, denn das ist wiederum nicht vorgesehen.

14

Es dauerte eine Weile, bis Jeanne sich aus der Apathie gelöst hatte, in die sie durch die Ereignisse des Abends verfallen war. Nach der krampfartigen Starre, die sie erfasst hatte, hatte sie sich lange übergeben müssen. Ihr Kopf war vollkommen leer. Nur ihr Körper war noch fähig, etwas auszudrücken, in Form einer sauren und brennenden Gallenflüssigkeit. Erschöpft von den Krämpfen lag sie auf den Mänteln, die ihr als Matratze dienten, in einem halb bewussten Dämmerzustand, in dem sich die Bilder dieses Abends mit denen der letzten Tage vermischten, ein Übelkeit erregendes und hypnotisches Ballett; Matthias, der seine Waffe auf die Zivilisten richtet, Matthias in der Küche, am ersten Abend, als er Renée gebracht hatte, Matthias, der sie gegen die Wand im Kuhstall nimmt, Matthias wie er isst, wie er redet, lächelt, geht, sich mit einer Hand durch die Haare fährt, wie er gar nichts tut, in seinen heißen

Kaffee pustet, die Waffe auf sie richtet, sein Nacken an sie gepresst, sein Geruch, seine Haut, die pulsierende Vene unter der Haut … seine kalten Augen, die Entschlossenheit zu schießen, sein Mund, gegen die Wand, gegen die Wand …

Ein erneuter Reflux nötigte Jeanne, aufzustehen und sich zu dem Eimer zu schleppen, den Berthe in eine Ecke gestellt hatte. Nach jedem Schwall von Erbrochenem fühlte sie sich etwas weniger verwirrt, aber das hielt nicht an. Diesmal war ihr plötzlich etwas in Erinnerung gekommen, was sie verdrängt hatte: die Schläge, die Brutalität, mit der die amerikanischen Soldaten über ihn hergefallen waren, die Tritte, die Fäuste gegen den Rücken, in den Bauch. Genau in dem Moment hatte das Erbrechen angefangen. Sie fragte sich, ob er noch am Leben war. Alle schienen seinen Tod zu wollen. Er war ein getarnter Deutscher. Na und? Es war Krieg, rechtfertigte der Zweck nicht die Mittel? Er hatte alle getäuscht. Richtig, aber was hätte er sonst machen können? Verschwinden, ja, das hätte er gekonnt. Aber er wollte bleiben. Jeanne hätte gern glauben mögen, dass es um ihretwillen war. Aber es war Renée, die ihn im Netz behielt. Sie schien ihn verzaubert zu haben. Sie hatte ihn in den Tod gelockt. Denn die Amerikaner würden ihn mitnehmen und erschießen. Jeanne empfand einen jähen Schub von Hass auf die Kleine und ertappte sich sogleich bei einer Art Schadenfreude im Gedanken an Matthias' Tod. Fast im selben Moment durch heillose Verzweiflung und Wut ersetzt. Ihr Blick fiel auf die alte Marcelle, die wie eine Glückselige zu schlafen schien, durch ihre Schwerhörigkeit sicher von einem Teil der Gewaltexzesse und ohrenbetäubenden Enthüllungen verschont geblieben war. Jeanne hoffte es zumindest. Sie drehte sich um, den Rücken der alten Dame zugekehrt, und schmiegte sich an ihre kleine Schwester. Als sie gerade in den Schlaf hinüberdämmerte, sah sie einen Schatten im Treppenhaus verschwinden.

Der Bauch und das linke Auge taten Matthias noch sehr weh, aber die anderen schmerzhaften Stellen hatten sich allmählich beruhigt. Er beobachtete die Spiegelung des Mondscheins auf dem schmalen Streifen Schnee am Rand des Kellerfensters. Der Schrei einer Eule drang zu ihm herein, aber keine einzige Detonation, als hätte die Weihnachtsnacht stillschweigend eine Waffenruhe angeregt. Bald würde er hinauskommen und sich endlich die Beine vertreten können. Vielleicht war es dort, wo alles zu Ende gehen würde, an jenem Ort, wo die Amerikaner ihn hinbrächten. Wenn sie ihre Leute in diesem Chaos wiederfanden.

Er hatte sich erwischen lassen wie ein Anfänger.

Schön strammstehen zur Verneigung und die Hacken zusammenschlagen! Man hätte meinen mögen, Erich von Stroheim in diesem französischen Film, den er gerade rechtzeitig in einem Pariser Kino gesehen hatte, bevor Hitler ihn verbot. Nur das Monokel hatte Matthias noch gefehlt. Er begann laut zu lachen, als er sich den Walzer mit Jeanne in Erinnerung rief: Man glaubt sich unbezwinglich, man spürt, dass man gefällt, man zittert unter dem Eindruck, aller Augen auf sich zu spüren, man lässt sich eine Sekunde gehen, und der Körper findet zu alten Automatismen zurück, die man fest unter Verschluss glaubte. Da hat man es, beschaffen wie eine Ratte. Im Grunde konnte man seine Ursprünge nie vollständig verleugnen. Die gute Erziehung, der Klub, die Fechtturniere, die Bälle – es sickert aus allen Poren und klebt einem an den Stiefeln bis ins Grab. Ein paar Jahre Davy Crockett und Spion zu spielen änderte nicht viel daran. *Die große Illusion*, so hieß der Film …

Matthias hätte sich vor Dan hüten müssen. Er hatte die intuitive Ahnung des Amerikaners unterschätzt, und dessen Eifersucht. Oder war er zu alt geworden für diese Täuschungsmanöver? Er war erst fünfunddreißig, aber Chihchuchimâsh hatte immer gesagt, er sei mit einer alten Seele geboren.

Er war sicher nicht der Erste, der sein Leben genau in dem Moment zu Ende gehen sah, in dem es einen Sinn bekam. Das war sogar derart klischeehaft, dass man nur lachen konnte. Er fragte sich, ob Chihchuchimâsh mehr von ihm gesehen hatte, etwas anderes als einen Typen ohne Gesicht. Ob sie noch am Leben war? Er bemerkte, dass er sich zum ersten Mal diese Frage stellte. Crac war schon neun gewesen, als Matthias ihn im Dorf gelassen hatte. In der Zwischenzeit musste er seine alten Knochen zweifellos der Erde zurückgegeben haben. Was seine Eltern anbelangt, so hatte Matthias seit über einem Jahr keinen blassen Schimmer, was aus ihnen geworden war. Seine Schwester hatte ihn brieflich regelmäßig auf dem Laufenden gehalten, bis eines schönen Tages kein Brief mehr gekommen war. Das letzte Mal, dass Matthias seine Mutter gesehen hatte, war bei seinem Eintritt in die SS gewesen, im Frühjahr 1943. Als er es ihr sagte, hatte sie auf Französisch geantwortet: »*Pour ce que ça change!*«, und sich wieder ihrer Strickarbeit gewidmet, Pullover für ein Hilfswerk, das sich um Kriegswaisen kümmerte. Sie war bitter und welk geworden, und es hatte ihn geschmerzt, als er zum Abschied ihre vertrockneten Wangen küsste. Sie hatte ihn bei den Schultern gefasst und ihn lange angesehen, ohne ein Wort zu sagen. Er hatte die trüben Augen plötzlich aufleuchten sehen, unter dem Eindruck eines spontanen Aufwallens mütterlicher

Liebe, ehe sie ihren matten, harten Ausdruck wiederfanden.

Matthias hebt den Kopf zum Kellerfenster; er hat leise, flüchtige Geräusche gehört, wie das Kratzen eines Nagetiers. Eine kleine Patschhand zerrt an dem schon aufgerissenen Gitter. Er richtet sich auf, hüpft in kleinen Sprüngen zur gegenüberliegenden Wand. Schon taucht Renées Gesicht auf.

»Was machst du da?!«

»Ich reiße das Gitter ab. Ich komme zu dir runter.«

»Auf keinen Fall! Geh wieder in den Keller!«

Die Kleine setzt ihr Werk gewissenhaft fort, als hätte sie nichts gehört. Der Zugang zum Fenster ist fast frei.

»Renée! Tu was ich dir sage!«

Doch Renée ist bereits durch die Öffnung geschlüpft; ihre Beine hängen in der Luft. Matthias wird wütend, hat aber keine andere Wahl, als sie in Empfang zu nehmen, bevor sie fällt. Er nähert sich und drückt sich mit dem Rücken an die Wand. Renée setzt die Füße auf seine Schultern, hockt sich hin; dann lässt sie sich am Körper des Deutschen hinuntergleiten, geschmeidig wie ein Affe. Matthias war schon nicht mehr in der Lage, ihr böse zu sein. Dieses Kind flößte ihm eine Kraft ein, eine Lebensenergie, eine neue Lust aufs Dasein, die ihn mitrissen und stärker beherrschten als alles, was er bis dahin für die Antriebskräfte seiner Existenz gehalten hat: der Kampfrausch, die unmittelbare Gefahr, die Risikoleidenschaft und die Todesangst.

Renée steht vor Matthias und entdeckt seine Verletzungen. Einige endlos scheinende Sekunden lang mustert sie sein blutverschmiertes und geschwollenes Gesicht. Matthias hat ein wenig das Gefühl, Christus im Angesicht der heiligen Veronika auf dem Kreuzweg zu sein. Aber plötzlich nimmt Renée einen anderen Ausdruck an. Sie beginnt ihren Mantel aufzuknöpfen, schiebt eine Hand unter den Pulli und holt das Futteral mit Matthias' Messer hervor. Langsam zieht sie die lange Klinge aus der Scheide; der Stahl wirft einen reinen, blitzenden Schein auf ihr Gesicht, während sie ihn stolz hin und her dreht. Wenn Matthias morgen stirbt, wird er dieses Bild mitnehmen. Nichts, absolut nichts in seinem nutzlosen Dasein macht ihn dieser Gnade würdig, die Renée ihm dadurch erweist, ihn auserwählt zu haben. Er fühlt sich plötzlich schwach und verachtenswert, hässlich und bedeutungslos. Er wendet die Augen ab und im nächsten Moment hasst er sich dafür. Renée beugt sich über seine zusammengebundenen Handgelenke und schickt sich an, das Seil durchzuschneiden.

»Nein! Sie dürfen mich nicht losgebunden finden. Steck das Messer wieder in die Scheide.«

Renée gehorcht, etwas traurig, die Fessel nicht

lösen, ihren Soldaten nicht eigenhändig befreien zu dürfen. Sie hat sich diese Tat hundertmal vollbringen sehen, seit sie das Messer im Keller gefunden hat, wo der Dummkopf von Pike es liegen gelassen hatte. Matthias nimmt Renée die Waffe aus den Händen, bückt sich und lässt die Scheide in seinen Halbstiefel gleiten.

»Jetzt musst du gehen«, sagt er.

Renée nickt.

»Du musst deine Spuren im Schnee verwischen. Wie wir's beim Hasenfangen gemacht haben.«

Die Kleine blickt zu ihm auf.

»Ich weiß.«

Matthias nähert sich der Wand, stellt sich für eine Räuberleiter auf.

»Wie heißt du wirklich, dein wahrer Name?«, fragt Renée.

Ein kurzes Schwanken. Sein Name. Sein wahrer Name. Matthias scheint unfähig zu sein, die Silben zu buchstabieren. Seit dem Krieg hat er so oft den Namen gewechselt. Und davor trug er einen Indianernamen, einen Namen, der etwas aussagte, einen Namen, der nicht log, der einzige, den er gerne trug. Sein Name, sein wahrer Name, wie Renée sagt, bedeutet nichts mehr.

»Matthias. Matthias Strauss«, sagt er ohne Überzeugung.

Leise wiederholt sie den Vornamen einmal, zweimal, dreimal, dann den Nachnamen, und noch einmal den Vor- und Nachnamen. Matthias Strauss. Anschließend hebt sie ihr Gesicht zu ihm.

»Weißt du, Renée ist nicht mein wahrer Name. Aber den anderen, den weiß ich nicht mehr.«

Wieso hat er nicht daran gedacht? Wieso hatte er nie daran gedacht, seit er sie kannte? Er hieß Matthias Strauss, und das war wichtig, das war der Name, den seine Eltern ihm gegeben hatten, der Rufname, auf den er bei seinen Freunden, bei seiner Familie gehört hatte. All die dämlichen Nabelschaubetrachtungen und sein Falschspielerleben änderten nichts daran. Matthias Strauss, das war er und niemand anders. Er hätte wer weiß was gegeben, um den Namen des Kindes wiederzufinden. Es gefiel ihm, sich ein Wort voller rauer Konsonanten vorzustellen, weiblich und stark, mit einem ganzen Gefolge mächtiger biblischer Figuren. Esther, Deborah, Sarah, Judith, er fragte sich, ob es einen hebräischen Vornamen gab, der den gleichen Sinn hatte wie Renée, »die zweimal Geborene«. Die indianischen Sprachen hätten Dutzende geboten. Und am Ende hieß sie vielleicht einfach Lucienne oder Janine, aber warum dann die Namensänderung?

Er hält Renée seine überkreuzten Hände als Hilfestellung zum Klettern hin. Sie zieht sich an seinem

Körper hoch. Bei seinem Gesicht angelangt, hält sie einen Moment inne. Matthias findet bewegt den lieblichen Geruch des kleinen Mädchens mit dem Hauch von Babypuder wieder. Er katapultiert sie nach oben. Renée stellt sich auf die Schultern des Deutschen, klammert sich an den gusseisernen Rahmen des Kellerfensters und hievt sich nach draußen. Sie wirft ihm einen letzten Blick zu, ehe sie verschwindet.

Bald wird die Morgendämmerung anbrechen. Matthias hat jetzt ein Messer in seinem Halbstiefel, und kein beliebiges Messer, sondern jenes, das seinen Indianernamen trägt, Töte-Viel. Er versucht, ein wenig zu schlafen, das ist das Beste, was er vor dem Aufbruch tun kann. Zu gegebener Zeit wird er sich etwas einfallen lassen. Es gelingt ihm, eine gute Stunde zu dösen, ehe er von dem Krach hinter der Tür geweckt wird. Die Riegel quietschen, ein Schlüssel dreht sich im Schloss, und Pike tritt ein, flankiert von Treets und Max. Treets geht auf Matthias zu, befiehlt ihm aufzustehen. Er überprüft die Fesseln und durchsucht ihn. Schlecht. Er merkt nichts von dem Messer, das in seinem Stiefel steckt. Matthias wird aus dem Weinkeller geführt. Alle Zivilisten sind wach. Er spürt ihre vorwurfsvollen, hasserfüllten, verständnislosen Blicke. Er begegnet Jules' Augen; sie drücken eher eine Art schwer eingestandene Sympathie aus; sie scheinen zu sagen: »Du bist ein Dreckskerl, aber ich mag dich, ich kann nicht anders.« Was Jeanne betrifft, so wirkt sie dermaßen aufgelöst, dermaßen müde … als wäre sie sich selbst abhandengekommen. Matthias hätte nicht erraten können, was in ihr vorging.

Pike hat Jules und den Zivilisten für ihre Gastfreundschaft gedankt. Diese freundliche Aufnahme mochte den Helden spielenden jungen Yankees als eine Selbstverständlichkeit erscheinen, aber in Wirklichkeit war dem nicht so. Er, Pike, wusste das. Er war ein höflicher Mensch. Die beiden Verwundeten hatten sich der Truppe hinzugesellt. Ihr Zustand erlaubte ihnen nicht, bei minus zehn Grad durch die Wälder zu kraxeln, aber Pike hatte beschlossen, die Gehbehinderten nicht zurückzulassen. Wenn die Deutschen sie fänden, wären die Zivilisten in Gefahr, ohne einen einzigen Mann, um sie zu verteidigen. Pike ähnelte immer grimmiger Ashley Wilkes in *Vom Winde verweht*, jenem Burschen, der nicht vor seiner Soldatenpflicht zurückweicht, jedoch zu edel, zu integer ist, um nicht daran zu verzweifeln, Krieg führen zu müssen. Solche Typen geraten im Allgemeinen dermaßen aus dem Gleis, dass sie sich, einmal wieder in der Heimat, als bloße Waschlappen erweisen. Pikes Frau und seine drei Kinder würden ihre Freude daran haben, wenn sie ihn denn lebend zurückbekommen sollten.

Matthias hat Renée noch nicht entdeckt. Treets stößt ihn unsanft vorwärts. Der Deutsche wendet sich um und schleudert ihm einen mörderischen Blick zu. Endlich sieht er die Kleine neben Ginette sitzen. Renée erhebt sich und pflanzt sich vor allen Anwesenden im Angesicht von Matthias auf. Sie sehen einander ein paar Sekunden an. Niemand wagt ein Wort zu sagen, man atmet kaum in Gegenwart von diesen beiden. Jeanne erinnert sich daran, wie sie sie zum ersten Mal gesehen hat. Zwei wilde Tiere. Pike entschließt sich, das Schweigen zu brechen. Sie verlassen den Keller.

15

Kaum waren die Soldaten fort, erhob sich ein Gemurmel. Die Zivilisten hatten wieder das Bedürfnis, ihrer Empörung freien Lauf zu lassen. Und man begann zum x-ten Mal Dinge zu sagen, die schon gesagt worden waren. Stellte sich dieselben Fragen, die man sich schon gestellt hatte, stieß dieselben Rufe aus wie schon früher in der Nacht. Das tat gut, es vertrieb die Zeit, machte Hunger und Kälte vergessen, und kostete nichts. Hubert war nicht böse drum, dass der »Fridolin weg war«, Werner fand ihn »komisch« und Françoise konnte es nicht leiden, »wie er aus der Wäsche guckte« und warf sich vor, nichts geahnt zu haben. Sie hatten alle vergessen, dass Matthias noch ein paar Stunden zuvor der »Charmanteste«, der »Eleganteste«, der »Hilfsbereiteste« gewesen war, und schau doch, wie er tanzen kann, und wie glücklich Jeanne aussieht, und ist es nicht bewundernswert, wie er sich der Kleinen annimmt?

Ach, wären sie nur alle so wie er, diese ungehobelten Amerikaner! Jules musste sich beherrschen, ihnen nicht das Gedächtnis aufzufrischen. Hubert beugte sich vor und legte mit konspirativer Miene die Hände trichterförmig an den Mund.

»Ein paar Jahre älter, und sie hätte die Schermaschine zu spüren bekommen«, flüsterte er mit einer Kopfbewegung zu Renée hin.

Sofort war Jules mit geballten Fäusten über ihm.

»Was hast du gesagt? Habe ich richtig gehört?«

»Nichts«, murmelte Hubert.

»Ach so, ich dachte schon …«

Kaum zu glauben, dass Jules die ganze Zeit mit diesem Idioten von Flurhüter verkehrt hatte, ohne zu merken, was er für ein Arschloch war. Zweifellos hätte Hubert es gar nicht schlecht gefunden, wenn auch Jeanne die Schermaschine zu spüren bekäme, weil sie mit dem Deutschen getanzt hatte. Na ja, getanzt … Jules lebte nicht hinterm Mond; er kannte seine Tochter gut genug, um zu ahnen, dass sie an Matthias wohl noch andere Talente entdeckt haben dürfte, als seine Begabung für den Wiener Walzer. Man würde aufpassen müssen, dass Hubert den Mund hielt, wenn dieser Krieg endlich zu Ende ging. Jules ließ sich etwas weiter entfernt nieder. Alle waren auf den Plätzen geblieben, die sie seit der Ankunft der Amerikaner eingenommen hatten. Während Jules seine Gäste beobachtete, fiel ihm auf, dass jemand fehlte.

»Habt ihr Philibert gesehen?«, posaunte er heraus.

Es wurde still. Man blickte nach rechts und nach links, man rief. Kein Philibert. Aber man bauschte die Sache nicht auf. Der Junge hatte die Gewohnheit, zu kommen und zu gehen, wann er wollte, ob Krieg oder nicht. Wahrscheinlich hatte er sich während des Scharmützels um den Deutschen aus dem Staub gemacht. Er würde schon zurückkommen, wenn es ihn juckte. Oder wenn man ihn brauchte.

Renée hatte sich wieder neben Ginette eingerichtet, der einzigen Person, von der das kleine Mädchen sich nicht verurteilt fühlte. Ginette hatte gesehen, wie sie in den Soldatenkeller geschlichen war und Matthias' Waffe genommen hatte, vor der Nase von Pike, der mit einem seiner Männer diskutierte. Sie hatte beobachtet, wie sie den Keller verließ, die Waffe unter dem Mantel verborgen, um zu ihrem Soldaten zu gehen. Und ein paar Minuten später war das Kind zurückgekehrt, hatte sich neben sie gekuschelt, und gesagt:

»Weißt du, Matthias wird wiederkommen und mich holen.«

Leutnant Pike eröffnete den Marsch, hinter ihm folgte Matthias, flankiert von Max und Treets. Macbeth und vier Soldaten bildeten die Mitte des Zuges. Die beiden Verwundeten schleppten sich mühsam am Schluss der Truppe hinterher. Es herrschte eine Eiseskälte, dazu der scharfe Nordwind, der die Kleidung durchdringt und einem bis ins Mark fährt. Matthias trug nur sein Hemd und seine Jacke, die Fesseln ließen das Blut in Händen und Armen nicht richtig zirkulieren, zumal Treets vor dem Aufbruch dafür gesorgt hatte, die Schnüre noch fester zu ziehen. Er war gut bewacht von den beiden Grobianen, die ihn nicht aus den Augen ließen. Sie marschierten gut zwei Stunden, bevor sie Pause machten. Es wurde ein wenig getrunken, man rauchte einige Zigaretten. Die Spannung löste sich, und Matthias nutzte die Gelegenheit, um sich die Schnürsenkel neu zu binden, was ihm erlaubte, das Messer aus dem Stiefel zu fischen und in den Ärmel zu schieben. Der Marsch ging weiter, wurde aber nach kurzer Zeit von einem nahen Motorgeräusch unterbrochen. Pike gab Zeichen, in Deckung zu gehen. Alle verstreuten sich; Max und Treets zogen Matthias hinter hohes Farnkraut. Zwei deutsche Jeeps fuhren auf einer kleinen Straße am Waldrand entlang vorbei. Als das letzte Fahrzeug außer Sicht war, kamen die Soldaten aus der Deckung. Der Zug formierte sich wieder, aber Matthias und seine beiden Wächter befanden sich jetzt ganz hinten.

Matthias stolperte, stieß gegen Max und fand sich

in dessen Armen wieder. Treets fragte, ob alles in Ordnung sei, denn Max zog ein komisches Gesicht. Matthias löste sich von dem Soldaten, indem er ihm fast fürsorglich mit einer Hand die Schulter hielt; die andere Hand zog unterdessen die Klinge aus seinem Bauch. Treets hatte keine Zeit, eine Geste zu machen oder zu rufen, er brach zusammen, das Messer in der Kehle. Matthias holte sich seine Waffe zurück und steckte sie zwischen die Zähne. Er klammerte sich an den erstbesten Baumstamm und kletterte mit affenartiger Geschwindigkeit hinauf.

Ganz vorne blieb Pike stehen. Er wandte sich um, suchte mit den Augen das Gehölz ab. Er rief Max, bekam aber keine Antwort. Er machte kehrt, seine Männer taten es ihm gleich. Etwas abseits des Weges, hinter Farnkrautbüschen, entdeckten sie die Körper von Max und Treets, in Blut gebadet. Treets war noch nicht tot; dunkler Schleim und Schaum sprudelten über seine Lippen. Er wollte etwas sagen. Pike bückte sich, hielt ihm den Kopf. Die Augen des Sterbenden verdrehten sich ein letztes Mal, dann erstarrten sie. Pike legte den Kopf des Soldaten sanft nieder und stand wieder auf. Der Leutnant und der Rest seiner Truppe verfolgten die Fußspuren im Schnee, die jedoch plötzlich endeten, als wäre der Kerl davongeflogen. Und auch sonst kein einziger Abdruck im Umkreis von mehreren Metern.

Pike spähte in die höheren Zweige der Bäume ringsum. Er war unsicher und dachte an das, was der arme Max ihm über Skorzenys Männer gesagt hatte, bevor er ihn aus dem Weinkeller schmiss. Die fast enthusiastische Beschreibung der Heldentaten dieser getarnten Dreckskerle hatte ihn zutiefst schockiert. Aber er hatte es nicht geglaubt. Er hätte es glauben sollen: Max und Treets wären noch am Leben. Pike spürte, dass Macbeth ihn grimmig ansah: Er dachte, man hätte den Boche fertigmachen sollen, statt ihm einen Gesundheitsspaziergang zu schenken. Trotzdem, wie zum Teufel hatte er sich das Messer verschafft? Und wie war es ihm gelungen, eine dieser Kiefern ohne niedrige Äste, ohne irgendeinen Halt, hinaufzuklettern? Wenn alle in amerikanischer Uniform auf den Straßen ausgesetzten Kumpel des Fritz solche Batmen waren wie er, musste man sich wohl auf das Schlimmste gefasst machen. Pike hatte Matthias geglaubt, als der ihm versicherte, das *Unternehmen Greif* sei nur Bluff. Er war sich der Aufrichtigkeit des Deutschen nicht mehr sicher.

Matthias beobachtete sie von der Höhe seiner Kiefer aus. Er sah Pike hin und her überlegen, ohne sich entschließen zu können, wie gewöhnlich. Was blieb ihm anderes übrig, außer abzuhauen? Sollten sie beschließen, sich unter dem Baum die Beine in den Bauch zu stehen, müsste Matthias sie von oben überraschen und sie alle sechs umlegen. Das wäre kein Problem für ihn. Na los, Pike, verdufte, du verschwendest meine Zeit! Der Leutnant seufzte und entschloss sich endlich, seinen Männern den Befehl zum Weitermarsch zu geben.

In den Kellern des Bauernhofs hatte Jules wieder einmal zeigen müssen, wer der Herr im Hause war. Françoise war bei dem Gedanken, dass die Deutschen kämen und Renée fänden, hysterisch geworden, und Huberts Reden, ja, sogar die des Lehrers hatten ihre Ängste noch geschürt. Als Berthe versucht hatte, das Spiel mit der Bemerkung zu beruhigen, Renée trage schließlich nicht die Inschrift »Jüdin« auf der Stirn, hatte Werner erwidert, die Boches hätten eine untrügliche Witterung dafür, Juden zu erkennen, und Renée sei ja nicht gerade der Ardennentyp. Jules hatte Hubert eins in die Fresse gehauen, Werner und Hubert gedroht, sie rauszuschmeißen, und sie hatten endlich die Klappe gehalten. Man hatte den Kindern erlaubt, im Hof zu spielen, unter Aufsicht von Jules, der sich auf die Außentreppe setzte.

Renée zog sich in den Stall zurück, wo Salomon sie mit einem Wiehern begrüßte. Die Kleine legte ihren Kopf an die Flanke des Pferdes, wärmte sich an dem großen muskulösen Körper. Sie genoss diese Minuten der Einsamkeit, fern von den anderen, die zu viel redeten. Sie stellte sich Matthias auf dem Marsch mit den Amerikanern vor. Das Messer steckt gut in seinem Halbstiefel. Der Wald ist sein Reich. Er ist geschlagen worden, sein Gesicht ist zerquetscht, aber seine Fähigkeiten sind enorm. Renée schloss die Augen und sah das Gesicht des Deutschen vor sich, mit diesem rätselhaften Ausdruck, in dem das Kind sehr schnell die Regungen der Seele zu lesen gelernt hatte. Sie schickte ihm ihre ganze Kraft, ihre Entschlossenheit, ihr Vertrauen. Renée war zu sehr in ihr stummes Gebet vertieft, um Jules' Gebrüll nach den Kindern, die Motoren des Jeeps und des Panzers, die in den Hof eindrangen, und dann die hämmernden Stiefel und die Schreie zu hören. Noch ganz eingenommen von ihrer Vision ging sie langsam zur Stalltür, öffnete sie. Die Zivilisten standen aufgereiht vor der Außentreppe, die Hände über dem Kopf, umgeben von etwa fünfzehn Soldaten. Renée erstarrte. Es waren Deutsche. Sie musste kehrtmachen, aber es war zu spät, zwei Soldaten hatten sich zu ihr umgedreht. Zum Glück hat sie keine Angst oder Rückzugsbewegung erkennen lassen. Einen kurzen Moment kreuzt sie den Blick eines Mannes auf dem Treppenabsatz; er ist anders gekleidet als die anderen und trägt keinen Helm, sondern eine Schirmmütze. Das muss der Chef sein. Mit festen Schritten überquert sie den Hof und stellt sich in die Reihe der Zivilisten. Albert zischt ihr zu:

»Deine Kumpel sind zu Besuch.«

Als Antwort tritt Renée ihm ans Schienbein. Der SS-Offizier harrt noch immer reglos auf dem Treppenabsatz aus. Er begnügt sich damit, seinen kalten Blick über die Zivilisten streifen zu lassen. Die alte Marcelle sinkt zusammen. Berthe stürzt zu ihr hin, aber ein Soldat bellt einen Befehl. Berthe kehrt an ihren Platz zurück. Endlich spricht der Offizier auf Französisch:

»Ich gebe euch fünf Minuten, um das Gehöft zu verlassen. Wer dann noch hier ist, wird erledigt.«

Entsetztes Gemurmel. Der SS-Mann blickt auf die Uhr. Werner tritt vor, hebt die Hand zum Zeichen, dass er etwas sagen will. Der Offizier deutet mit einer müden Geste an, er höre.

»Hier sind Kinder und alte Leute«, sagt er auf Deutsch, »die Keller sind groß, es gibt Platz genug für alle. Wir möchten um Erlaubnis bitten, bleiben zu dürfen.«

Der Offizier betrachtet ihn mit etwas mehr Interesse. Endlich ein Belgier, der korrekt Deutsch spricht. Das ist wahrlich eine Seltenheit in diesem öden Winkel, wo es doch einige Deutschsprachige geben sollte. Die Augen des SS-Manns erforschen bestimmte Gesichter, das der schönen jungen Frau mit stolzer Miene, das des baumstarken Burschen, der ihr ähnlich sieht und ihr Vater sein dürfte. Und diese Kleine mit schwarzem Haar und genauso schwarzen Augen. Die eben aus den Stallungen gekommen ist, ganz allein … Eine Entscheidung, der Offizier muss eine Entscheidung treffen. Sie alle erschießen, ohne ihnen auch nur Gelegenheit zu geben, zu verschwinden? Wie in diesem Kaff mit dem unmöglichen Namen, Prafondy … Pardron … Parfondy … wie auch immer, auf diesem Bauernhof, wo er mindestens dreißig niedergemäht hat. Sie leben lassen wie verschreckte Kakerlaken, während er und seine Männer sich in den Kellern einrichten, großen Kellern angeblich? Es ist wirklich bitterkalt. Und er ist mit seinen Männern seit Stunden auf den Straßen unterwegs. In den hohen Lederstiefeln kann der Offizier seine Zehen kaum noch spüren. Er beobachtet die Hände der Zivilisten, zitternd, jämmerlich, über gebeugten Köpfen. Dieses allzu bekannte Bild stürzt ihn in tiefe Langeweile. Aber die Schreie und die nach dem ganzen Geschiss unter Kugeln zusammensackenden Körper ist er genauso leid. Nach all den Jahren gibt es nur noch eins, was ihn erstaunen kann, etwas in ihm zum Vibrieren bringt, ihm eine Sekunde von Gefühl entreißt: Die Leichtigkeit, mit der es ihm gegeben ist, den Tod zu verfügen. Oder das Leben zu erhalten. Ein einziges Wort, eine Geste, und siehe da. So einfach wie einen Schalter zu betätigen. Klick: Licht an. Klick: Licht aus. Klick. Na dann, sollen die Kakerlaken leben.

»Gut«, entfährt es ihm wie zu seinem Bedauern, »ihr könnt bleiben. Aber unter der Bedingung, dass ihr uns Essen zubereitet und in dem Raum bleibt, den man euch zuweisen wird.«

Und alles ging wieder von vorne los wie mit den Amerikanern. Und davor mit anderen Deutschen. Die endlose Durchsuchung des Gehöfts, während man draußen in der Kälte erfror, die Aufforderung an die Frauen, aus Nichts und wieder Nichts ein Essen zu bereiten. Aber diesmal hatte der SS-Mann den großen Keller für sich und seine Männer beschlagnahmt; die Zivilisten mussten sich mit dem kleinen begnügen, in dem die Amerikaner gewesen waren. Und die meisten Decken und Matratzen hatte man den Deutschen überlassen müssen.

Es war das dritte Mal, dass Renée sich so in ihrer Nähe befand, den Tag mitgezählt, als sie bei dem Pfarrer gewesen war, während die SS in Stoumont aufkreuzte. Bisher hatte sie die Deutschen also nur flüchtig gesehen, behelmte und gestiefelte Gestalten ohne Gesicht, die wie lauter Glieder eines einzigen Körpers im Stakkato des Gebrülls ausschwärmten, das von einem unsichtbaren Kopf herkam. Diesmal war der Kopf gut sichtbar. Der Offizier gab Befehle, er ging lustlos umher und betrachtete alles mit einer Mischung aus Überdruss und Ekel. Die meisten Soldaten wirkten müde, mit den Nerven am Ende. Sie redeten laut, lachten viel, aber ohne Freude. Renée lauschte den Diskussionen der Soldaten; deren Sprache, normal gesprochen und nicht gebellt, rührte etwas in ihr und wirkte irgendwie beruhigend. Wie im Wald, als sie Matthias deutsch hatte sprechen hören.

Jeanne kommt in den Keller gestürzt, der Schrecken ist ihr ins Gesicht geschrieben.

»Der Offizier. Er will, dass die Kinder raufgehen.«

Françoise stößt einen schrillen Schrei aus. Die Kinder drängen sich an die Frauen.

»Wozu?«, fragt Sidonie.

»Zum Essen«, erwidert Jeanne.

Bei dieser Aussicht bekommen die Kinder große Augen, obwohl sie wissen, dass die Mahlzeit genauso karg sein wird wie sonst. Die Erwachsenen sind perplex. Die Blicke wenden sich Renée zu. Man entschließt sich, die gane Schar nach oben gehen zu lassen.

16

In der Küche sitzt der Offizier am Tisch, vor einem leeren Teller. Er ist sicher, dass der Brei ihm schwer im Magen liegen wird, da ist er empfindlich. Die Kinder kommen herein, begleitet von dem schönen jungen Mädchen, das vor Angst vergeht. Sie setzen sich dem Offizier gegenüber. Ihre Augen starren auf das Holz der Tischplatte. Der Offizier hebt die Hand, an den Soldaten hinter ihm gerichtet; dieser bringt einige Teller, gefüllt mit der ewigen Grütze, und stellt sie den Kindern hin. Doch sie trauen sich nicht zu essen; es gibt kein Besteck. Schließlich langt der kleine Jean als Erster zu. Er steckt die Finger in den Teller, nimmt etwas von der breiigen Masse und schiebt sie gierig in den Mund. Der Offizier lächelt, fordert die anderen mit einer Handbewegung auf, es genauso zu machen. Der Deutsche beobachtet aufmerksam jedes einzelne Gesicht, hält bei Renée etwas länger inne. Jeanne ist immer noch da, zwei

Schritte hinter den Kindern. Wie gebannt folgt sie den Augen des Deutschen; das Herz schlägt ihr bis zum Halse. Sie hat den Eindruck, das Klopfen sei nur allzu deutlich sichtbar; sie spürt ihr Erblassen, als sich die Augen des Offiziers auf sie heften.

Renée isst ruhig weiter. Sie blickt auf und kreuzt eine Sekunde den Blick des Offiziers. Ihr Instinkt sagt ihr, man müsse sich dem Feind stellen, sich ganz natürlich benehmen, als hätte man sich nichts vorzuwerfen. Es gelingt ihr sogar, ein Lächeln anzudeuten, ehe sie wieder in den Teller greift. Das Getreide klebt ihr an den Zähnen. Ihre Kehle ist so zusammengeschnürt, dass sie kaum schlucken kann. Sie spürt genau, dass der Offizier sie nicht aus den Augen lässt. Sie fühlt sich wie in dem Kohlehaufen, verfolgt vom blendenden Strahl der Taschenlampe. Auch die Augen des Offiziers verfolgen etwas, was unter der Oberfläche liegt. Aber Renée weiß, dass diese wässrig grauen Augen effizienter sind als eine Taschenlampe; sie werden am Ende finden, was sie suchen. Sie gleiten über ihre Gesichtszüge, ihre Gesten, beinah fasziniert.

Renée hatte das Gespräch der Erwachsenen über die untrügliche Witterung der Deutschen gehört, Juden aufzuspüren. Sie fragt sich, welche Zeichen sie möglicherweise verraten könnten, und welche davon sie in der Lage wäre, vor dem Offizier zu verbergen.

Angst stellte ein wichtiges Indiz dar, dessen war sie sicher. Und dieses Indiz zum Verschwinden zu bringen, dazu war Renée in der Lage. Sie hat sich mit aller Kraft darum bemüht, indem sie ihren Brei kaute, Appetit vortäuschte, sorglos komplizenhafte Blicke mit Louise wechselte. Der Offizier reißt sich endlich aus seiner stummen Betrachtung. Ohne Umschweife fragt er Louise:

»Wie heißt du?«

»Louise Paquet«, antwortet sie selbstsicher und fügt fast herausfordernd hinzu: »Der Hof gehört meinem Vater.«

Jeanne tritt einen Schritt vor und legt Louise eine Hand auf die Schulter. Der Offizier lächelt sie an. Dann stellt er reihum die gleiche Frage an Charles, an Jean, an Micheline. Micheline schweigt; sie scheint es nicht einmal gehört zu haben. Louise spricht an ihrer Stelle. Der Offizier nimmt Renée wieder in den Blick und fragt nach ihrem Namen. Diesmal klingt seine Stimme anders, lieblicher, um einen beruhigenden Ton bemüht. Renée schluckt ihren Mundvoll hinunter, sieht ihm in die Augen und antwortet:

»Ich heiße Renée.«

Was für Augen! Dunkel. Schlau. Und diese Züge … hohe Wangenknochen, dicke Lippen, eine starke Nase. Keine Hakennase, nein, aber sehr präsent, mit aufgeblähten Nasenflügeln. Interessant. Und was hat sie allein in diesem Stall gemacht? Es könnte eine sein. Eine Jüdin, auf wundersame Weise am Leben in dieser verlorenen Gegend. Das Kind weiß, dass es beobachtet wird, aber es bewahrt eine olympische Ruhe. Es hält dem Blick des SS-Manns absolut gelassen stand. Gut gespielt, wirklich. Aber er fällt nicht darauf herein. Der Offizier spürt plötzlich Schweißperlen auf seiner Stirn. Wie viele Exemplare dieses Gezüchts sind dem Netz wohl durch die Maschen gegangen und verkriechen sich wie Ratten in Kellern wie diesem? Wie viele werden wachsen und sich vermehren, während Deutschland seine eigenen Kinder unter den Bomben sterben sieht? Der SS-Mann steht abrupt auf, macht eine Handbewegung.

»Vorwärts, raus hier, alle raus!«

Jeanne beeilt sich, die Kinder aus der Küche zu befördern.

Während Renée die Treppe hinuntergeht, fühlt sie sich plötzlich von einer großen Müdigkeit überwältigt. Sie möchte fliehen, weg von hier, sich in die Hütte verkriechen. Das große Spiel ist zu schwierig, sie hat genug davon. Sie geht zu Ginette, setzt sich neben sie, aber auch das Wohlwollen der Alten reicht nicht mehr, um sie zu beruhigen. Die anderen halten Abstand, als hätte sie eine schlimme ansteckende Krankheit. Manche tun es, ohne es zu wollen, ja, ohne es überhaupt zu merken. Berthe meidet ihren Blick; sogar Jules wendet sich ihr kaum noch mit einem Lächeln oder Augenzwinkern zu. Sie versteht das; sie bringt alle in Gefahr. Sie werden sterben, egal, was passiert, ob Renée bleibt oder verschwindet. Ihre bloße Anwesenheit unter den Menschen hier ist deren Todesurteil. Die Deutschen bestrafen alle, die den Juden helfen. Renée denkt mit einem vagen und lauen Gefühl von Traurigkeit an den Tod der Zivilisten. Ihr mangelt es an Empathie, sie fühlt sich leer, seit ihr Soldat mitgenommen wurde. Zum ersten Mal stellt sie sich allen Ernstes Matthias' Tod vor. Und ihren eigenen. Das Spiel ohne ihn fortzusetzen, findet sie nicht lustig.

Nach Einbruch der Dunkelheit gehen die Deutschen, die sich vor allem im Erdgeschoss aufgehalten hatten, wieder in den Keller. Zwei Soldaten haben einen großen Ohrensessel aus dem Wohnzimmer nach unten gebracht und richten ihn in einer Ecke ein, für ihren Vorgesetzten. Der Offizier stöbert in dem Stapel Schallplatten und wählt eine aus, die er auf das Grammophon legt. Die Stimme von Edith Piaf erfüllt den Keller. Statt die Atmosphäre zu entspannen, schafft die Musik, im Gegenteil, noch mehr Unbehagen. Und Jules sagt sich, gut möglich, dass er Piaf wegen dieses Abends in alle Ewigkeit hassen werde. Der Offizier setzt sich summend in den Sessel. Ein Soldat bringt ihm ein Glas Wein; Jules ist gezwungen worden, die wenigen guten Flaschen, die er hinter einer Mauer des Weinkellers versteckt hatte, herauszugeben. Die Soldaten trinken hemmungslos; sie pfeifen darauf, die alten Burgunder zu schätzen. Sie haben das Bedürfnis, ihr Bewusstsein zu betäuben, sich zu vergessen oder sich vielleicht zwischen zwei Tranchen Krieg ein bisschen wiederzufinden. Schnell breitet sich Trunkenheit unter den erschöpften Männern aus. Sie singen aus voller Kehle, manche versuchen torkelnd ein paar Tanzschritte. Der Offizier wird übellaunig vom Alkohol. Sein Gesicht verfinstert sich bei jedem Schluck; hin und wieder bricht er lauthals in ein böses Lachen aus, um sogleich wieder in düsteres und beunruhigendes Schweigen zu verfallen. Die Zivilisten können einfach nicht schlafen. Micheline fängt wieder an zu weinen. Man versucht, sie zu beruhigen, sie abzulenken, doch sie weint immer intensiver. Der Offizier stürmt in den Keller, seine Handfeuerwaffe auf die Zivilisten gerichtet.

»Ruhe!«, brüllt er.

Alle sind mucksmäuschenstill und rühren sich nicht mehr, außer Micheline. Die Situation setzt ihre Verunsicherung vollends frei, steigert ihre Panik. Sie weint umso mehr, von heftigem, lautem Schluchzen geschüttelt. Sidonie hält sie in den Armen, vollkommen machtlos.

»Bringt dieses Kind zum Schweigen, sofort!«, donnert der Offizier.

Aber jetzt stößt Micheline schrille Schreie aus. Sidonie drückt ihr eine Hand auf den Mund, doch Micheline wehrt sie ab. Der Offizier spannt seine Pistole, zielt ruhig auf Michelines Kopf. Sidonies Gesicht verzerrt sich. Der Offizier will gerade abdrücken, als sich ein Körper zwischen ihn und sein Ziel stellt. Es ist Jeanne, die sich mit dem Rücken zu ihm vorbeugt, um Sidonie das Kind abzunehmen. Das junge Mädchen richtet sich wieder auf, die Kleine in den Armen, und wendet sich dem Deutschen zu. Die Waffe zielt noch immer auf Michelines Kopf. Der Offizier zögert, schließlich senkt er seine Luger. Jeanne geht an ihm vorbei und durchquert rennend den großen Keller. Sie läuft die Treppe hinauf, unverzüglich gefolgt von einem Soldaten. Der Offizier ist noch bei den Zivilisten. Verächtlich betrachtet er die Gesichter. Sein Blick bohrt sich in das von Renée, die neben Berthe sitzt.

»Ist das deine Tochter?«, fragt er Berthe.

»Nein«, antwortet sie. »Renée hat ihre Familie in Trois-Ponts verloren. Sie ist mit dem Lehrer gekommen.«

Der Offizier zuckt die Schultern und geht zu seinem Sessel zurück; er lässt sich hineinplumpsen, greift einen Wein, der am Boden steht, und trinkt in langen Zügen aus der Flasche. Mit dem Lehrer! Na wartet nur, ihr kriegt noch euer Fett ab. Im Morgengrauen, klick! Licht aus. Aber momentan ist er zu müde und zu betrunken. Etwas Schlaf muss sein. Zumindest ein paar Stunden dösen. Seit Tagen hat er kein Auge mehr zugetan. Einige Soldaten fahren fort, zotige Idiotenlieder zu grölen. Es ist noch nicht so lange her, da wären sie dafür bestraft worden. Sie sollen die Klappe halten! Schnauze! Der SS-Mann hat gebrüllt. Die Soldaten sind verstummt. Arme Kerle, ausgehungert und erstarrt. Unter ihnen zwei kaum Fünfzehnjährige. Angsterfüllte große Augen; aber auch Mut, glühende Begeisterung. Sie sind die Helden Deutschlands. Geopfert für den großen Endsieg. Aber der SS-Mann weiß, dass es damit vorbei ist. Das Ende ist nahe. Und diese singenden, lachenden Männer sind jetzt wie die Hopliten des Leonidas, bereit, im Angesicht des gewaltigen Heeres unter Xerxes zu fallen, von Ewigkeit zu Ewigkeit mit Ruhm bekleckert. Wenn das Reich nicht überleben kann, möge es zu sterben wissen, heißt es ungefähr in einer der letzten Reden Görings. Es ist Aufgabe der SS, diesen Sturz, diese in der Geschichte beispiellose Apokalypse zu orchestrieren. Einen erhabenen und schrecklichen Untergang, der auf immer im Gedächtnis bleibt. Eine Träne rollt unter dem halbgeschlossenen Augenlid des Offiziers hervor. Er stimmt sanft ein Lied an: »Wo wir sind, da geht's immer vorwärts, und der Teufel, der lacht nur dazu! Ha, ha, ha, ha, ha! Wir kämpfen für Deutschland, wir kämpfen für Hitler …«, und einige Männer fallen ein. Aber das »Teufelslied« wird schnell von anderen, weniger feierlichen abgelöst. Der Offizier lässt es geschehen. Ein Soldat hat auf seinen Nachbarn gekotzt; ein ekelhafter Geruch breitet sich im Keller aus. Der Offizier dreht sich in seinem Sessel um, steckt den Kopf in den Mantelkragen. Man ist noch nicht am Thermopylen-Pass.

Jeanne war im Stall, saß an die Wand gelehnt genau an der Stelle, wo Matthias sie geliebt hatte. Die Erinnerung an seinen Atem in ihrem Nacken holte sie ein. Sie erschauerte und setzte sich bequemer hin, während sie Michelines Körper an sich drückte. Die Kleine wimmerte leise. Der Soldat, der sie begleitete, stand mit dem Rücken an der Wand. Rauchend blickte er ins Leere. Jeanne bemerkte, dass er nicht mehr der Jüngste war. Er sah mitgenommen aus, hielt sich etwas krumm. Jeanne begann, einen alten Kinderreim für Micheline zu singen. Der Soldat wandte ihr den Kopf zu und setzte sich. *»Aux marches du palais, aux marches du palais …«* Jeanne hatte den Eindruck, dass ihr Gesang dem Soldaten ebenso wohltat wie der Kleinen. Der Mann sah sie mit einem sanften Lächeln an, gleichsam in Erinnerungen verloren. Auch er war einmal ein Kind gewesen, wie die vor Angst zitternden kleinen Geschöpfe im Keller. Auch er hatte das Bedürfnis gehabt, getröstet oder in die Arme genommen zu werden. Dachte er an seine eigenen Kinder in Deutschland? Hier und jetzt war er ein SS-Soldat, derjenige, der die Angst säte, den Wunsch erzeugte, aus seinem Blickfeld zu verschwinden, um nicht ausgelöscht zu werden.

Von Zeit zu Zeit drangen Geschrei von Betrunkenen und Geräusche von zerbrochenem Glas aus den Kellerfenstern. Dann verzog der Soldat bedauernd das Gesicht und wechselte die Haltung, um sich nichts anmerken zu lassen. Jeanne fuhr fort zu singen; das beruhigte auch sie selbst, sie fühlte sich beinah wohl in dieser Stallwärme und dem Geruch der Kühe, mit der an sie geschmiegten Micheline und dem schon älteren Mann, der ihr in fast brüderlichem Schweigen lauschte. Morgen wären sie vielleicht tot, alle drei. Sie dachte ohne Gemütsregung daran, als eine ganz banale Möglichkeit. Der Soldat beugte sich über Micheline, die endlich eingeschlafen war. Er sah Jeanne an und mimte schlafen, während er auf die Kleine deutete und den Daumen hob. Ein gedämpftes Geräusch ließ sie aufhorchen, beide wandten den Kopf zur Stalltür, die offen geblieben war. Der Soldat erhob sich, legte einen Finger an die Lippen und bedeutete Jeanne, sitzen zu bleiben. Er verließ den Stall geräuschlos. Ein wenig verloren, begann sie wieder zu singen. Sie hätte sich gewünscht, der Soldat wäre bei ihr geblieben, ohne sich zu rühren, bis ans Ende der Zeiten. Sie wollte nicht mehr nach unten, die Schreie hören, die Angst spüren, die Feigheit von Hubert und Françoise, nicht mehr mit ansehen müssen, wie ihr Vater durch den Ton und das Gebaren dieses SS-Manns gedemütigt wurde, und vor allem war sie nicht mehr in der Lage, um ihrer aller Leben zu fürchten. »*La belle si tu voulais, la belle si tu voulais, nous dormirions ensemble, lonla …*«

Der Soldat kehrte zurück. Er schlängelte sich zwischen den Kühen hindurch und setzte sich wieder neben Jeanne. Er hielt sich gerader und sein Gang war lebhaft. Sicher hatte dieses kleine Intermezzo ihm ins Bewusstsein gerufen, dass er sich nicht gehenlassen und nicht zu familiär werden durfte. Jeanne hätte trotzdem einen Blick erwartet, ein Lächeln, um zu sagen, es sei alles in Ordnung, es könne so weitergehen wie zuvor, er in seinen Gedanken, sie in ihren, Micheline in ihren Armen. Aber der Soldat blickte auf den Boden. Schließlich hob er den Kopf zu ihr. Zwei helle Pupillen erschienen unter dem Helm. Jeanne öffnete den Mund; Matthias' Hand erstickte ihren Schrei.

»Sing weiter«, sagte er leise.

Jeanne war zu erschrocken, um etwas anderes zu

tun als zu gehorchen. Also sang sie mit schwankender Stimme weiter: *»Aux marches du palais …«* Matthias nahm den Helm ab und fuhr sich mit einer Hand durchs Haar; seit sechsunddreißig Stunden hatte er nicht mehr geschlafen. Jeannes Stimme flößte ihm eine unwiderstehliche Lust ein, die Augen zu schließen. Ein Gedanke schoss ihm durch den Kopf. Dieses junge Mädchen hatte es nicht verdient, inmitten dieser ganzen Scheiße zu sein. Matthias wünschte ihr aus vollem Herzen, dass sie an einen anständigen Kerl geriet, der ihr etwas Fröhlichkeit, ein paar Lebensfunken brächte; einen Mann, der sie aufblühen sähe, ohne ihr das Maul zu stopfen, ohne sie zu schwängern, bis ihr Bauch und ihre Brüste schlaff wären und alles an ihr ausgelaugt, einen, der sie in Frieden älter werden ließe. *»Et nous y dormirions, et nous y dormirions, jusqu'à la fin des mondes, lonla, jusqu'à la fin des mondes.«* Micheline regte sich im Schlaf. Auf ein Zeichen von Matthias legte Jeanne sie behutsam ins Stroh.

»Wo ist sie?«, fragte Matthias.

Natürlich, Renée … Jeanne war unfähig, noch irgendetwas von dem zu verstehen, was in ihr vor sich ging. Wut und Bitterkeit lagen im Widerstreit mit der Freude, Matthias am Leben zu sehen.

»Ich hatte gehofft, sie würden dich töten«, entfuhr es ihr.

»Ich weiß«, erwiderte er mit einem Lächeln.

Sie versetzte ihm eine Ohrfeige. Eine Sekunde lang glaubte sie, er würde zurückschlagen, aber er rieb sich nur die Wange.

»Wie viele sind es, fünfzehn?«, fragte er.

»Ungefähr. Ich habe nicht gezählt!«

»Alle im großen Keller?«

»Ja.«

»Und die Zivilisten?«

»Wo die Amerikaner waren.«

»Und Renée?«

»Der Offizier hat die Kinder nach oben kommen lassen, um ihnen zu essen zu geben. Er hat Renée seltsam angesehen. Ich glaube, er weiß Bescheid.«

Matthias hatte den Panzer gesichtet, nachdem er auf einen Baum am Straßenrand geklettert war, um die Umgebung auszuspähen. Das Blut war ihm in den Adern gestockt, als er erkannt hatte, dass es SS waren, eine Einheit der Panzerdivision Das Reich, die im Juni bei Limoges ein ganzes Dorf massakriert und einige andere patriotische Taten dieser Art vollbracht hatte. Er war ihnen durchs Unterholz gefolgt, und als klargeworden war, dass ihr Weg zu Paquet führte, hatte er gezögert, ob er sich ihnen vor oder nach ihrer Ankunft auf dem Bauernhof hinzugesellen sollte. Er hatte sich für Letzteres entschieden. Unter dem Dach des Kuhstalls verborgen, war er Zeuge der

Aufstellung im Hof, der Drohungen des Offiziers geworden. Er war in Rage geraten, als Werner sein Ersuchen vorgebracht und der Brigadeführer es genehmigt hatte. Vor der Nase des SS-Offiziers war Renée in viel größerer Gefahr. Matthias kannte ihn nicht; doch er hatte sofort geahnt, von welchem Schlag er war. Nicht vom guten.

»Ich begleite dich nach unten«, sagte er zu Jeanne.

»Nein!«

Sie wollte aufstehen, aber Matthias packte sie am Handgelenk und zwang sie, sitzen zu bleiben.

»Ich schreie, ist das klar?«, flüsterte sie.

Sie versuchte, ihren Arm aus Matthias Griff zu befreien. Aber er nahm sie bei den Schultern und zog sie an sich, wollte sie küssen. Jeanne sträubte sich; ihre Lippen blieben geschlossen. Unter anderen Umständen hätte Matthias das amüsant gefunden, aber nicht heute. Er drückt seinen Mund noch fester auf den der jungen Frau, versucht ihn zu öffnen, vergebens. Er lässt von den Lippen ab und gleitet zum Hals hinüber, spürt aber, wie sich die Muskeln und Nerven unter seiner Berührung verkrampfen. Na schön, er wird nicht die Nacht damit verbringen! Jeannes Widerstand versetzt ihn jetzt in kalte Wut. Am liebsten würde er ihr sein Messer in die Eingeweide stoßen, spüren, wie sich ihr Körper, langsam in seine Arme sinkend, unterwarf. Die Tötungsmaschine ist wieder angelaufen, seit er Dan ins Jenseits befördert hat, gefolgt von Max und Treets und gerade eben dem alten SSler. Jeanne wehrt ihn verbissen ab, dreht das Gesicht weg, windet sich in alle Richtungen. Er sieht sich zuschlagen, sie mit aller Kraft verprügeln. Dumme Gans! Er geht mit einer Hand an ihre Scheide, während er sie mit der anderen fest am Nacken hält. Jeanne kann nicht mehr, ihre Augen füllen sich mit Tränen. Die Angst hat sie gepackt. Matthias spürt es förmlich auf ihrer unter dem Haaransatz feucht werdenden Haut. Endlich lässt er sie los. Sie bricht in Tränen aus. Matthias wendet sich seufzend ab. Plötzlich umschlingt sie ihn, schmiegt sich in seine Arme, schluchzend wie ein Kind. Na bitte, es brauchte nur ein bisschen Geduld. Jeanne hebt das Gesicht, sucht Matthias' Mund und küsst ihn leidenschaftlich.

Sie kehren in den Keller zurück, Micheline schlafend in Jeannes Armen. Matthias geht hinter ihr, den Helm über die Augen gezogen. Die Soldaten wälzen sich am Boden. Manche schlafen, andere lallen ein Trinklied, halb im Koma. Der Offizier sitzt offensichtlich eingeschlafen in dem Ohrensessel. Matthias und Jeanne durchqueren den großen Keller. In dem Moment, als Jeanne den Keller der Zivilisten betritt, wacht ein Soldat aus seinem Schlummer auf und zupft Matthias an der Hose.

»War sie gut, die kleine Demoiselle?«, fragt er mit schwerer Zunge.

»So gut wie eine Sachertorte«, antwortet Matthias.

Der Soldat grinst blöde und klammert sich, lauter werdend, weiter an sein Hosenbein. Matthias dreht sich blitzschnell um, nimmt den Kopf des Soldaten zwischen beide Hände und bricht ihm mit einer einzigen Bewegung das Genick. Er legt den baumelnden Kopf vorsichtig auf den Boden. Als er sich wieder aufrichtet, steht Renée vor ihm. Sie betrachtet den toten Mann am Boden mit gleichgültiger Miene. Matthias schenkt Jeanne einen letzten Blick. Er weiß, morgen, wenn der Offizier Renées Abwesenheit und den Mord an den beiden Soldaten entdeckt, wird er sie zweifellos alle erschießen lassen, oder nur einige, ganz wie es ihm beliebt. Das weiß auch Jeanne. Erst vor ein paar Minuten, als sie Matthias küsste, hat sie sich ausgestreckt im Schnee liegen sehen, leblos. Aber sie wird tun, was er verlangt.

Renée geht vor Matthias her; sie haben die Treppe fast erreicht, als ein Schreien die Stille zerreißt. Es ist die Stimme der kleinen Micheline, die aus einem Albtraum erwacht. Der Offizier hat sich aufgerichtet. Matthias und Renée befinden sich fast direkt ihm gegenüber. Matthias zögert eine Sekunde, dann lässt er Renée kehrtmachen und stößt sie in den Keller der Zivilisten. Der Offizier hat sich erhoben, er lädt die

Pistole durch und geht mit großen Schritten auf die Quelle der Schreie zu. Er tritt ein, sieht Micheline weinend in Sidonies Armen, richtet seine Waffe auf das Kind und schießt. Alles schreit. Aber Micheline ist unversehrt und kreischt umso lauter. Jules stürzt sich auf den Offizier. Wieder ein Schuss. Jules hält inne, überrascht. Seine Schulter ist mit Blut befleckt. Der Offizier befiehlt alle Mann nach draußen, auf den Hof. Die Zivilisten steigen unter Schlägen und Gebrüll der Soldaten die Treppe hinauf. Matthias hat sich unter die letzteren gemischt. Im allgemeinen Chaos hat niemand den am Boden liegenden Toten im Keller bemerkt. Draußen wird es gerade hell, zum ersten Mal seit Tagen ist der Himmel klar. Der Brigadeführer lässt die Zivilisten in eine Reihe treten. Sein hasserfüllter Blick fegt über ihre Gesichter, ehe er sie befragt:

»Wo ist die Jüdin?«

Renée hat sich hinter Berthe versteckt. Der Offizier wiederholt seine Frage mit derselben monotonen Stimme. Werner hebt die Hand, um zu sprechen.

»Es war einer von Ihren Leuten, der sie hergebracht hat«, sagt er auf Deutsch. »Er war als Amerikaner getarnt …«

»Es reicht«, unterbricht der Offizier.

Er ist sehr blass. Seine Lippen beben vor Zorn.

»Ihr werdet alle erschossen.«

Françoise tritt zwei Schritte vor. Sämtliche Gesichter wenden sich ihr zu. Sie deutet auf Renée, hinter Berthes Rücken.

»Da ist sie, die Jüdin«, sagt sie tonlos.

Der Offizier nähert sich dem Kind, gefolgt von einem Soldaten. Er mustert es einen Augenblick, dann gibt er dem Soldaten, der ihn begleitet, ein Handzeichen, ohne Renée aus den Augen zu lassen.

»Exekutieren«, befiehlt er.

Der Soldat geht vor Renée in Stellung, mit dem Rücken zu dem Offizier. Er legt auf sie an. Die Kleine hebt den Kopf und sucht seinen Blick. Das letzte Mal, als sie dem in die Augen gesehen hat, der sie erschießen wollte, hat es ihr Glück gebracht. Ihr Gesicht leuchtet auf.

»Worauf wartest du?«, bellt der Offizier in Matthias Rücken.

Matthias schwenkt um und schießt. Der Offizier erstarrt, einen verblüfften Ausdruck im Gesicht, und bricht zusammen, die Stirn von einer Kugel durchbohrt. Der Soldat hinter ihm hat keine Zeit, sich von dem Schock zu erholen; bevor er seine Waffe auf Matthias richten kann, findet er sich mit blutüberströmtem Bauch am Boden wieder. Ein anderer SSler macht sich daran, die Zivilisten mit dem Maschinengewehr niederzumähen, aber ihm fährt ein Messer in die Kehle, das Matthias sofort wieder zurückzieht, um es dem nächsten, der neben ihm aufgetaucht ist, in den Unterleib zu rammen. Alles passiert mit wahnwitziger Geschwindigkeit in einer Art Choreographie, die hundertmal geprobt erscheint, vor den fassungslosen Augen der Zivilisten. Renée ist ein Stück weit über den Hof gerannt. Ein verwundeter Soldat hat sie im Visier, fällt aber unversehens, von einem Pfeil in die Brust getroffen. Ein anderes Geschoss hat sich gerade in den Rücken dessen gebohrt, der gegen Matthias kämpft. Die Zivilisten werfen sich auf den Boden, fliehen zu den Nebengebäuden oder ins Innere des Wohnhauses. Matthias überquert im Laufschritt den Hof und schnappt Renée, die hinter dem Pferdegerippe Schutz gesucht hat. Unterdessen prasseln weitere Pfeile treffsicher auf die Deutschen nieder.

Auf dem Taubenschlag spannt Philibert, ein Liedchen summend, seine Armbrust und schießt mit jubelndem Herzen. Als er beschlossen hatte, den Bauernhof zu verlassen, gleich nachdem »Mat-der-einsame-Cowboy-aus-Kanada« entlarvt worden war, hatte er sich gesagt, er könne draußen sicher nützlicher sein als drinnen, festgenagelt in dem Haufen vollkommen durchgedrehter Amerikaner. Seitdem hatte er ununterbrochen die Bewegungen im Umkreis des Gehöfts ausgespäht und Neuigkeiten über die militärische Lage gesammelt. Voller Angst hatte er die Ankunft der Deutschen beobachtet, ohne zu wissen, was er tun sollte. Dann war er erneut kundschaften gegangen und auf Amerikaner gestoßen, die sich in großer Zahl und gut bewaffnet in Richtung des Gehöfts bewegten. Von diesen Soldaten hatte er erfahren, dass die Flugzeuge endlich abheben sollten. Vielleicht stand das Ende des Krieges unmittelbar bevor.

Mattias rennt mit der Kleinen unter dem Arm auf den Stall zu, verfolgt von einem Soldaten. Wieder spannt Philibert die Armbrust und schießt, doch dem Soldaten gelingt es noch, ebenfalls zu schießen und Matthias zu treffen, der mit Renée nach vorne fällt. Die Kleine steht wieder auf, wendet sich um. Der Boche, den Pfeil im Rücken, bricht über Matthias zusammen. Renée rennt weiter und erreicht den Stall. Sie verschwindet aus Philiberts Blickfeld.

Die Zivilisten haben sich im Wohnhaus versammelt, außer Hubert und Werner, die ins Backhaus geflüchtet sind, sowie Micheline, die mit starren, weit aufgerissenen Augen im Hof liegt, inmitten einer Blutlache. Aus der Luft ist ein Dröhnen zu vernehmen. Jules geht ans Fenster. Zwei oder drei alliierte Flugzeuge durchziehen den Himmel und nehmen das Gehöft unter Beschuss. Soldaten in amerikanischer Uniform tauchen unter dem Vorbau auf. Die beiden letzten SS-Soldaten, die noch auf den Beinen sind, ergeben sich mit erhobenen Händen den Neuankömmlingen.

Matthias hat einige Sekunden lang das Bewusstsein verloren. Er kommt wieder zu sich, erdrückt vom Körper des auf ihn gefallenen Soldaten, der noch schwach zu atmen scheint. Matthias ist im unteren Rücken getroffen worden, und der Schmerz breitet sich im ganzen Brustkorb aus. Er erkennt das charakteristische Geräusch der Spitfires, der mythischen Jagdflugzeuge der britischen Armee. Er sagt sich, das Fußvolk sei sicher nicht mehr weit entfernt. Es kostet ihn eine riesige Anstrengung, den schweren und noch warmen Körper des über ihm liegenden Sterbenden zu bewegen. Er kriecht unter dem SS-Mann hervor, kann sich mühsam auf die Knie erheben, blickt in Richtung Stall und entdeckt Renée. Er schleppt sich bis zu ihr und mit ihr in den Stall, wo er sich an eine Wand sinken lässt, um zu verschnaufen. Renée steigen Tränen in die Augen, als sie das Blut aus seiner Seite strömen sieht.

Philibert klettert den Taubenschlag hinunter, ohne sich von den Amis erwischen zu lassen, schleicht zum Stall, in dem er Renée und Matthias hat verschwinden sehen. Und tatsächlich, da sind sie. Der Deutsche ist in sehr schlechter Verfassung, blutet wie eine abgestochene Sau, schon wachsbleich im Gesicht, die schönen hellen Augen sind trübe wie der Selbstmördersee. Auf Matthias' Bitte beginnt Philibert in aller Eile, Salomon zu satteln, fragt sich aber, wie der Bursche sich wohl auf dem Pferd halten will. Die Kleine weint, ihr Patschhändchen in der Hand ihres Soldaten. Sie berührt seine Wunde, um sich gleich danach die Augen zu wischen. Und jetzt steht sie da, ganz blutverschmiert, und er schafft es, zu lächeln; aber man sieht, dass er kaum die Augen offen halten kann. Er schwitzt sehr stark. Sicher schon das steigende Fieber.

Philibert nimmt einen Eimer, der irgendwo in der Ecke steht, und füllt ihn an der Pumpe hinter dem Stall mit Wasser. Matthias trinkt in großen Schlucken, die ihm etwas Kraft zu geben scheinen. Philibert zieht sein eigenes Hemd aus, zerreißt es und wickelt es so fest er kann um Matthias' Becken, in der Hoffnung, die Blutung ein wenig zu drosseln. Dann hilft er Matthias auf und hievt ihn in den Sattel. Er setzt Renée zwischen seine Beine. Sie verlassen den Stall durch die Hintertür, die auf die Felder hinausgeht. Matthias schaukelt auf Salomons Rücken hin und her. Die notdürftige Bandage ist bereits mit Blut durchtränkt. Aber er richtet sich wieder auf, gibt dem Tier einen Impuls und es beginnt zu traben.

Renée spürt den Wind auf ihrem Gesicht, als das Pferd schneller wird. Es ist jetzt im Galopp, und Matthias' Körper hinter ihr scheint unter Kontrolle zu sein. Die Kleine hält sich gut an der Mähne fest; sie sitzt sicher zwischen den kräftigen Schenkeln, die ihre Beine umschließen, und dem aufgerichteten Oberkörper im Rücken. So reiten sie dahin, als ein Flugzeug über sie hinwegfliegt, dann an Höhe verliert und eine Schleife über ihnen dreht, wie um sie aus der Nähe zu betrachten. Renée weiß, dass Matthias im Sterben liegt; sie sieht das Blut von Salomons fahlgelbem Fell tropfen. Sie hört das Atmen über ihrem Kopf immer beschwerlicher werden. Eine von Matthias Händen lässt einen Augenblick den Zügel fahren und legt sich wie zur Beruhigung um das Kind. Am Rand des Feldes angelangt, biegen sie zum Wald ab. Salomon nimmt das Tempo zurück. Matthias' Körper wird schwerer, sein Kopf sinkt über den von Renée. Sie dreht sich um, ruft ihn, zwingt ihn, das Kinn zu heben. Er kommt wieder zu sich, deutet ein Lächeln an und fällt in einen halbbewussten Zustand zurück. Im gemächlichen Schritt des Zugpferds dringen sie in den Wald ein.

Matthias hatte es geschafft, Salomon bis zu Jules' Hütte zu führen. Vor der Schwelle war er vom Pferd gerutscht und ins Koma gefallen. Er triefte vor Schweiß, bekam Anfälle von Schüttelfrost. Renée versuchte, ihn zu wecken; sie rief ihn, kühlte sein Gesicht mit Schnee, vergeblich. Um sie herum herrschte absolute Stille, keine Detonation mehr, kein Motor, keinerlei Geräusch, das mit dem Krieg zu tun hatte, nur das Weinen des Kindes, das sich angesichts der reglosen Züge des Deutschen immer heftiger steigerte. Der Himmel über ihnen war blau und kristallklar, und Renée verharrte lange, die Augen zu dieser in Licht und Farbe ganz neuen Öffnung erhoben. Sie rüttelte Matthias' Körper, schrie seinen Namen. Schließlich ohrfeigte sie ihn aus schierer Verzweiflung. Er wachte auf und schleppte sich zu der alten Matratze vor dem Kamin. Renée machte Feuer, deckte ihm den Oberkörper mit ihrem kleinen Mantel zu. Sie holte Wasser von der Quelle und versuchte, es ihm einzuflößen. Aber er war vollkommen bewusstlos, sein Kopf zu schwer für ihre Hände. Langsam verließ Matthias sie.

Sie dachte daran, auf dem Rücken Salomons, der seinen Weg finden würde, zum Hof zurückzukehren, um Hilfe zu holen. Aber sie fürchtete, der Tod könne ihre Abwesenheit nutzen, um Matthias zu holen. Also blieb sie bei ihm, tupfte ihm die Stirn und den Hals mit einem feuchten Lappen ab. Sie sprach mit ihm, bat ihn, bei ihr zu bleiben. Er begann auf Deutsch zu murmeln. Ein seltsames Röcheln kam aus seiner Brust. Für einen kurzen Moment schlug er die Augen auf, aber er sah sie nicht mehr.

Zwei Stunden später war Philibert gekommen. Er hatte Matthias' Wunde gereinigt und ihm einen Verband aus sauberem Tuch angelegt. Die Blutung hatte aufgehört, aber Matthias war immer noch bewusstlos und glühte vor Fieber. Philibert kehrte um und holte Ginette. Der Heilerin gelang es, die Kugel aus dem Körper des Deutschen zu entfernen; sie wachte vier Tage und vier Nächte über ihn, bei der schlimmsten Kälte, trotz des Feuers, das Philibert beständig unterhielt. Die Alte war gefesselt von der außergewöhnlichen Konstitution dieses Mannes, von dem unbändigen Lebenswillen, der jede Faser seines Körpers und Geistes beseelte und ihn fast über das Menschenmögliche hinaus kämpfen ließ. Für jemanden, der das Dasein so tief zu verachten schien, war er erstaunlich zum Leben begabt.

17

Die Ardennenschlacht endete am 24. Januar, nach der Einnahme von Saint-Vith durch die Alliierten. Es hatte noch bedeutende Truppenbewegungen gegeben, und während des Vormarsches auf Houffalize und auf Saint-Vith hatte der Bauernhof zum dritten Mal amerikanische Soldaten beherbergt. Gegen Ende Januar war Matthias wieder imstande, aufzustehen und zu laufen. Jules und Philibert richteten die Hütte etwas besser ein, brachten ein paar Möbel, ein Bett, und es wurde vereinbart, dass Matthias dort versteckt bleiben sollte, bis er in der Verfassung war, seiner Wege zu gehen. Denen, die Zeugen der Ereignisse um Weihnachten geworden waren, hatte man gesagt, Matthias sei tot. Nur die Angehörigen der Familie Paquet sowie Philibert und Ginette wussten über den Aufenthalt des Deutschen im Wald Bescheid. Renée blieb auf dem Bauernhof. Sie durfte Matthias besuchen und ein paar Stunden in seiner

Gesellschaft verbringen. Philibert brachte sie hin und holte sie wieder ab.

Die Momente mit dem Kind waren nicht das, was Matthias sich vorgestellt hatte. Renées Anwesenheit stürzte ihn in ein unsägliches Unbehagen. Dabei hatte er gehofft, wieder mit ihr allein zu sein; er hatte sich vertrauliche Momente der gleichen Art vorgestellt, wie sie sie in der Hütte erlebt hatten. Hinausgezögerte Momente im Zustand der Gnade, so vollkommen, so intensiv, dass sie wie geträumt erschienen. Jetzt merkte er, dass es ihm unmöglich war, so etwas noch einmal zu erleben. Die Dringlichkeit und eine gewisse Art von Unbekümmertheit mitten im Wahnsinn und im Winter hatten dieses wunderbare Zwischenspiel erlaubt. Jetzt ging es darum, an die Zukunft zu denken; sie mit Renée zu planen überstieg sein Vermögen. Er zweifelte an seiner Fähigkeit, ihr das zu geben, was sie von ihm erwartete. Er war und blieb ein Asozialer, von Grund auf desillusioniert, überzeugt von der Nichtigkeit des Daseins, insbesondere des eigenen.

Renée nahm die Befangenheit zwischen ihnen sehr deutlich wahr; Matthias vermied so weit wie irgend möglich den Körperkontakt, sprach wenig und wandte sich manchmal ab, wenn sie ihn ansah. Wenn sie abends ging, fühlte er sich erleichtert, ertappte sich aber dabei, mit fieberhafter Ungeduld auf ihren nächsten Besuch zu warten. Und wenn sie dann ein paar Minuten bei ihm war, hätte er gewünscht, sie wäre wieder gegangen.

Er war so unglücklich, dass er daran dachte, zu fliehen, die Hütte wie ein Dieb zu verlassen. Morgens bereitete er sich auf den Aufbruch vor, und am Abend saß er noch immer da, rauchend, den Blick in der Ferne. Er wollte nicht mit Renée leben, konnte sich aber noch nicht dazu entschließen, ohne sie zu leben.

Die Kleine hatte genau verstanden, was ihn quälte. Sie versuchte, sich für die Ereignisse zu rüsten, die sie besser voraussah als er selbst. Sie besuchte ihn in größeren Abständen, dann beschloss sie, gar nicht mehr zu ihm zu gehen. Sie wusste, das war es, was er wollte. Und das war es, was sein musste. Auf dem Hof wunderte man sich, aber im Grunde war man nicht böse darum. Der Deutsche würde bald das Weite suchen und die Kleine ihre Familie wiederfinden. Dieses Paar könne nicht sein; das gehöre sich nicht, sagte Berthe. Alles musste in die gewohnten Bahnen zurückkehren.

Jules und Matthias sitzen einander gegenüber in der Hütte, vor dem Feuer. Der Bauer meint, es sei Zeit, Renées Eltern wiederzufinden. Matthias antwortet nicht, begnügt sich damit, Jules Blick mit seinen harten, undurchdringlichen Augen zu durchbohren.

Jules hat beschlossen, nach Brüssel zu fahren, sobald der Krieg zu Ende ist, um Nachforschungen anzustellen.

Der gute Mann redet davon, als wären die Leute zur Kur gefahren. Wo es doch so gut wie keine Aussicht gibt, dass sie noch am Leben sind. Matthias hütet sich wohlweislich, es seinem Gegenüber zu sagen; er hat nicht die geringste Lust, ein Bild von den Überlebensbedingungen in den Lagern zu entwerfen. Also, ja, Renées Eltern wiederfinden … Renée selbst erwartet nichts mehr, das weiß er. Sie hat die Hoffnung schon lange aufgegeben. Plötzlich fragt er sich, wie sie wohl reagieren würde, wenn man ihr ankündigte, ihr Vater, eine Tante oder einer ihrer Brüder sei durch ein Wunder verschont geblieben. Sie wäre wahrscheinlich glücklich, aber auch erschüttert, wie jedes Kind. Vielleicht zu erschüttert, um glücklich zu sein. Matthias' Erfahrung in Sachen Kind ist zu bescheiden, als dass er sich die geringste Vorstellung davon machen könnte.

Jules hat Jeanne verboten, zu Matthias zu gehen, aber sie gehorcht ihm nicht. Bei Einbruch der Dunkelheit verlässt sie den Bauernhof und kehrt in der Morgendämmerung zurück, um in ihr Bett zu schlüpfen. Matthias nutzt die Situation voll aus. Warum sollte er auf Jeannes Reize verzichten, auf diese ihr eigene Art, sich hinzugeben, mit einer Leidenschaft, die ihn alles andere vergessen lässt? Sie ist bis über beide Ohren verliebt, gewiss, aber wenn er fortgeht, wird sie sich davon erholen. Sie ist keine von denen, die sich zu Tode hungern oder sich von einer Brücke stürzen. Im Übrigen bringt sie jedes Mal zu essen mit, und zwar das Beste, was es in diesen Zeiten gibt, in denen die Speisekammern sich wieder zu füllen beginnen und man nach und nach die Lust an den Dingen wiederfindet.

Die Stunden vergehen zu langsam. Matthias wird es allmählich leid, zu jagen, Feuer zu machen, ja sogar Jeannes Körper wird er leid, ihre blinde Leidenschaft; er hält es nicht mehr aus. Er braucht Luft, frische Luft unter freiem Himmel, er will in die raue Einsamkeit und Wildheit des hohen Nordens zurück. Sich in den unermesslichen eisigen Weiten verlieren. Er hat einen Wiederholungstraum, in dem der Rupert ihm erscheint, der ungestüme Rupert River, den er über alles liebt und der ihm fast das Leben geraubt hätte. Er ist die natürliche Grenze, jenseits derer sich die Welt radikal verändert, zu etwas Wesentlichem und Ursprünglichem wird, ein Universum, das sich Matthias ewig entziehen und darum nie aufhören wird, ihn zu faszinieren.

Aber der Krieg zieht sich in die Länge. Was kann der Schnauzbart eigentlich noch hoffen, in der Zange zwischen den Russen und den Alliierten, mit seiner ausgebluteten Armee, seinem zugrunde gerichteten Volk und Land? Auch den eifrigsten Fanatikern muss das mittlerweile etwas lang erscheinen. Es dürfte kaum noch einer übrig sein außer Goebbels und seiner hysterischen Frau, um sich abends im unterirdischen Bunker die Geschichten vom Super-Arier zu erzählen, dem einsamen Helden, Herrn einer von anderen Super-Ariern bevölkerten Welt, alle identisch in ihrer strahlenden »Blondheit«, körperlich wie geistig. Aber Super-Arier ist nicht von einem geheimnisvoll verschwundenen Kontinent aufgetaucht, um Deutschland vor der Katastrophe zu retten. Obwohl man ihm doch ganze Völker geopfert hat … Es sei denn, der ganze Nazisaustall hätte nie einen anderen Zweck gehabt als seine eigene Vernichtung. Hatte der Schnauzbart nicht Albert Speer gebeten, Bauwerke zu errichten, die einmal in Trümmern grandios aussähen?

Am 8. Mai kapituliert Deutschland endlich. Matthias hört die Klänge der Volksfeste überall in der Gegend, den Schall der fröhlichen Schreie und Lieder, den der Wind von Paquets Hof herüberträgt. Freut euch, Leute, und schlaft in seliger Ruh! Bis zum nächsten Mal.

Seit Wochen ist Renée nicht mehr gekommen. Matthias dachte, die Paquets hätten es ihr verboten, aber nein. Er war ganz fassungslos, als Jules ihm sagte, sie habe das selbst entschieden. Sie hatte genau gewusst, was sein musste, als sie Matthias' Verunsicherung spürte, wie immer. Sie hatte die notwendige Haltung angenommen, diejenige, auf die er hoffte, ohne den Mut zu haben, es zuzugeben.

Er hört ein Knistern draußen und springt auf. Aber es ist nur Philibert, allein, mit einem vollen Fresskorb. Die gute Berthe muss sich wohl ein bisschen geschämt haben, zu schlemmen und zu feiern, während »der Boche« ganz allein in seiner Hütte nicht viel zu beißen hat. Matthias hört sie mit ihrer verkniffenen Miene sagen: »Der Krieg ist für alle zu Ende.« Sie empfindet das Bedürfnis, sich für eine großzügige Geste gegenüber »dem Feind« zu rechtfertigen. Denn das ist Matthias für sie und wird es immer bleiben. Also hat sie Philibert beiseitegenommen und ihm den Korb anvertraut, nicht ohne ihm gut geraten zu haben, sich nicht allzu lange bei dem großen bösen Wolf aufzuhalten.

Philibert klopft zweimal an die angelehnte Tür. Matthias hat gute Lust, eine Brummstimme anzunehmen und zu rufen: »Drück nur auf die Klinke!« Der Junge kommt herein, setzt ein verlegenes Lächeln auf, wie immer. Der Deutsche beeindruckt ihn sehr und macht ihm etwas Angst. Mit schiefen Grimassen, an die Matthias sich nicht ganz gewöhnen kann, packt er das Essen aus. Es gibt Waffeln, Schinken, Brot, Butter und sogar eine Flasche Rotwein. Matthias beginnt zu essen; wirklich, in letzter Zeit war er ziemlich auf Diät. Jeanne bringt nicht mehr viel mit, wenn sie gelegentlich zu ihm kommt. Auf dem Bauernhof scheint man ihn ein wenig zu vergessen.

Es ist Abend. Jules sitzt am Tisch, Matthias gegenüber. Vor dem Bauern liegt ein aufgeschlagenes kleines Heft voller Notizen, die er in Eile hingekritzelt hat. Jules tut sich schwer damit, etwas zu sagen; mehrmals öffnet er den Mund, besinnt sich aber anders. Schließlich fängt er an:

»Die Kleine hat niemanden mehr. Ihre Eltern sind deportiert worden … nach Aus … Auch …«

»Auschwitz«, entscheidet Matthias.

Jules hebt die Augen, aus denen Überraschung und Entsetzen spricht, und trifft auf den eisigen Blick des Deutschen. Er schluckt, vertieft sich wieder in das Heft.

»Genau …«, setzt er wieder an. »Sie sind im Januar 1943 abgefahren, mit Sonderzug … neunzehn. Von dem ist noch niemand zurückgekehrt.«

Erneut blickt er zu Matthias auf, sucht das Zeichen eines Gedankens, eines Gefühls in dem blassen, gleichmütigen Gesicht. Er fährt fort; seine Stimme zittert leicht:

»Ihre Eltern waren 1939 nach Deutschland gekommen …«

Matthias weiß das alles, er hat geahnt, was Jules ihm verkündet, schon die ganze Zeit. Die Geschichten der Deportierten werden erst anfangen, um die Welt zu gehen, und sie werden fast alle gleich sein, von einer unergründlichen Traurigkeit, aber letztlich ganz banal. Jules seufzt, schlägt das Heft wieder zu.

»Da steht alles drin«, sagt er und schiebt es zu Matthias hinüber. »In Brüssel haben sie mich gefragt, ob sie noch etwas bei mir bleiben könnte. Es gibt Heime, die Kinder wie sie aufnehmen, aber die schiere Zahl wächst ihnen über den Kopf …«

»Ich brauche das Heft nicht«, unterbricht Matthias ihn.

Jules sieht den Deutschen ernst an.

»Ich lasse es dir trotzdem da.«

Jules zieht einen Umschlag aus der Tasche.

»Und hier deine Papiere«, erklärt er, während er den Umschlag auf den Tisch legt. »Gut, also dann … ich muss zum Vieh, es ist bald Zeit …«

Matthias nickt nur mit dem Kopf. Jules erhebt sich, unschlüssig, geht zur Tür. Dann wendet er sich um.

»Jeanne war in Lüttich im Kino … In der Wochenschau haben sie die Befreiung … der Lager gezeigt …«

Aha. Da wären wir endlich. Das erklärte, warum Jeanne in letzter Zeit lieber zu Hause in der guten

Stube geblieben war. Der Bauer fragt, ob Matthias wisse, was man mit den Menschen dort gemacht habe. Ja, er wisse es. Ob er sich daran beteiligt habe? Ja und nein, er habe eine ganze Reihe von Menschen in die Lager geschickt, indirekt, aber nicht dort gearbeitet.

»Gut«, schließt Jules.

Es gab in der Tat nichts anderes zu sagen. Matthias tat es leid um Jeanne. Was sie entdeckt hatte, war unermesslich. Die ganze Welt würde lange brauchen, um sich von diesem Albtraum zu erholen. Aber im Augenblick musste man versuchen, zu leben.

Jules ging in die Nacht hinaus. Matthias schürte das Feuer. Renée hatte also ihre ganze Familie verloren. Sie würde bei Paquet bleiben, bis man sie in einem dieser Heime für jüdische Waisen unterbrachte. Sie würde sich Dutzenden traumatisierten Kindern hinzugesellen. Wahrscheinlich würden sie alle miteinander auf Hebräisch singen, Makramee knüpfen und Kartoffeln schälen. So musste das wohl sein … Matthias legte einen Holzscheit in die Glut, zündete sich eine Zigarette an. Nein, das ging nicht, ganz und gar nicht. Das war es nicht, was er sich für Renée vorstellte, und vor allem nicht, was sie selber wollte. Hoffte sie, dass Matthias sie mitnahm, sie erzog wie seine Tochter? Er war absolut nicht bereit, Vater zu sein. Nie und nimmer.

Er setzt sich wieder an den Tisch, öffnet den Umschlag mit den falschen Papieren. Er heißt jetzt Matthias Grünbach, geboren in Raeren, Belgien. Eine neue Geschichte, eine neue Vergangenheit, die es zu erfinden gilt. Allmählich verheddert er sich selbst in diesem Wust von Identitäten, den er mit sich herumschleppt wie man lästige Cousins dritten Grades mit in die Ferien schleppt.

Seit er einige Monate zuvor aus dem Koma erwacht ist, bringt er seine zahlreichen Leben manchmal durcheinander; er vermischt Elemente der Realität mit denen der Fiktion. Aber war diese Unterscheidung überhaupt von Bedeutung, wenn die Lüge als Meister über das Dasein geherrscht hat? Seine Jahre der Ausschweifung im Berlin der Vorkriegszeit erscheinen ihm gegenwärtig nicht realer, nicht »wahrer«, als all die Phantasieerlebnisse, die Persönlichkeiten, die er sich für einen Abend oder ein paar Monate zugelegt hat. Er steht auf und nähert sich dem Fenster. Sein Widerschein entlockt ihm ein innerliches Grinsen. Sein Haar ist gewachsen, weniger schwarz als bei seinen letzten Einsätzen. Mit der natürlichen Haarfarbe, einem kupferstichigen Mittelbraun, wirkt er eher wie ein Chorknabe. So, wie er heute aussieht, hätte der Yankee ihn sicher nicht enttarnt. Und wäre vielleicht noch am Leben. Zu dumm. Er stößt eine Rauchwolke aus, und sein Bild verschwimmt.

Er nimmt das Heft, in dem Jules die Informationen über Renée notiert hat, zögert, es aufzuschlagen. Das alles geht ihn nichts mehr an. Renée muss ihr Leben leben, und er das Seinige. Nervös dreht und wendet er das Heft, hält es über die Flammen, besinnt sich eines Besseren und legt es auf den Tisch. Am Ende schlägt er es doch auf und überfliegt die Seiten. Seine Augen bleiben an einem Wort hängen. Rebeca. Jules hat den Vornamen mit nur einem c geschrieben. Matthias schlägt das Heft wieder zu. In einer Woche wird er nicht mehr da sein, das steht fest.

Es ist ein grauer, kühler Tag. Ein leichter Nebel hüllt die Dinge ein, so dass die Konturen etwas unscharf erscheinen. Man möchte meinen, ein Wintertag, obwohl alles grünt. Renée sitzt Matthias gegenüber am Tisch. Sie essen den Kuchen, den sie mitgebracht hat. Philibert ist mit der Kleinen hergekommen und wird sie in ein paar Stunden wieder abholen. Matthias hat darum gebeten, Renée zu sehen, und sie hat ihr neues rotes Kleid angezogen. Er kaut schweigend, ein wenig mürrisch.

»Na, du könntest ruhig sagen, dass er gut ist«, bemerkt das Kind.

Matthias lächelt.

»Er ist gut.«

Renée hat sich verändert. Sie ist größer geworden.

Und ihr Ausdruck hat etwas Neues, das Matthias nicht richtig definieren kann. Eine Distanz, eine Ungezwungenheit, die ihn entwaffnen, ihn stutzig machen. Ihr Haar reicht jetzt den halben Rücken hinunter. Eine Flut schwarzer, leicht bläulich schimmernder Wellen, die unter einem roten Samtband am Hinterkopf hervorquillt. Sie hält sich sehr aufrecht, das Kinn erhoben. Mit einem Funken Ironie in den Augen sieht sie ihm beim Essen zu. Matthias hatte gedacht, sie würde bei diesem Wiedersehen bewegt und etwas düster sein, mit dieser gespannten Intensität im Blick, mit jeder Faser ihres Wesens ganz auf ihn bezogen. Er ist überrascht.

»Hast du dich nicht allzu sehr gelangweilt, so alleine?«, fragt die Kleine.

»Nein«, antwortet er.

Renée weiß, dass er lügt. Sie weiß auch, dass er im Aufbruch begriffen ist. Ohne sie. Dass er sie sehen wollte, um es ihr zu sagen. Sie hat darauf gewartet, dass er sich meldete, wochenlang. Sie dachte nur an ihn, jede Stunde, jede Minute. Und eines Abends, beim Essen, war ihr zu ihrer Überraschung bewusst geworden, dass Matthias ihre Gedanken nicht den ganzen Tag lang eingenommen hatte. Sie hatte einfach jeden Moment voll ausgelebt, wie vorher. Renée hatte sich für sein Fortgehen gerüstet. Aber indem sie sich entschloss, ihre Besuche einzustellen, spürte sie irgendwie, dass sich die Bindung an ihn weiter verfestigte. Das Kind hatte geahnt, dass die Abwesenheit Gefühle wiederbeleben, den Mangel vertiefen konnte. Sie beobachtet Matthias beim Kuchenessen. Sie hat ihm gefehlt.

Auch Renée findet, dass er sich verändert hat. Seine Augen haben ein wenig von ihrem Glanz verloren, die nach unten gezogenen Mundwinkel verleihen ihm den Ausdruck eines unwilligen kleinen Jungen. Er ist dicker geworden und bewegt sich weniger geschmeidig. Er erinnert sie an ein Foto, das sie bei den Paquets in einer Zeitschrift gesehen hat, eine Aufnahme aus dem Zoo, auf der ein Tiger schlaff in einem Käfig liegt, in den er kaum hineinpasst, und seine wunderschönen Augen müde zu dem Fotografen hebt. Renée verlässt ihren Stuhl und legt Matthias eine Hand auf die Schulter.

»Es wird alles gut«, sagt sie. »Wann willst du gehen?«

Er verschluckt sich an einem Kuchenkrümel, hustet. Sie klopft ihm auf den Rücken. Er trinkt einen Schluck Wasser. Renée hat beschlossen, ihm die Sache zu erleichtern. Sie möchte die letzten Momente mit ihm nicht von dem belastet wissen, was er ihr sagen will und nicht herausbringt. Er antwortet ohne sie anzusehen:

»In zwei oder drei Tagen.«

Renée und Matthias gehen den Weg entlang. Sie haben noch Zeit für einen Spaziergang. Philibert kommt erst in einer Stunde. Renée läuft voraus. Sie hält inne und bückt sich, um eine Blume zu pflücken. Matthias fühlt sich brutal zurückversetzt an jenen Morgen im Dezember, in die frostige Stille, hin und wieder durchbrochen von einer Detonation, dem Krächzen einer Krähe. Er hat seine Waffe auf Renée gerichtet. Sie kehrt ihm den Rücken. Und da passiert es: Sie dreht sich um und sieht ihn an. Matthias erstarrt, unfähig zu schießen. Sein Körper ist gelähmt, aber im Inneren gerät er ins Wanken und Rutschen, erfasst vom Gefühl eines schwindelerregenden Falls, der plötzliche Übelkeit auslöst, wie wenn man träumt, abzustürzen und unmittelbar vor dem Aufprall wach wird. Als er sich wieder auf sie besinnt, sieht das Kind ihn noch immer an, mit seinen schwarzen, wie Lack glänzenden Augen, glühend und ernst. Er kann beinah physisch spüren, wie das Herz der Kleinen schlägt, das Blut in ihre Adern pumpt, in ihre Muskeln, ihre roten Lippen, aus denen der Atem entweicht, im Nu von der eisigen Luft materialisiert. Etwas Unsagbares geht von ihr aus, eine außergewöhnliche und gebieterische Präsenz. Sie ist das Leben, und sie sieht ihn an, als hätte sie ihn wiedererkannt, als erwartete sie ihn.

Nicht er hat entschieden, sie nicht zu töten. Sie

hat es entschieden. In diesem Moment gehört er ganz und gar diesem kleinen Judenmädchen mit dem alten, mottenzerfressenen Mäntelchen und löchrigen Stiefeletten, dem wilden Blick und der Haltung einer Königin. Matthias hat keinerlei Impuls von Mitleid oder Güte empfunden. Er hätte sie kaltblütig ermordet wie jedes andere Kind. Diese Geste rettet ihn vor nichts, wäscht ihn auf keine Weise rein. Aber sie hat ihn unabänderlich verwandelt.

Epilog

Die *Arcadia* ist seit einer Woche unterwegs, mit Kurs auf Halifax. Das Wetter ist grau, das Meer bewegt. David Jones, der Steuermann, steht rauchend auf dem Achterdeck; er ist Walliser, um die fünfzig, derb und fidel. Manchmal wechselt er ein paar Worte mit dem Belgier, einem der seltenen Passagiere des Handelsschiffs. Die Länder auf der anderen Seite des Atlantiks haben ihre Tore noch nicht wieder für Immigranten geöffnet. Wie hat der Belgier es geschafft, den Kapitän zu überzeugen, ihn an Bord zu nehmen? Geheimnis … Dieser Bursche will in eine entlegene und eisige Gegend nördlich der James Bay zurück. Er sagt, er sei als Trapper dort gewesen, vor dem Krieg. Das würde einen nicht wundern. Er spricht gut Englisch, außerdem Französisch. Ein seltsamer Vogel. Immer mit einer Miene, als wäre er Lichtjahre von dir entfernt und steckte zugleich in deinem Kopf, besser wissend, was du darin ausheckst, als du selbst.

An diesem Morgen ist der Belgier nicht bei Laune. Wenn deine Anwesenheit ihn stört, braucht er nur seine allzu hellen Augen auf dich zu heften, damit du dich mit einer Gänsehaut ans andere Ende des Schiffs verziehst. So weit ist David nicht gegangen; er steht in der Nähe der dicken Tür, durch die man aufs Deck gelangt. Er beobachtet den Mann, der ebenfalls rauchend an der Reling lehnt. Die Tür öffnet sich knarrend. Der Belgier wendet sich um. Sein Gesicht leuchtet auf. Der Steuermann befindet sich direkt hinter dem Türflügel; er sieht also nicht, wer da kommt. Aber er würde gut und gerne zwanzig Pfund wetten, dass es das kleine Mädchen ist. Nur sie vermag dem Kerl so ein Lächeln zu entlocken. In der Tat, als die Tür zufällt, erblickt David die schmale Gestalt von hinten, stolz aufgepflanzt, tiefschwarzes Haar, plötzlich vom Wind bewegt. Der Belgier ist nicht ihr Vater, wie er es behauptet. Es steht in den Papieren, aber das stimmt nicht. Der Steuermann würde seine Hand dafür ins Feuer legen. Die Mannschaft hält sich auf Distanz von den beiden, doch David, wie auch der Kapitän, mag ihre Gesellschaft gern, so sie ihn denn dulden. Was sie füreinander sind, ist dem Steuermann ein Rätsel. Sie sehen sich nicht ähnlich, haben aber doch etwas gemeinsam, eine Art animalischer Spannung, eine wilde Energie, wie man sie nur selten findet. Eines Tages, als David den Belgier fragte, wie die Kleine und er durch den Krieg gekommen seien, hatte er geantwortet: »Was tut das schon zur Sache? Heute leben wir.«